Kevin
Chen

Die guten
Menschen von oben

好人

陳思宏◎著

樓／上／的

「去看電影。哭了。」——卡夫卡

"Im Kino gewesen.
Geweint."

Franz Kafka

「聽好了，羅伯特，去另外一個國家根本沒差別。我都試過了。從一個地方跑到另一個地方，你無法自我解脫，這毫無用處。」

——**海明威《太陽照常升起》**

"Listen, Robert,
going to another country
doesn't make any difference.
I've tried all that.
You can't get away from yourself
by moving from one place to another.
There's nothing to that."

The Sun Also Rises
Ernest Hemingway

目次

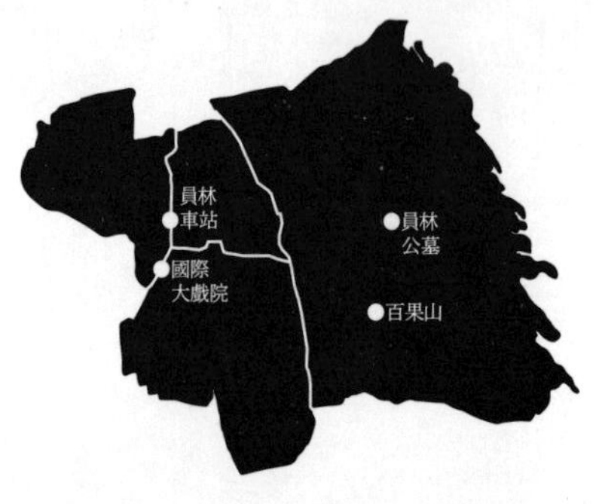

#員林

Usedom
Strand-OpenAir- Kino

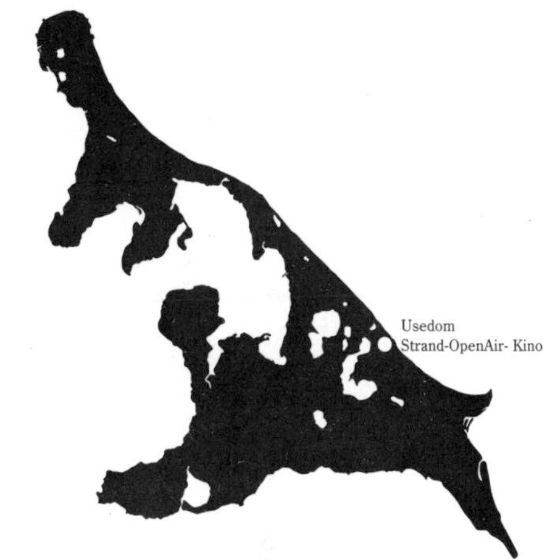

#Berlin

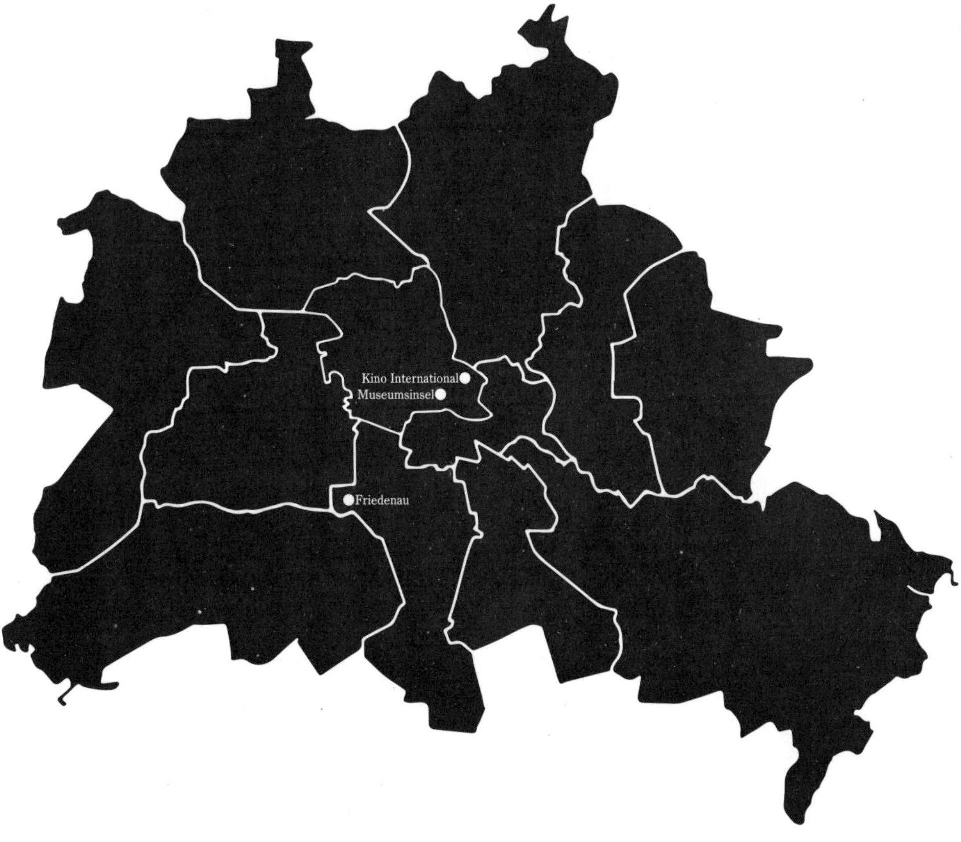

Kino International
Museumsinsel
Friedenau

01

龍蝦跟海馬

抵達柏林的第一天，她迷路了。

完，蛋，了。冷靜，她告訴自己，撐開鼻孔，張開嘴巴，用力深呼吸，一定聞得到。記錯了吧？還是聽錯了？她根本聞不到咖啡，或雪茄。小弟說的是雪茄吧？還有咖啡，沒聽錯吧？龍蝦？

好熱，柏林盛夏顯然有惡意，抓了吹風機，溫度風速調最熱最強，往她鼻孔、耳朵、嘴巴灌熱氣，扁平的身體膨脹，像熱氣球離地，手指額頭汗粒，指甲戳到泛紅皮膚，身體破洞漏風，被重力拉回熱燙地面，洩氣癱在行李箱上，吁吁窘迫。

這裡是哪裡？走失的貓？走失的狗？今天幾月幾日星期幾？德國與台灣時差幾小時？柏林跟員林時差幾小時？為什麼來柏林？為什麼匆忙離開員林？小弟的家在哪裡？為什麼匆忙離開台灣？昨天發生了什麼事？昨天嗎？還是好幾天了？那幾個黑衣人到底是誰？為什麼小弟會答應讓她來？大弟在哪裡？為什麼她會想來？龍蝦？德國在哪裡？柏林在哪裡？海馬？

大弟為什麼不接電話？咖啡？雪茄？

她心裡每個自我提問，似乎都有答案，只要腦子清晰，就能輕易解題，她是高中老師，每天都逼學生考試解題，這有什麼難的。但此刻她腦筋熱霧瀰漫，頭皮熱帶雨，腋下是白熱捕蚊燈，夏天是趨光的凶猛蚊蟲，朝腋下衝撞，腋毛著火，身體焦臭。將近一天的飛行她都沒睡著，一閉眼，眼前就會浮現那雙手。

她背貼著學校圍牆，不敢直視那雙手，只好抬頭看天空。午後多雲悶熱，不見太陽。圍牆看似無害，原來太陽躲進圍牆午覺，水泥牆面燒燙，在她的背上一家烤肉萬家香。黑衣人的雙手從她下腹部往上探索，手心粗礫，指腹老繭如地表硬岩，尖銳指甲不懷好意，緩緩刮過她平坦的胸部，抵達喉嚨那刻，掌心忽然狂犬，十指尖錐，用力掐住她的脖，活埋她的尖叫。那雙手汗濕漉漉，有菸味、檳榔味，指甲修葺整齊，但雙手的小指頭指甲皆刻意留長，指甲長度超過無名指，像是44號客人。等一下，是44號嗎？那雙手截斷她的呼吸，她想到的不是求生，而是，請問你是44號嗎？員林44號客人？不，你太年輕了，不可能是同一個人。先生先生拜託放開我，讓我查一下筆記本。

黑衣人說：「林老師，我有一個問題想請教妳。請問老師，妳弟在哪裡？我放開手，妳就要馬上跟我說喔。跟林老師報告一下，我兩手不聽話，我控制不了它們，尤其是遇到不老實、不肯說實話的人，它們會立刻抓狂。我上次才不小心用我的小拇指的指甲，戳瞎了一個人的眼睛，哎喲，真的不是故意的啦，但我太氣了，所以控制不了自己的手。林老師乖喔，不要叫，不要怕，我倒數五秒，就會放開，拜託妳不要讓我生氣喔。五，四，三，準備好了嗎？」

這樣的窒息感並不陌生，她曾經被這樣用力掐過。小時候。那個夏夜。冷氣機隆隆雷鳴。她張開眼睛看。那個人逼她張開眼睛。399號。399號說，閉上眼睛，這次就不算。小弟好安靜。大弟不在家。她想求救。母親摀住她口鼻，不准她尖叫。母親無聲尖叫。夏天的蚊子是不是都停在她臉上吸血？因為母親的手不斷撞擊她的臉，謝謝母親，幫她打臉上的蚊子。母親賞她好幾個耳光，聲音顫抖，壓低聲音說：「不准哭，眼睛張開。」但是母親自己在哭。忽然又一個耳光：「跟妳說眼睛張開聽不懂是不是？叫妳們笑，聽不懂是不是？」痛嗎？她忘了，她想不起來當時到底痛不痛。但她記得小弟的臉，眼睛睜好大，跟她對望，手伸向她，微笑。小弟的眼睛好美好大好深，睫毛棕櫚葉，瞳孔宇宙，鼻子峻嶺。同一個母親，為什麼他們眼睛、輪廓毫不相似？說姊弟沒人信。小弟的父親，一定不是她的父親。她的生父給了她塌鼻小眼薄唇，就算笑起來，還是一臉苦，小弟的生父一定是個俊男，給了小弟好眼好鼻。小弟露齒笑，微微皺眉，每一根細緻的眉毛都站起來，酒窩尖叫，瞳孔裡的宇宙，緩緩塌陷。窗外的員林，豪雨肆虐。

她拖著大行李走過柏林安靜的街道，行李箱輪子在石板路上掙扎，路面上的石子長時間被踐踏，怨氣濃，以崎嶇阻撓，行李箱數次掙脫她的拉扯。真的好安靜，午後的陌生街道，無風無人。怎麼可能，這不是德國首都嗎？不是有幾百萬人口嗎？為什麼這麼安靜，人呢？揉眼左看右看，就是找不到龍蝦跟海馬。手機沒電了，小弟的地址存在手機裡面。完了，真的完蛋了，一定是走錯路了。

慌張絆腳，她腳踢到路面上突出的石子，身體失衡，撲倒在石板路上，四輪行李掙脫她的手，在凹凸路面上忽然滑順，快速溜往對街，太熱了，再度掙脫老處女，來到對街陰影處，乘涼姿態，瞪著她。她雙手貼在路面上，石子好燙，全身汗，趕緊把羽絨衣給脫了。昨晚出門搭機前，她在衣櫥裡挖出很多年前在東京買的平價輕薄羽絨衣，她想像的柏林，是個寒冷歐洲都市，雖是八月，一定需要一件外套吧，聽說冷氣在歐洲珍稀，夏涼，避暑勝地，冷戰中心。但真的來了，怎麼這麼熱？冷戰冷個屁，根本比台灣還熱。這裡真的是柏林嗎？她真的在柏林嗎？柏林真的存在嗎？小弟真的住這裡嗎？她是不是搭錯飛機了？

小弟在電話上說，可以，就來吧，但真的太突然了，工作沒辦法臨時取消，沒辦法來機場接她，請她搭計程車。她說德國計程車一定很貴，她可以搭公車或者地鐵，反正手機裡面有地圖啊，打開導航，跟著走就好，簡單啦。小弟在電話上詳述他家附近的地鐵、地標，說了一堆，她根本無心做筆記，想說反正有地址就好，到時候在手機裡輸入地址，跟著機器走。她根本沒做周全計畫，不知道為什麼，一下飛機，台灣的手機ＳＩＭ卡根本不能漫遊，機場的無線網路也連不上，好不容易終於連到機場咖啡廳的免費網路，正要輸入小弟家地址，手機就沒電了，翻找行李箱與背包，就是找不到充電線跟行動電源。她努力回想，小弟跟她說了些什麼？藍色的海馬，紅色的龍蝦，還是紅色的海馬，藍色的龍蝦？還是藍紅相間？到底為什麼會講到龍蝦？鑰匙？啊，等一下，好像想起來了，找到龍蝦就能找到小弟家鑰匙。還有，好像還有講到廣告，那附近街道的電線桿、變電箱上都貼滿了尋人啟事的廣告。等一下，是尋人啟事嗎？好像是尋貓吧？還是狗？那一站地鐵，她記得是F開頭，出門前在電腦上看，在柏林的西南。F，F什麼？對了對了，橡樹，他們說過橡樹，但似乎不是昨晚聊到。這些年姊弟失聯，難得跟小弟通上電話，話題乾涸，正在找話題，試圖寒暄，小弟忽然說到橡樹。為什麼會說到橡樹？小弟昨天是不是還有說鋼琴？住家隔壁有一家手工鋼琴店，老闆看起來很凶，總是坐在店門口，指間一根不點燃的古巴雪茄，每次前妻來訪之後，就會在店裡開始抽雪茄，彈一整天的鋼琴，深夜還不停，直到鄰居受不了報警。她想起來了，小弟說味道。是雪茄的味道嗎？啊不，好像是咖啡的味道。對，咖啡。小弟說，F那站地鐵走出來，就是一家小巧的咖啡館，老闆自己炒豆，香氣濃厚，可喚醒整個柏林。姊弟好久沒聊天了，她好喜歡跟小弟聊天，可不可以不要掛電話？她好久好久沒有跟任何人聊天了。

手機沒電，只好回到查地圖的古典時代，她在機場的櫃檯要了柏林地鐵圖跟簡易地圖，眼神聚焦城市西南區塊，努力找F開頭的車站。柏林地鐵圖非常複雜，簡直是蜘蛛網，她小蟲眼睛黏上去，動彈不得。好不容易似乎找到了，不確定，但也只能試試看，買了車票，搭公車，下錯車站，轉了三次車，地鐵又公車，公車又地鐵，不識南北，硬著頭皮問路但失敗，天哪德文都忘光光了，英文竟然也說不出口，拉著行李到處亂搭車，好多車站根本沒電梯，行李威脅扯斷她手腕。曲折好幾個小時，終於來到F這站。

走出車站，的確有一家小咖啡館，太好了，終於到了。但，是這一家嗎？剛剛亂搭車，也有看到其他不是F開頭的車站外有小咖啡館。面前這家小小的，沒開門，深呼吸，聞不到咖啡香，而且這熱天午後，柏林根本睡死了，車站內外竟然只剩她一人。她往店裡探，沒看到炒豆老闆，只見零散椅子，姿態疲憊，在桌子上倒立。陽光在石板路上鑄鐵，橙紅火花四濺。龍蝦龍蝦龍蝦龍蝦，她拉著行李，心裡不斷反覆龍蝦。找到龍蝦，就能找到鑰匙，超過約定時間了，小弟一定很急，說不定已經在門口等著她。

她雙手掙脫火燙的石板路，慢慢起身，羽絨外套躺在路面上，死狀淒慘。這件廉價外套洗了太多次，面料有多處破損，裡頭的羽毛逃逸，她有一次在校園趕路，聽到學生在偷笑，回頭看，原來她的外套一路噴發羽毛，來時路成了羽毛雪花小徑，立刻猜想學生給她的新外號。果然，那天她成了學生口中的「掉毛老處女」。還不錯啊，平常只是「老處女」或是「欠人幹」，現在終於多了兩個字，更響亮。過幾天，外號吃了什麼營養品，不斷變長，變成「員林最後一個掉毛老處女」。她不會針縫，就拿ＯＫ蹦貼住外套破損處，阻止羽毛外洩。丟了可惜啊，員林整年溫熱，這外套根本穿不到幾次，多貼幾個ＯＫ蹦，還能陪掉毛老處女幾個冬天。

員林老處女來柏林了，彎腰撿傷痕外套，看到了橡果。

是。一定是。雖然從沒看過實體，但她從石板路面上撿起來的，一定是橡樹的果實，她記得在網路上看過圖片。圓滾滾，表面如卵蛋光滑。注意看這條安靜街道上的樹木，枝椏沒有這些果實，推論不是橡樹。她拉著行李低頭找橡果，橡樹橡樹橡樹，找到橡樹，就能找到小弟的家了。對，小弟說，柏林家前面的庭院，有一棵百年橡樹。

街上零星的橡果似乎有意帶領她，她跟著橡果走，彎進一條小路，走進更安靜的街道，她是不是被世界拋棄了？還是誤闖了什麼平行時空？這裡聽不到人車，街道底有蔥綠公園，公園裡的樹沙沙搖晃，邀請她入內。

她走進去，在公園的長椅上坐下，身後一棵巍峨大樹，椅子上有粒粒橡果，她好累，手心橡果聚集，懶得抬頭，她知道自己找到橡樹了，但是，依然沒有小弟的蹤影，也看不到龍蝦，這是公園，不是小弟的庭院。

公園裡沒有人煙，時間好慢，樹影羽毛在她皮膚上搔癢，終於有一陣涼風，她在長椅上躺下，夏天立刻壓在她身上，她好累，好想好想睡覺。

怎麼可能會迷路？她從來不迷路，生命中的一切，她都精準掌握。幾點進學校，哪一天開學，哪一天期中考，暑假何時開始，班上有幾個學生，哪一年哪一天退休，什麼時候祭拜母親，開車十五分鐘到校，在哪一家自助餐吃飯最不會遇到叫她「老處女」的學生，一切規律。這是她掌握人生的方式，每天走一樣的路，過同一個紅綠燈，在同一個加油站加油，吃一樣的東西，同一時間睡覺，準時五點半起床，每週六固定買一張樂透彩券。就算要走陌生的路途，一定會先在手機上、電腦上詳細規劃才出門。母親死後，她開始在寒暑假出國度假，選鄰近的日韓，一開始自己來，辛苦查明景點餐廳位置，所有路途細節自己掌握。但後來發現自己體力跟精力都無法負荷，開始跟團。她總是旅行團裡怪異的存在，所有團員都是情侶朋友或家人，只有她單身中年女性，獨自一人參加旅行團，自己一間房，不太與人說話，不喜歡跟人合照，靜靜跟著導遊走，專心聆聽景點介紹。有一次不知道是誰搞錯，她自己笨還是旅行社蠢，反正她竟然誤闖了新婚日本蜜月旅行團，整團都是新婚夫妻，只有她是單身女性。那次她聽到有幾對夫妻在討論她，怎麼會報名蜜月團？好奇怪喔，每天擺個臉色，聽說是高中國文老師，難怪老是臭個老師臉，凶巴巴，又不跟大家聊天，搞孤僻可以自助旅行啊，來日本自助不難吧？她原本決定假裝沒聽到，但越聽越氣，實在受不了，她平常一個嚴厲眼色就可以讓千百個吵鬧的高中學生安靜，怎麼可能忍下這口氣，拜託她可是員林有名的掉毛老處女。她忽然現身，以她平常罵學生的音量與語速對這些蜜月夫妻說：「你們

「什麼？柏林？幹，我就知道。幹你娘！竟然跑去了……等一下，什麼？柏林？柏林在哪裡？」

她答不出來。

沒說謊，她真的也不知道，柏林在哪裡。

還有，她不是故意說謊，但，面對黑衣人的脅迫，說柏林，當然是錯的答案。弟弟？哪個弟弟？她有兩個弟弟，大弟前一陣子常來借錢，現在不知人在何處，小弟早就出國了，現在住在柏林。

被掐住的分秒，她當然知道這些人找的一定是大弟，不可能是小弟。其實，應該沒有人知道，她這個員林最後一個掉毛老處女除了這個大弟，還有一個住在德國的小弟。

下午時分，蟬在樹上對夏天乾吼，黑衣人來到校門口。警衛打電話通知，校門口有人找國文科的林老師。怎麼可能會有人找她？搞錯了吧？朋友，她沒有朋友。

她走到校門口，低頭整理鞋帶，整個身體忽然被快速抬高，嘴巴被摀住，背部貼著圍牆。校門口警衛忙著跟幾個黑衣人聊天抽煙，根本沒注意到她被抓走。

黑衣人問：「柏林？柏林在哪裡？」

她看著黑衣人的眼睛，不是故意不回答，而是這題太艱難，她也沒答案。她沒去過，只是聽說，地圖上看過，不知道是不是真的，存在嗎？她總是跟自己說一定會去看看，找小弟，但心裡知道不可能成行。上次見到小弟，是什麼時候？應該是那次員林水災吧，水忽然漲起來，吞掉地下道。小弟說，要去另外一邊。鐵軌的另一邊。不不不，中年腦子真是壞了，上次見到小弟，是台北那次新書發表會。

小弟真的去了另外一邊了。離開員林，從此沒回來。員林的另一邊，叫做柏林嗎？

黑衣人長長的小指頭指甲刮過她的臉，口腔的檳榔味不斷撞擊她的臉：「林老師，我答應，我掛保證，我不會對妳怎麼樣，我雖然沒讀過什麼書，但我知道尊師重道啦。柏林？怎麼去？帶我們去，我們找到妳弟弟，保證就不會再煩妳。」

校門口警衛終於發覺有異狀，朝他們走過來。

黑衣人嘴湊近她的耳朵，在她耳朵裡種一片檳榔森林：「現在先放過妳，我們等妳下班，去家裡找妳，妳別想要跑，也別想報警，不管妳去哪裡，我們就會在那裡，直到妳交出妳弟弟。」

黑衣人離開之後，她立即請假回家，躲在被窩裡大哭。大弟的手機號碼根本已經是空號，她用通訊軟體傳了好幾個訊息給大弟，毫無回音。怎麼辦，這樣明天怎麼去上班？其實已經學期末，課程結束，期末考完就放暑假，請個幾天假，躲幾天應該沒問題。但那些黑衣人一定知道她的住家，搞不好現在就在屋外等著。

寫了好幾封電子郵件給小弟，想不到他竟然回信了。信件來回，兩人使用通訊軟體，按下手機畫面上的電話圖示，嘟嘟嘟響了幾聲，小弟竟然接了。

「我也不知道發生了什麼事，你知道你哥。煩死了。那些人真的好可怕。」

「那，妳要怎麼辦？」

「不然我去找你好了。」

什麼。她怎麼會說出這樣的話？

網路連線品質太好了，明明姊弟對彼此的面容身形輪廓都模糊了，柏林出發的沉默，與員林出發的沉默，卻快速傳輸，過分清晰連結。

沉默太囂張，需要有人出聲制止。

小弟先發聲：「好。」

「啊？真的嗎？我剛是亂說的啦，你不用理我。」

「沒關係，妳不是說，反正要暑假了？我家很大，妳就請個幾天假，跟學校說，出國散心。不要跟任何人說，妳要來柏林。誰知道那些人有多厲害？」

小弟的聲音聽起來又近又遠，很陌生，但她幾乎確定，電話那端是從小跟她睡同一張床的小弟。小弟交代地址、地標，請她記下。她說都用筆記下了，其實手上的筆在紙上亂畫。她不斷看著公寓門口，想像黑衣人隨時會破門而入。

想不到真的來了。

柏林夏天有重量，擠壓橡樹，枝椏、葉子發出細微的求救聲響，橡果掉落。熱風呼呼抵達，從公園入口闖入，小龍捲風吹起落葉，夾帶紙張細屑沙塵。風把她的唇吹成沙漠，讓她更乾渴，真的快渴死了，再找不到小弟家，她一定會死在這個公園裡，屍體乾枯都不會有人發現。

她撿起腳邊隨風飄來的紙張，A4大小的紙，上頭一隻狗。

想起來了，小弟說，樓下鄰居的狗最近跑掉了，長毛貴賓，鄰居在社區到處張貼尋狗啟事。紙張上的狗長毛，對著鏡頭張嘴吐舌，眼睛被長毛蓋住，額頭有一塊深色毛髮，照片下方一串她讀不懂的德文、電話號碼。有個字粗體且放大：Lotte，她猜，是狗的名字吧，弟弟在電話上好像有提到。

看著Lotte，她終於放心了，表示她沒走錯。Lotte好，請問你是女生還是男生？聽說你走丟了，找不到回家的路。我也把自己搞丟了，但因為你，我好像找到路了。

她拉行李走出公園，才發現街道上的電線桿、變電箱、行道樹上，貼滿了尋狗啟事，剛剛真的是熱遮眼，根本沒看見。她回頭看，想確認自己有沒有遺留物品在公園長椅上。熱風又來，方才的尋常社區公園忽然扭曲變形，地上長出石碑陣列，蠟燭、鮮花，盡頭有個小噴泉，泉潺潺，水聲不悲不哀，熱天裡唯一的冷靜。揉揉眼睛，什麼啦，根本不是公園啊，那些石碑是墓碑，這是墓園。怎麼可能？她剛剛完全沒看到那些墳墓，沒感覺到死亡的氣息啊。母親在台灣也是土葬，她一直好怕去母親的墳墓，那個公墓好可怕，塞滿死亡的濕潤腐朽味道，風聲像哭聲，去年清明她去祭拜，母親的鄰墳被挖開了，墓碑缺了個角，推測剛完成撿骨儀式，地上一個窟窿，裡頭還有棺木殘骸。那窟窿吸納悲風淒雨，召喚她，要她跳進去。柏林的這個墓園怎麼這麼「乾淨」？花樹墓皆有序，風就是風，草就是草，樹就是樹，沒有魍魎精怪，死亡靜靜死亡。

跟著Lotte的照片走，終於遇到了行人，真好，有其他人類，確定身在人間。一個短褲白髮阿公，牽腳踏車微笑對她問好。過街，一個墨鏡白髮阿嬤，眼神冷淡，手中報紙當扇。轉彎，白浴袍女人跟她擦身。

等一下，沒看錯吧？浴袍？她忍不住回頭，棕髮女人，艷紅唇色，頭上堆疊十幾個髮捲，白色浴袍，白色浴室拖鞋，在街上緩慢行走，見道路旁人家種植的玫瑰，停留嗅聞。白浴袍女人忽然用力回頭，眼神凌厲，瞄準剛從員林來到柏林的迷路老處女。老處女倒吸一口氣，一時吸入過量夏天，熱氣在她喉間膨脹，引爆猛烈嗆咳。她邊咳邊往前加速，深怕白浴袍女人跟上來。

她用身體撞開乾熱空氣往前，腳汗伊瓜蘇瀑布，高溫在腳踝上綁鉛塊，十五公斤的行李遇熱膨脹成五十公斤，咳不休，幸好有Lotte的照片帶路，轉了幾個彎，終於看到龍蝦與海馬，在陽光下閃閃發光。

是一棟好大好大的房子啊，米白三層大宅，外觀裝飾古典，前方庭園一棵壯碩橡樹，樹下有鞦韆、烤肉架、餐桌、躺椅。房子有好多好多窗戶，離F開頭的車站其實不遠，列車抵達又快速離去，製造小地震，窗戶喀喀，撐開耳朵，可以聽到車廂開門關門。

小弟，這是你家？你家，你家怎麼有這麼多窗戶啊？

有沒有人知道，你以前員林的家，長什麼樣子？你來到柏林，選這棟房子，是不是因為，聽得到列車的聲音？還是因為，有很多窗戶？

原來，龍蝦是藍色的，海馬是橘色的。

剖開藍色龍蝦，肚子裡藏有鑰匙。打開大門，走進庭院，橡樹沙沙搖擺，地上橡果滾動，姿態警戒，藍色龍蝦剛剛被剖肚謀殺了，有陌生人闖進來了。

小弟，記得我嗎？我是你姊。

我從員林出發。

我來柏林了。

你怎麼這麼傻？你根本不聽明啊。

我在的地方，就有災難。

你怎麼讓我來了。

1號

少年仔，洗加剪，500塊不用找。
卷髮，兩個禮拜剪一次。

她記得這個客人。

髮廊剛開張，母親沒錢做招牌，門口貼一張手寫紅紙：「理髮，洗加剪99。軍警學生打八折。」紅紙上是小弟用毛筆寫的字，楷書方正端整，字體無稚氣，乾淨不沓拖，廉價紅紙、老舊門板、鐵路旁窘迫兩層樓住家、拮据清瘦一家四口皆黯淡，卻因書法添了些許光澤。那時小弟才剛上小學不久，老師家庭訪問，問小弟學書法學多久了？小學一年級沒有書法課，下課十分鐘，小弟去高年級班找大姊，快速幫她完成書法作業，被老師撞見，讚嘆口沫噴在書法宣紙上，趕緊用紅筆寫下一百分，過幾天親自登門家庭訪問。

母親搖頭說，我們家很窮啦，學費都快繳不出來了，怎麼可能讓他學書法，他自己亂學的啦，謝謝老師不嫌棄。快過年了，老師拿出春聯紙，請小弟落筆。她記得老師拿出複雜的對聯，小弟只看一眼就開始寫，紅紙放地上，瘦小身體趴著，字體流暢，迅速完成體面的過節春聯。老師問，這些國字你學過嗎？小弟聳肩，說沒學過，但很簡單，看過一次就會了啊。

所謂髮廊，就是住家面對鐵路的客廳清空一個角落，放上廉價鏡子、椅子，母親工具只有一扁梳、兩剪刀、一電動推刀、還有需要拍打才能呼出孱弱夏天的吹風機，她負責洗、曬毛巾，大弟跟小弟負責掃除地上的毛髮。開髮廊是臨時起意，母親幫三個孩子剪髮，鄰居稱讚，把孩子送過來剪髮，給了張爛鈔票致謝。其實鄰居也窘蹙，會住到這排緊鄰鐵路的爛房子，所謂淪落，火車日夜轟隆，平交道叮叮噹噹吼叫，轟隆列車抵達與離去皆帶來地震，梁柱門窗薄牆日夜顫抖，大家都在等火車把這些房子震垮，房倒了就不用繳房租，人死了就無需這樣爛活。誰都不好過，母親心想該把皺鈔退回，但太久沒任何收入，一雙手竟然能換來微薄現金，不敢鬆開緊緊握鈔的手心，怕一鬆手，手心是空的，腸胃又是空的。工具都有，路邊撿到有裂痕的鏡子，那就開髮廊吧。

剛開張客人稀少，一母攜三幼子時常一天只一餐，房租不貴，但還是繳不出來，房東上門威脅逐客。母親聽從學校老師的建議，在門口擺攤賣小弟寫的過年春聯，意外大受歡迎，消息迅速傳開，許多當地人開賓士、BMW上門指定小弟現場揮毫，留下幾張大鈔票，小弟弟不用找了。這家人從沒見過德國大車，也沒見過這麼多嶄新的鈔票。過年前，幾個客人買完春聯，順便說要剪頭髮，髮廊有了生意，積欠幾個月的房租結清，一家四口終於飽餐。

金色筆記本上根本沒有寫明姓名，只有編號，還有客人特色或外號，她只能憑記憶拆解母親的筆跡，逐一對號，像是拿著票根在黑黑的電影院裡找位置。有些客人編號與特徵無法與她的記憶相符，但她記得員林1號客人。

那天門口剛擺好春聯攤位，髮廊連續幾天都沒有客人，家裡沒米沒肉沒菜，只剩半條土司，冰箱沒東西可冰，乾脆拔掉插頭省電。門口先來了一隻狗，長相凶猛，像是狼犬，但看到小弟不斷搖尾，小弟把手上的土司給了狗，引來母親尖叫趕狗，人都快餓死了，沒把流浪臭狗煮了吃，就是揮霍慈悲。狗走了，小弟在紅紙上用毛筆畫狗，神韻、毛髮皆細緻，引來高瘦男子停駐，專心看小弟畫狗、寫春聯。男子買了兩副春聯還有狗畫，留下幾張大鈔，看到母親，再看看理髮的紅紙，說要剪髮。

「請問先生，要怎麼剪？要洗嗎？」

高瘦先生面容年輕，眼角額頭無歲月，但頭髮花白，髮絲彎曲，冬日陽光輕撫他的白髮，閃出金色光澤。他環顧雜物堆放的客廳，還有鏡子上的裂縫，對著鏡子裡的母親說：「洗加剪，不然等一下還要去上班，要是衣服裡面有頭髮，會刺刺的。看妳怎麼剪，都好，看起來精神就好了，我隨便。」

「好，那我們先洗喔。」

當時母親根本買不起任何洗頭設備，只能用最廉價的洗髮粉，用水稀釋，能起泡就好，客人坐在位子上洗。雖然設備簡陋，但三個小孩從小被媽媽洗頭，心裡篤定，洗過就知道了，以後一定會變成常客。

三個小孩總覺得，母親雙手有靈有神有鬼，十指頎長，皮膚多汁豐潤，指甲光澤閃爍，掌紋溝渠細緻，身在人間不知天上雲朵觸感，但摸過母親手心，腦中會有升天幻覺，瞬間被彈鬆雲絮環繞。母親明明跟大家一起餓肚子，手指就是有力道，不猛不急，指腹可柔可剛，在頭皮上摩挲探索，總能找到酥麻穴道，這裡稍微用力，那裡釋放緊繃，明明使用的是廉價洗髮粉，疲憊頭皮就是旱地遇暖雨，終於濕潤。

明明只是尋常洗髮，白髮先生眼眶漲潮，一臉感激。沒有人，從來沒有人這樣撫摸他的頭顱，細緻雋永，彷彿知曉他腦內憂愁，手指順過白花髮絲，身體裡許多死結忽然鬆綁。

沒沖水設備，只能克難，用一水桶，請客人前傾彎腰。水溫冰涼無妨，洗髮者的手心溫熱，慢慢去除髮間白色泡沫，水珠聽話，沒侵入耳朵，沒往下流淌至胸口或背部，全身乾爽。曬過太陽的毛巾覆蓋上來，擦拭多餘水份，腰桿打直，鏡子裡是個嶄新的人，髮絲眼神柔軟。白髮先生不識鏡中人，怎麼沒皺眉？怎麼亂卷的頭髮如此滑順服貼？怎麼心跳加速？怎麼面容青春？怎麼想戀愛？長期失眠，怎麼睡意泉湧？

扁梳順過白髮，剪刀快速剪去雜亂，他忍不住了，睡意誘引，眼睛閉上，意識去了很遠很遠的彼岸。

眼睛張開，全新的臉迎接他。「精神」，他說，「看起來精神就好」，身後這個女人完全辦到，全新的髮型給了他一張新的臉，輪廓飛昇，眉宇昂揚。

洗加剪99，員林1號男人從此成為常客，每兩個禮拜就上門。他總是掏出一張五百塊鈔票，說不用找了。

02

恢宏且壯闊

正對著小弟的家，她開始數窗戶，怎麼可能？

三層大宅正面中央為突出圓樓，建築左右對稱，圓樓底部一扇木造大門，數一數，正面總共有十八扇長方形窗戶。踏過精心修剪的草地，往旁邊走幾步路，天哪，竟然，房子側面還有更多窗戶。她繞著房子走一圈，放棄，不數了，腦中的數字都是黑衣人的小拇指，不斷戳她額頭。房子四面都有好多好多窗戶，每扇窗上緣有三角楣裝飾，內嵌雅緻藤蔓浮雕，窗台上養花草，雛菊、玫瑰盛開招搖，午後太陽對著潔淨無塵的玻璃自戀照鏡。

這麼多扇窗戶，哪一扇屬於小弟？

她猜這大房子以前是獨棟豪宅，現在應該分割成許多公寓單位，房子這麼大，還有前後院，應該至少可以住十個家庭吧？她繞著房子走，看到屋裡的鋼琴，沙發，有一台印表機忙碌吐紙。

小時候，他們住鐵路旁邊的二層樓老房，離員林火車站很近，跟交通樞紐當鄰居，通勤人潮帶來錢潮，附近開始迅速發展，這排緊鄰鐵軌的爛房卻與繁華無關，小弟趴在地上寫書法，黑黴在牆上噴狂草，老舊鐵皮屋頂生鏽變形，大雨總是帶來室內瀑布奇觀。一樓前方客廳做髮廊生意，後方是廚房跟浴室，樓上隔兩間房，母親跟大弟睡靠街的房間，有對外窗，開窗就會看到火車來去，窗緊閉還是會聽到員林火車站的站務廣播。她跟小弟睡靠裡面無窗的小房間，為了省電，嚴禁開燈，長年悶熱無光。

夏天猛烈，電費已經快繳不出來，母親不准他們開電風扇，氣流在無窗無光的小房間裡悶死。房間沒有時鐘，家貧買不起手錶，房間不僅無光，時間也嫌熱，不肯進房。汗水成災，睡意遲遲不來，姊弟倆偷偷打開手電筒，拿出火車時刻表，等規律的小地震。地震來之前，身體會有小預感，耳際有誰摩挲手心，指腹相擦生熱點微火，一股暖流緩緩進入耳朵。預感無誤，地震終於準時來了，地板開始微微顫抖，震源來自北方，所以是南下列車。他們從小聽火車，憑車速、聲響、行進方向，就能判斷車種車次。列車刷進員林火車站，在鐵道周遭帶來地震，房間地板上下起伏。噓，暫停呼吸，注意聽，站務人員正在廣播，提醒旅客車班號碼，趕快上車，廣播聲響被牆壁篩過，進入這房間已是悶悶的呢喃。但沒關係，只要聽見關鍵字就好，南下快車，開往高雄，請旅客趕快上車，對照手中的火車時刻表，時間終於進房陪他們，此刻晚間21:46。

那現在，柏林幾點？她從小就習慣手腕無錶，窮死了怎麼可能有錢買錶。這幾年手機隨身，需要時間，看手機就好。但此刻手機死亡，時間被她留在員林，沒跟她飛來柏林。

鐵灰柵欄圍繞大宅，大門口兩圓柱，鐵門上藤蔓翠綠，鮮艷塑膠藍色龍蝦、橘色海馬掛在藤蔓上。小弟說，怕出門忘記帶鑰匙，乾脆在大門口放龍蝦還有海馬，龍蝦腹部有個開關，扭開就能剖肚，會找到一串鑰匙，總共三把，先用最大的鑰匙開鐵門，走進庭院，再用第二大的鑰匙進入房子，抱歉老房子沒有電梯，辛苦一下，拉行李爬樓梯到三樓，但其實我們台灣說三樓，德國說二樓，反正就是爬到最上面，最後用小鑰匙打開三樓的門。鑰匙大中小，絕對不會搞錯。他會把無線網路密碼寫在紙條上，一進門就會看到。淺藍床單的那間房，就是她的房間，浴室裡的毛巾都是乾淨的，冰箱裡有很多吃的，反正自己來，等他回家。

地震來了，花園地面微微晃動，她閉眼聆聽，有列車即將滑進F車站，她沒有車班時刻表，不識東西南北，無法以火車抓取柏林時間。拉行李上階梯，用第二大的鑰匙打開建築物的門，木造大門並不歡迎她，以重量抵抗她的推力。手肘抵門把，先把行李塞進去，房子接納了行李立刻關門，她慶幸自己身體單薄，熱汗潤滑，順利溜過細窄門縫進房。一進屋，她立刻回到大一德文課。

當年大學聯考，她表現失常，分數只能填到私立大學。她高三在校的模擬考總是全校前十名，老師預測，師範大學穩當，放鬆就好，準公費生，以後當老師，記得回來母校服務喔。但考試那幾天她狂拉肚子，高燒應考，收到成績單，躲在房間裡哭了一天。母親說，哭什麼哭，重考就好了啊，不然不要去讀啊，我從來沒逼妳讀書，不讀書沒關係，嫁對人就好，不要像妳阿母就好。她聽了哭更慘，不行，那時小弟已經離家了，先逃跑了，如果她重考，就必須繼續留在這個沒有時間的房間裡，怎麼可能有人願意娶她，她是「鐵枝路邊的查某囝」，她好幾個同學爸爸都是家裡髮廊的客人，自己很清楚，不可能嫁得出去。她志願亂填，科系隨便，公費師範大學無望，反正全部選台北的大學，離員林越遠越好。

放榜，她考上了德文系。什麼？德文系？這是什麼東西？母親問，讀這個，以後做什麼？找得到工作嗎？不是說要當老師？私立大學學費這麼貴，妳別想我幫妳出錢。

她才管不了以後要做什麼，當不了老師就算了，德文系是什麼東西她也不想研究，她只知道，德文系在台北，離員林很遠，終於有一班從員林開出的火車屬於她，一路地震搖晃，帶她離開。私立大學學費很貴，沒關係，她可以打工，不怕吃苦，養活自己有什麼難的，最難的是離開員林。一離開員林，什麼都好了。

她一個人搭火車，慢車晃晃悠悠，從沒出過遠門，第一次離家，她在火車上吐了。嘔吐來得凶猛，來不及拿塑膠袋，吐了自己一身。鄰座旅客嫌棄她，紛紛離座。她不在意嫌棄，她在學校長年習慣被排擠，明明是成績至上的升學環境，她的好成績根本無用，大家還是刻意疏遠她。沒關係，去台北，自己就是個新的人，就會交到新朋友。北上列車停靠在她沒聽過的山中小車站，列車長宣布暫時停靠，霧薄，月台上人影飄動，她正覺得霧好美，好像電影浪漫場景，會不會有男子從霧裡走來，對她微笑？正想伸手到窗外觸摸霧，忽然又吐了，這第二吐，比上一吐更磅礡，氣勢壯麗，嚇跑了霧，小山城土石流，列車差點脫軌，乘客全體撤離，大家無條件把車廂留給她。她歪頭凝視火車地板上的嘔吐物，線條縱橫，色彩繽紛，有高有低，有點面熟。火車終於開動，地上的嘔物流動，似絡繹車潮人流。啊，這是員林地圖啊，那是火車站，這條線是鐵路，這裡是老家，地下道，中山路，光明街，那個突起的是有老鼠的國際大戲院，這個是員林大戲院，遠一點的，最東邊，是山腳路，高起的地勢有紅有綠有橘，啊是百果山。天哪，她把身體裡的員林吐出來了。

一身臭抵達台北車站，她在車站廁所換衣服，那套沾了嘔物的洋裝就送給廁所的垃圾桶。逃離員林的旅程未結束，在台北車站轉搭淡水線火車。列車一開出台北，她就睡著了，醒來窗外有河，景色嶄新，這是全新的人生，刪除舊身分，以後絕不回去員林。抵達淡水站，太好了，沒吐。她拉著行李，上坡，又上坡，無止境上坡，終於抵達校園，拉行李的手腕即將與身體割裂，抬頭一看，竟是長長的上坡階梯。有戀愛男女拍照，男生語氣溫柔，對階梯上的女生說：「這叫克難坡，總共有一百三十二階，以後我們每天都要這樣爬上去。」女生皺眉：「我才不要，這樣我會有蘿蔔腿，我不管，你以後每天揹我。」

沒人揹她、幫她扛行李，她自己一人爬上克難坡，她低頭看，雙腿果然腫脹蘿蔔，一路上幾個女生忙著尖叫打蚊子，不知為何，一路爬坡，蚊子似乎嫌棄她，身上沒任何蚊咬。終於抵達宿舍，舍監鼻子抽動，往後退一步。她懂了，原來換衣服沒用，根本沒擺脫身上的臭，嘔味一路尾隨，身旁的大學生也離她很遠。新生活第一天，她就被室友歸類到臭女生，在員林是「鐵枝路邊的查某囝」，上大學的確是新的人，只是臭。這位脾氣很差的舍監後來每次看到她就會往後退一步，查房來到她的床鋪，鼻子一定抽動，明明一切整潔，舍監臉上就是會出現嫌惡，室友笑聲難節制。

大學生活沒她想像簡單，晚上餐館打工直至半夜，什麼肥皂都洗不掉皮膚每晚吸收的牛肉麵氣味。白天上課想睡，德文die der das陰性陽性中性她全部搞不清，還有為什麼有些字母音會長成ö或者ä這奇怪模樣，她很想拿橡皮擦塗掉那些字母上的髒汙點點，再怎麼努力學，這語言就是無法進入她的身體，身上牛肉麵味洗不掉，但每次一洗完澡，背了一天的德文就洗掉了。心裡一直放不開當老師的念頭，想轉系？轉學？還是休學重考？算了，先撐過大一再說。

想不到來柏林第一天，就重溫當年大一的德文會話期末考。

重重的木門後，是淡髮中年女士，高瘦，手上一疊紙，嘴巴燃炮，對她炸出一大串德文。天哪，這不就是大一那年當她的那個德國教授？一樣的淡色長髮，銀框眼鏡，語速逼人，薄唇無情，雙眉尖銳，一臉刻薄，害她一句德文都說不出來，期末考零分。怎麼那個當她的教授穿越時空，來到了柏林？前幾年去德文系同學會，她不認得任何人，其實也沒人記得她，來了幾個老教授跟助教，她也沒印象，到底她有沒有讀過這個系啊。其實她大一讀完就跑了，德文跟她無緣，粗糙的發音刮傷她的喉嚨，決定重考。她在台北的補習班苦了一年，以打工薪水付補習費，終於考上師範大學。當年德文系才讀了一年，怎麼會收到德文系的同學會邀請？反正閒著沒事，就去看看，結果當然沒人認識她，她也不記得任何人，還有人以為她是那家餐廳的工作人員，請她清理桌面：「阿姨，麻煩收一下盤子好嗎？謝謝妳喔。」她的大學同學，竟然叫她阿姨。算了，可以走了。

有人播放悼念逝去教授的影片，誰啊？到底是誰啊？全部不認識。已經穿好外套準備離場，她認出影片中的淡髮女人，那個當掉她的德國女教授。原來死了啊？死得好，當年給我那麼低的分數。

啊不是死了？怎麼在小弟柏林家復活了？殭屍嗎？

無誤，是殭屍。復活殭屍女教授朝她噴灑德文，那些德文字詞都是強酸汁液，腐蝕她的聽覺，完了，逃來柏林是為了避難，想不到第一天就遇到復活的德文系女教授，重溫大一德文會話期末考噩夢，鐵定又要被當了。

殭屍繼續德語滔滔，似乎都是問句，她快渴死了，嘴巴發不出任何聲響，只想推開殭屍，趕緊上樓。高大的殭屍在她視線裡越長越高，頭顱已經碰到天花板的水晶吊燈。

她身後那道沉重木門忽然推開，一個高大男人走進來，陽光跟著進屋，被關在門外的夏天長驅直入。陽光釘耙她的眼睛，她瞇眼看面前的男人，黑髮，米白西裝外套，淺藍牛仔褲，身高如樹，臉背光，輪廓不明。不行了，殭屍持續向她潑德文硫酸，高溫朝她衝撞，她蹲下來，完了完了，好想吐。

男人伸出溫熱的手，抓住她的手臂，天，不會是黑衣人吧？一路跟著她，也來柏林了。

「是姊姊嗎？」

誰是你姊啦，放開我。

等一下。

不是硫酸德文，她聽得懂。

是中文。

那雙手臂把她拉起來，力道輕巧，一雙清澈的綠眼看著她。不是，不是黑衣人。

「請問，是姊姊嗎？」

綠色眼珠滑溜圓滾，好像她褲子口袋裡的那些鮮綠橡果。看清楚那張臉，白人，大鼻，鬍子，對著她笑，一臉善。竟然，對著她說中文，口音明朗。

「歡迎姊姊來柏林。一定累了吧？我幫妳拿行李。」

重門又打開，女教授放過她了，離開房子，走進花園，在白閃閃的陽光下迅速融解，化成一灘泥，果然是殭屍。

她的行李跟著陌生男人走上樓梯，她趕緊跟上，視線停在男人屁股上。男人屁股也像橡果，渾圓挺拔，在牛仔褲裡滾動。

嘿，綠眼睛的男人，你是誰？

「我住這層樓，妳的房間在最上面。」

小弟的鄰居嗎？為什麼叫我姊姊？你黑髮裡有些許白雪，眼角額頭有歲月，西裝外套下的襯衫解開三個鈕扣，幾個啞鈴從胸口掉出來，雖然保養得很好，但應該跟我年紀差不多啊，憑什麼叫我姊姊？

「到了，歡迎。妳有鑰匙吧？」

為什麼你會說中文？說，你到底是誰？我小弟回來了嗎？剛剛那個殭屍是誰？現在幾點？為什麼龍蝦？為什麼海馬？

「我就在樓下，有問題可以來敲門。如果懶得下樓，妳也可以用力踩地板，這房子很老了，我一定聽得到。」

行李把手忽然斷裂，掙脫綠眼男人的手指，在地上摔成自殺慘案，拉鍊爆開，吐出她的泛黃老內褲。已經好幾年沒買內褲了，為什麼出發前不買幾件新的？為什麼第一天就被人看到這些鬆爛的醜內褲？

男人以為行李是他弄壞的，趕緊道歉，撿拾一地醜內褲。

為什麼為什麼為什麼。為什麼我要帶這麼多爛內褲。其實不就是想說反正帶來柏林穿，穿完就丟掉。為什麼為什麼。

「對不起。」

不要撿！不要碰那些內褲！不是你弄壞的！行李上次在日本參加蜜月團就壞了，捨不得丟，硬拿回去店裡修，那個店家根本亂修，才剛來柏林，行李又壞了。不要撿了啦，你到底是誰？

「我可以幫妳修。姊姊，對不起。」

她好想尖叫。拜託不要說對不起。不要叫我姊姊。但一句話都說不出來。

你到底是誰？

所有的問句與羞愧從她身體深處湧上來，淹沒她的胸腔，往喉嚨衝。

她吐了。

柏林第一吐，恢宏且壯闊。

她緊閉眼睛，不敢低頭看。

不用看，她知道。

她一定把員林吐出來了。

2號

胎記，老師，台北人。

母親字雅，只用同一支鋼筆，為了省墨，怕寫錯，不確定的字翻查國語字典，用鉛筆在廢棄的日曆紙上試寫，確認部首筆畫無誤才慢慢下筆。緩慢，寫字如莊嚴儀式，比中元節拜鬼神還嚴肅，氣息凝結，視線鋒利，筆畫精心推展，字跡隆重。明明只在筆記本上寫幾個字，三個小孩都必須無聲，時間靜止，一字一世紀。書寫儀式神聖，誰都不准碰那支鋼筆還有筆記本，寫完鎖進抽屜。大弟曾有一次試圖開鎖，遭母親毒打，三個小孩不曾見過母親如此凶狠卻冷靜的眼神，從此誰都不敢碰那抽屜。

母親遺物不多，衣服跟著金紙燒，喪禮簡單冷清，沒任何舊識或親戚，好人都沒來，好人本來就不該來。整理遺物，她找到那支鋼筆與筆記本，決定只留下這兩樣，其他燒或丟。她帶著鋼筆去店裡問，店員說，保養得很好喔，色澤光亮，這是德國進口的名筆，老廠牌，高階款式，筆桿深藍條紋，筆夾、箍環是細緻的鍍金，筆頂端有一隻金色鵜鶘。店員說了一串密語：「太太妳看看，筆尖這邊，還有筆桿這邊，這些漂亮的花紋，叫做『施德萊斯線條』，作工很美吧。」鋼筆的價格讓她詫異，母親怎麼可能買得起？一定是人家送的。誰？幾號？還有，這個死店員，竟然叫我太太。

回家上網查，「施德萊斯線條」，Stresemann。什麼？鋼筆的官方網站有中文翻譯，她看了半天根本讀不懂，翻譯理應是濾器，把外語的生疏濾成熟識，但德文真是太可怕了，透過翻譯濾成中文，語言的稜角與鋒芒依然割人，反覆讀譯文讀到兩眼刺痛，這語言連續殺人魔，變身成中文還是有辦法戳瞎她。

筆記本封面燙金，歲月屠刀，在母親臉上砍殺，留下深刻溝痕，卻殺不到這筆記本，金色依然華美，在手裡閃耀。筆記本不大，雙手捧著剛好，內頁有淡淡的墨水馨香，紙質上乘，這麼多年了，人與家與城與車皆粉碎，只有紙與字挺過時光摧折，依然堅硬清晰。

員林2號男人，母親只寫七個字，「胎記，老師，台北人。」她一讀就知道是誰，老師從紙頁上浮出來。

老師，她的小學班級導師，深棕胎記佔據半張臉，雙眼炅亮，剛退伍不久，師範學校畢業後的第一個教職，台北人，分發到員林來教書。胎記成為他身體最大特徵，小朋友叫他「雙面人」、「科學怪人」、「比目魚」。

比目魚問，班級遠足，大家想去哪裡？

台北，台中，高雄，甚至有小朋友說香港：「暑假我爸爸帶我去香港，真的好好玩喔。」

遠足是脫離常軌，「遠」，當然想去遠方，離開員林。去遠方讓人興奮，想像奔馳，全班手牽手，一起去好遠好遠的地方冒險，大吃大喝。她無法加入熱烈討論，不論去哪裡，她都無法參加，遠足總要費用吧，已經連續幾天沒吃飽了，母親不可能給她一毛錢。老師發現，討論遠足目的地，明顯在班級劃分出清晰的家庭經濟階級，出過國的，去過台北的，想去台北的，從沒踏出員林的，從沒參加過遠足的，連午餐都沒著落怎麼可能奢望遠足的。老師決定，遠足不一定要去很遠的地方，重點是「足」，我們全班一起用走的，徒步認識我們自己的家鄉，目的地，百果山。

後來她在大學宿舍裡，聽到幾位室友開啟童年話題，嘉義的同學說，小時候去遠足，結果去市區裡的什麼鬼中山公園，氣死了，誰想去啦！公園就在我阿嬤家隔壁。住台北內湖的同學說，我們台北人還不是一樣！我住內湖，拜託，結果遠足去學校對面的碧山巖，我們全班都超氣的。住彰化市的室友說，我們也是，走路去八卦山，拜託，走十分鐘就到，看什麼大佛，啊我每天都看得到那尊大佛，這算什麼遠足啦。

她也好想加入話題，各位，拜託，我來自員林，我們班級遠足，是去員林百果山喔，而且是走路去的，超白痴的。

但她什麼話都說不出口，無法參與熱烈。她是寢室裡安靜的存在，臉冰人冷，與室友以禮相待，無法成為朋友。

但就是因為徒步遠足，去了不遠的百果山，她才第一次認識自己家鄉的輪廓。

遠足選在週六，她問老師，可不可以帶小弟去？媽媽說那天髮廊生意很忙，小弟沒人顧，要我帶小弟去。老師微微點頭，看著她，臉上的胎記似乎搖晃了一下，眼神裡有問號，她當時不懂那樣的問號。其實老師根本不記得她的臉，班上一大群小朋友，有這個表情清淡的女生嗎？那是她第一次這麼近距離看老師，小朋友外貌純真，滿嘴毒牙，不斷噴出醜惡外號毒液，但她覺得老師的臉很好看。老師終於想起來了，去過這個女生的家裡拜訪啊，他開心回答：「就是很會寫書法那個弟弟嗎？好啊，一起來。」

她記得當天一大早就起床，她跟弟弟太興奮了，一晚難眠，這是他們第一次出遊，他們的人生地圖就是小學、家裡，無聊就去火車站看火車抵達與離去。鐵軌的另一邊有什麼？這條路的盡頭有什麼？火車衝向的遠方有什麼？百果山上有什麼？春天早晨的員林有絲絲涼意，母親跟大弟都還在睡，他們倆水壺裝滿，兩顆茶葉蛋，安靜躡足出門，衝到校門口跟全班集合。

經過員林第一市場，叫賣喧囂，肉販攤子上的豬頭開口跟他們道早安。早餐香氣飄散，碗粿，九重粿，肉圓，蒜蔥醬濃郁，市場早餐不講清淡，以重口味塞滿腸胃。姊弟倆沒吃早餐，幸好市場鬧，遮掩肚子轟隆。他們一直聽說有電影院，有公園，有水池，有熱鬧的街，賣進口商品的店，但母親從不准他們上街，這是他們第一次探索員林。繁華已經悄悄進駐員林，仍未見高樓，但金飾店林立，銀行一家一家開。他們遠遠看到有電影海報的員林大戲院，姊弟約好，有一天發財了，口袋裡有錢了，每天都要去看電影。

走上員水路，已經有小朋友喊腳痠：「老師，我媽說用走的，很奇怪啦，她說沒有員林人會用走的啦！她說台北來的老師好奇怪。」老師不理會小朋友的哀怨，一路微笑，胎記在陽光下顏色變深。逐漸上坡，終於來到百果山。稱「百果」，她想像滿山種滿茂密果樹，樹上艷麗花果纍纍，空氣中有柑桔味。但真正來到的百果山，想像與實際落差，破舊的果園招牌，灰灰的山路，生意清淡的蜜餞商家。老師說：「這裡是八卦山脈的一部分，其實叫做『虎蹄坡』，但因為種植果樹，被商家稱為『百果山』。」孩子們不領情，不想聽，喊腳痛，肚子餓，無聊，好熱，想回家。老師隨意找個地方，讓全班開始吃帶來的點心。她刻意遠離人群，怕寒酸的兩顆蛋被人撞見。她低頭剝蛋，沒注意小弟，一抬頭，看到小弟坐在老師的大腿上，吃麵包，喝牛奶，老師幫他削蘋果，一臉飽足，根本不需要她帶來的茶葉蛋。總是這樣，髮廊客人會說「小弟弟好可愛喔！」、「小弟弟我請你吃糖果好不好？」、「小弟弟幫忙媽媽掃地好乖喔！」卻從來沒人注意努力洗毛巾的她。

她走進旁邊的庭院，濃重的甜酸氣味入侵鼻腔，鼻子好癢，口鼻忽然丟擲噴嚏手榴彈，手上的茶葉蛋溜出手心，在噴嚏的推進下，墜落彈跳，引來驚擾氣流，一朵肥厚黑雲在地上抖了一下，迅速往遠足的孩子衝過來。黑雲嗡嗡憤怒，遮蔽天空，原來是蜜餞人家，她的茶葉蛋驚擾農家庭院裡棲息在果乾上的千百隻蒼蠅。黑雲在小朋友的尖叫哭喊中逐漸稀淡，變成一層薄薄的黑霧。老師撥開雲霧說：「各位小朋友，這就是員林百果山的名產，蜜餞，台語叫做『鹹酸甜』。」她快餓死了，但不敢剝第二顆茶葉蛋。第一顆引爆黑雲，她怕第二顆會造成山崩。

回程路上，老師牽著小弟的手，笑語輕快，大家圍著小弟，完全忘記隊伍尾端的她，彷彿小弟才是班上的一份子，最受歡迎的同學。

老師牽著小弟，跟著他們回家。老師看到她，臉上的胎記又晃動了一下，想了幾秒，終於想起她。老師問她，要不要走前面？她看著地上，用力搖頭，她不介意殿後。走在老師後面，她可以偷吃第二顆蛋，而且，這樣她就可以盡情看老師的屁股。

看到母親，老師說順便，想剪頭髮。

母親修掉他的瀏海，胎記少了髮絲的遮掩，整張臉不再羞赧。胎記變成粉紅，對母親招了招手。

03

最熱的一天

他從F車站走出來，看一下手錶，快十點，這麼晚了，日夜在天空比腕力，黑夜即將扳倒白日。街燈甦醒，與月亮聯手，在石板路噴灑橘黃顏料。風躲太陽躲了一天，終於出來遊盪，把人們的髮當琴弦，撩撥出更多的熱汗。

車站外的小咖啡館入夜後變成小酒館，戶外幾張小圓桌擠滿了人，抽菸，大麻，聊天，威士忌，雞尾酒，花生米，洋芋片。咖啡館老闆看到他，開了兩罐啤酒，和他蹲在街邊，看著天空，都沒說話。月亮好亮，著火模樣。夏天來得又急又猛，早上出門前才燙好的酥脆純白襯衫，晚間已經變成黏在皮膚泥灘上的彈塗魚。怎麼可能這麼熱，今天日間39度，大學辦公室窗邊的溫度計高燒不退，顯示43度，柏林入夏最熱的一天，地球壞掉了。

人在柏林，他卻有回到島嶼中部的錯覺。

島嶼中部那個小城，員林。

肌膚爛泥，微風黏膩，盛夏一切都疲軟，冰涼啤酒玻璃瓶相撞，是此刻唯一的清脆。小廠牌的精釀啤酒，爽快救贖，滅身體裡的惡火，多年常客，老闆知道他喜歡什麼。

他指導的博士班學生今天論文口試，高溫把窗戶跟人們身上襯衫鈕扣全都打開，學生蒼白皮膚被熱浪染紅，兩頰雀斑梵谷星夜，腦子燒壞，答辯灰土，幾位教授也熱壞了，只想草草結束，提問隨意。其實厚重的博士論文不嚴謹無開創，贅言幾乎荒唐，他這個指導教授花了很多時間協助修改，差點不同意口試，但人家博士班讀了一輩子，髮禿面飢獨居缺愛無性沒錢貓死，趕緊給人家一個博士學位，讓他離開博士班地獄，前往下一個人生煉獄。論文口試比他這個指導教授預想的還順利，結束時大家看著窗外的噴水池，拿起論文當扇子，這本毫無研究價值的論文，總算有了實質功用。

他準備好了香檳，恭喜學生通過口試。可惜香檳忘了放冰箱，放在窗邊日光浴，溫熱燒喉，算了，請學生到大學餐廳吃冰棒，但冰品冷飲全售罄，只剩冒煙熱湯與滾燙咖啡，師生倆看著熱湯，吞口水如吞火球。外頭草地上躺滿脫掉上衣的大學生，青春恣意，以身體迎接過於熱烈的夏天，他想到自己以前格格不入的大學生活。

最熱的一天，大姊竟然來柏林了。口試完畢，傳了好幾個訊息給她，都沒有回應。等一下還必須開幾個會，接著跟學生聚餐，沒辦法趕回家。推算班機時間，大姊應該已經順利抵達，房子那麼大，離車站也不遠，應該很好找，希望有找到龍蝦跟海馬。

他前幾年去西西里島度假，駕車在島上亂逛，開到荒涼郊區，車輪揚起巨大煙塵，遮蔽視線，趕緊減速等煙塵散去，眼前出現許多簡體中文招牌，地中海柑桔檸檬橄欖氣味皆消散，空氣中出現了醬油蔥蒜味，彷彿意外闖入平行時空。他停車探訪，原來有不少中國移民在此設立廠房，做進出口貿易。他覺得這移民空間有研究價值，想寫一篇論文，剖析西西里島上的移民空間。

他到西西里島上的小鎮Cefalù，總覺得面熟，住進面海的民宿，開窗就是沙灘，喝酒，游泳，逛市集。有個街上小攤賣一堆廉價的塑膠飾品，龍蝦、海馬、比目魚、章魚，顏色過於鮮艷，老闆是個害羞的中國女人，溫州來的，他丟擲提問，來幾年了？怎麼會來到Cefalù？這些飾品是哪裡做的？西西里島這邊做的，還是Made in China？女人低頭說話，音量膽怯，不敢正視他的眼睛。他覺得女人好面熟，長得好像，像，像誰呢？他買了藍色龍蝦，結帳時女人說，先生買兩隻，我算你便宜一點，你看，肚子可以打開，可以放東西。於是他多買了橘色海馬。

當天下午他在沙灘上午覺，聽到一群講中文的觀光客，口音一聽就知道是來自台灣：「《新天堂樂園》就是在這裡拍的，你們看你們看，這裡啦！幫我拍一張。」

「什麼？《新天堂樂園》？什麼老電影啦，聽都沒聽過。」

「拜託，配樂很有名，你一定聽過，我哼給你聽。」

像。

他想起來了。

配樂他當然也會哼。

真的好像。

那個賣塑膠海鮮飾品的女人，長得很像大姊。細眼薄唇，不管笑或哭，一臉苦，人群中被大家刪除的臉，但他總是會注意到那張臉。

怎麼會在西西里島遇見大姊？怎麼會在西西里島想到大姊？《新天堂樂園》，當年他跟大姊一起去員林電影院看的電影。哪一間電影院？有老鼠的那家？還是電動手扶梯壞掉那家？電影哪一場戲在這裡拍？

在小咖啡館借無線網路查詢，原來是那場海邊露天電影院的戲。他走到海邊，想像電影美術人員在海邊搭露天電影院的景，海上有小船，鏡頭應該就擺在那邊。在員林看這部電影的時候，他幾歲？怎麼這部義大利電影會到員林這個小地方播放？除了大姊跟他，有其他員林人會買票嗎？

他其實有照相記憶，看過的聞過的嚐過的絕對不會忘。他忘了自己有強大的記憶。不，應該說，他逼自己忘記這個能力。他禁止自己使用記憶。他的智力曾經極致發揮，瘋狂轉速，但他再也不准自己使用。在大學教書，面對只想滑手機的學生，他不需要智力。

隔天那個攤位不見了，市集消失，夏天午後Cefalù海邊小城慵懶睡意濃，害羞的中國女人不見了。他在小城裡繞，一直找不到那個小攤。他不肯對自己承認，他其實在找大姊。

移民空間論文擱置，藍色龍蝦與橘色海馬跟著他回到柏林。

啤酒飲盡，掏錢付酒錢，老闆說，剛聽廣播，明天比今天好一點，38度。

慢慢走回家，遠遠看到那棟三層樓的大宅，地面層樓暗，大概出門找狗，還沒回家。往上看，那幾扇他熟悉的窗戶亮著，書房。剛在大學開會，實在是太無聊，看一下手機畫面：「姊姊到了。」再往上看，房子最頂層，暗，忽然亮，又暗，表示有人。窗邊有個單薄人影。大姊。

昨天大姊忽然傳電子郵件過來，說有急事，可不可以通個電話？姊弟倆很少通信，幾年前的大節日，過年或者中秋，大姊會寫封信來問好，他從不回信。大姊沒說什麼，沒要什麼，只會問好，柏林一切都好嗎？最近有要回來員林嗎？除夕有人陪圍爐嗎？中秋節快樂，柏林月亮也是圓的嗎？他一直都沒回信，後來大姊就不寫了，姊弟斷訊。柏林沒舊曆年氣氛，除夕無圍爐，他會走進書房，關上窗簾，關燈，鎖門，打開電腦，看一下大姊以前寫的拜年電子郵件，都沒刪掉，偷偷摸摸讀，怕窗外的月光偷窺。這是他允許自己與過去連結的最大限度。

忽然寫信來，說有急事，他看著電子郵件，還是沒回信。又一封來，說黑道找上門，要找你哥，他這次應該是惹了大事，黑道來學校鬧，怎麼辦，通個電話好嗎？

他把學期末的工作擱下，到庭院裡踱步。橡樹翠綠，結果纍纍，一陣強風襲來，翠綠的橡果掙脫樹木，砸在他臉上。

他回信，幾封來回，姊弟終於用前幾年在台北互加的通訊軟體通電話，員林柏林，靠網路連接，一個在員林公寓陽台，一個在柏林庭院橡樹下，那端夜這邊日，網路訊號太強，聲音過分清晰，接通後兩人都無言。慌張問好，亂說天氣，硬找話題，說橡樹，說過幾天歐洲會有熱浪，員林熱嗎？吃飽了沒？

「你哥真的很煩，這次感覺事情很大。幸好媽走了，不然她一定很崩潰。」

前幾年大姊一封電子郵件，沒主旨，裡面只有三個字。

媽走了。

他沒回信。

她沒期待他回信。幸好他沒回信。要是回信了，她這個大姊不知道該怎麼處理，她只是覺得，應該要跟他說一聲，畢竟是媽。她不要小弟做什麼，也沒有要他回來，只是想跟他說一聲。但想不到，小弟真的沒回信。

大姊說：「不然我去找你好了。」

沉默。

兩端都沒有「喂喂喂」，彼此知道網路連線佳，沒有斷線，只是沒話可說，誰都沒有催促誰要折斷沉默，柏林的小弟聽到員林的車聲，員林的大姊聽到柏林的風聲。但沉默太久了，太巨大了，必須有一方先說話，殺死沉默。

他坐在庭院裡的鞦韆，身體盪啊盪，看著柏林的天空，腦子有點暈。忽然，他聽到自己說，好。

他走到家門口，檢查龍蝦與海馬，龍蝦肚裡的鑰匙被取走了，海馬肚裡的歐元鈔票也不在了。他掏出錢包，把歐元鈔票塞回海馬的肚子。

進門，上三樓，樓梯間有消毒水的味道。

一開門進去，濃郁的花香撞鼻，客廳暗，月光透過窗戶灑進來，沙發上一個人影，趕緊站起來，慌張模樣。

「小弟，是你嗎？」

他對空氣說了一句德文，客廳的聲控電燈點亮。

燈讓大姊現形，一頭濕髮，貓圖樣連身睡衣，咬手指，皺紋活著，正在緩緩伸展，眼袋可儲一週糧食。

「啊，我剛找半天，就是找不到開關。好像找到了，切來切去，燈亮一下，又不亮了，我猜是不是壞了。」

「是聲控的。我再教妳。」

她心裡想，完蛋了，原來要說德文才能開燈喔，要死了。

她進門好想睡覺，吐後身體輕盈，但羞愧侵佔腦部，不行，先別管那個倒楣的樓下鄰居，辛苦幫她清理樓梯間的嘔物，手機需要充電，趕快連上無線網路，跟小弟說到了。翻找行李，終於在行李的最深處找到充電線，原來被醜內褲包著，但插頭規格不對，出門太匆忙了，忘了帶歐規轉接插頭。那要不要先洗個澡？把一身嘔吐汗臭汙穢洗去。這間房子採光佳，真的很多窗戶，日光四面八方灑進室內，牆上的畫，桌上的玫瑰，客廳的皮沙發，地上的地毯，窗邊的盆栽，一切都閃閃發光，像家具店的型錄。小弟真有品味，一個人住這麼大間，沒雜物，好乾淨，裝潢簡單，天花板好高啊，不知道是租的還是買的？客廳牆上好大一幅肖像畫，油彩湛藍海浪，沙灘，老屋，一張側臉看海，畫角落有簽名，是小弟的字跡。畫筆柔軟飛揚，浪濤有情，像是隨時要潑出來。

走進臥房，窗簾緊閉，阻擋熾熱陽光，氣溫驟降，夏天全面攻佔柏林，這間房間守住了些許即將滅種的涼意。床是海，召喚她的睡意，算了，忍不住了，先睡再說。她陷進柔軟的床鋪，立即掉入睡眠深淵。

她醒來，走出臥室，意識還在員林，口腔沙漠想找熱水器泡茶，前一陣子家長會才送了一盒阿里山高山茶，好餓，冰箱裡面應該還有那個很難買的彰化蛋黃酥，應該還沒過期吧？某個家長媽媽送的，希望老師高抬貴手，不要當了她兒子。她撞到廚房的中島，眼前的員林瓦解，按不到熱水器，冰箱位置不對，白色櫥櫃，銀色烤箱爐子，純白地磚，意識回到現實，啊，在柏林，冰箱裡沒有蛋黃酥，只有蔬菜、起司、火腿、雞肉、鮭魚。

算了，她根本不會煮菜，先洗澡好了，浴室好大，浴缸真美，古典模樣，底部四個金色爪子，泡起來一定很舒服。她在員林的公寓有浴缸，但她省水，從來不肯泡，小弟的浴缸好美，躺進去一定很舒服。她在浴室櫃子裡找沐浴用品，包裝上的德文朝她揮拳，讀一字睫毛禿光，讀兩字雙眼血泉，隨便啦，洗髮精還是沐浴乳都一樣，倒進浴缸跟熱水攪和，多倒一點，香香的就好，要洗掉一身嘔吐味。她到臥室找換洗衣物，再度看到那些破內褲，額頭火山爆發。沒關係，反正就是個鄰居，之後就算在樓梯間遇到，點頭打招呼快跑就好。

好香，水應該快滿了。她走回浴室，被眼前的景象嚇壞。

她是拿錯了什麼沐浴用品嗎？還是加太多？熱水瀑布撞擊浴缸，攪動她加入的不知名液體，激起厚重的白色泡泡，泡泡迅速堆高，築成雄偉摩天大樓，已經觸擊天花板。她趕緊撥開泡泡，但泡泡遮蔽視線，一時抓不到水龍頭，水滿了，溢出浴缸，地板成海。驚慌中她身體滑進浴缸，腳踢到了水龍頭，引來強大的水柱，從浴缸上方的花灑噴出。

她洗完澡，頑固的泡泡黏在天花板上，她想拿毛巾擦，但天花板太高，根本搆不著。濃密泡泡不肯消散，像密密麻麻的小眼睛，盯著她看。地板積水，只能先用毛巾吸水，好奇怪，為什麼這間浴室地板沒有水孔，水排不掉。

她穿好衣服走到客廳，天色已暗。透過窗戶往下看，有個人影打開大門，走進庭院，一定是小弟。她試圖開燈，所有的開關都跟她作對，只好坐在沙發上等。

很多很多年沒見了。

第一句話該說什麼？

幾年了？

她數學很差，腦子不好，小弟記憶力超強，一定知道。

小弟開門走進來，又變老了一些些，但是她的小弟沒錯，挺拔的鼻子，波浪鬆髮。以前睡在一起的姊弟，如今生疏，之間隔山隔海，怎麼打招呼？怎麼問好？燈好亮，照亮彼此的輪廓，小弟有白髮了，但歲月對他慈悲，氣色好，眼神有光。

感謝浴室的水災，姊弟沒時間生疏客套，小弟捲起襯衫袖子清洗浴室，爬上工作梯清理天花板的泡泡，她站在旁邊不斷道歉，幫不上忙，只能遞毛巾。

真倒楣，柏林第一天，先迷路，吐，累死了還要打掃樓梯間，現在竟然加碼清理浴室，她在台灣根本不打掃。母親過世之後，她離開那棟鐵路旁的爛房子，搬到小公寓，下定決心不打掃，誰都管不了她。

「想不想吃泡麵？我有帶幾包來給你。」

小弟開火烹煮台灣泡麵，他跑到樓下的庭院，抓了幾把綠色菜葉丟進鍋子裡，打兩顆蛋，加豆腐、肉丸、蝦仁，開窗，一鍋熱騰騰端上陽台的桌子，香味颱風，月亮嫉妒，喚醒整個柏林。他很多年沒吃到這滋味，小時候常跟大姊分享一碗雜貨店送他們的過期泡麵，沒錢加蛋，沒有青菜，單純熱水加麵，麵還沒鬆軟就急著吃，那清淡貧窮的油蔥味精香，那硬硬的麵條口感，他永遠記得。今晚他也是刻意把麵條留到最後才入鍋，迅速關火，他和大姊都喜歡這樣的未熟麵條。

陽台上對坐吃泡麵，透過蒸騰熱氣，看彼此老去的容顏。熱泡麵氽燙尷尬，失散已久的姊弟忙著吸麵喝湯，省略虛假寒暄。麵條在他們彼此之間拉出了一條隱形繩索，曾經的，熟悉的，共享的，一起的，大姊妳來了，妳吃麵還是這麼慢，小弟我來了，你吸麵還是這麼快，麵繩索越拉越緊，連結快斷了。要斷不斷，似乎連接又斷線，兩人低頭猛吃，大汗淋漓，鼻涕奔流。夏夜吃熱麵，酣暢痛快。用力擤鼻涕，擤掉一點點生疏。乾枯時刻，就吃泡麵，這是母親教的。吃完泡麵，睡個覺，什麼都忘了，什麼都好了。

「德國人好奇怪，浴室地板怎麼沒有水孔啦？」

他不知道怎麼回答大姊，他想到小時候鐵路旁的家，浴室地上的確有個水孔，晚上去尿尿，會看到小蟑螂從水孔裡爬出來，隨便一踩，蟑螂屍抽象畫。

「我睡這間，那你睡哪一間啊？這整個三樓設計也太特別，這麼大，幾坪啊？怎麼只有一間臥室？客廳這麼大，都可以讓我學生打排球了。沒關係，床不用讓給我，我可以睡沙發，我剛剛躺過了，好舒服。」

「不用，這整層樓都是妳的。」

「啊？」

「我睡樓下。」

「你睡二樓？哎喲，三八，不用啦，你不用為了我……」

「我住一樓。等一下，我是說，二樓。德國說的一樓，就是我們說的二樓。」

「啊？」

「反正我住樓下，最上面這一層樓本來就是空的，平常沒有人住，我們拿來當客房，朋友來柏林，都會住這裡。」

那個側面。

她認出那個側面了。牆上那幅畫，小弟畫的那個側面，海邊的那個男人，黑髮，藍海，鬍子，綠眼。那側面，是二樓那個。

小弟喝掉碗裡的泡麵湯，視線停在畫上，眼裡有綠色橡果滾動：「大姊，我跟他，住在樓下。」

員林
Yuanlin
044號
男人

風水命理大師

王大師

人生開運・企業發達・吉凶預測・風水科學

44號

小指過三關，不愁吃喝穿。

沒錯，果然是44號。

手機顯示03:24，實在是睡不著，這是她第一次離開亞洲，原來這就是所謂的時差，身體意識與異地衝突，閉眼覺得是員林，張眼看到純白天花板的紋飾，牆壁沒有黴菌，沒有剝落的壁紙，床單好香，是柏林。睡前小弟要幫她換新床單跟被套，她說不用不用，很乾淨啊，但想到剛剛一進門根本沒洗澡，一身吐味就上床昏睡，小弟一定是聞到了，這樣也好，忙著整理床鋪，姊弟就不用找話題，不用說話。新被套、枕頭套依然是淺藍色，波浪圖樣，有柔軟精香氣，整張床鬆軟海洋，接納她一身老骨頭，身體一艘朽船，沉入溫熱海洋，海床上永恆的船骸。

時差伸出凶狠鉤爪，硬把她從深沉的睡眠打撈到海面，大醒，窗外月亮圓滿，橡樹深眠，街燈守夜。好靜，無車無人無風，她能聽到自己眨眼的聲音，眼屎繁星，眼睛乾澀，眼皮刮瞳孔，沙沙響亮。她員林的公寓緊鄰主要幹道，夜裡總有趕路的卡車奔馳，這陣子有很多重機飆車，救護車、警車尖叫，從沒安靜過。柏林這個角落好安靜，F車站一定睡了，沒列車進入，聽不到任何震動，起身看窗外，石板路上沒任何人影，路兩旁的車皆睡，氣溫仍高，夏夜靜靜燃燒。

想開床頭燈滑手機，立即打消念頭，什麼都是聲控的，剛小弟試圖教她說德文，拿了一張紙，寫下一堆德文教她唸：

Alexa, Nachttischlampe an. 床頭燈開。

Alexa, Schlafzimmer an. 臥室燈開。

Alexa, Wohnzimmer an. 客廳大燈開。

Alexa, Badezimmer an. 浴室燈開。

Alexa, Spiel Musik. 放音樂。

Alexa, Nachttischlampe aus. 床頭燈關。

Alexa, Schlafzimmer aus. 臥室燈關。

Alexa, Wohnzimmer aus. 客廳大燈關。

Alexa, Badezimmer aus. 浴室燈關。

Alexa, Musik aus. 關音樂。

Alexa，你給我去死。

她試圖跟著小弟唸，但一整頁德文句子拔光她的牙齒、割掉她的舌頭，反正這裡快十點才天黑，不開燈沒關係，睡覺就好。小弟字跡還是這麼美，小時候參加書法比賽，一路無敵手，全班第一名，全員林第一名，全彰化縣第一名，本來要去台北參加全國比賽，但學校無法補助旅費，只好作罷。獎狀很實用，房間牆上冒出囂張黴菌，就用小弟的獎狀遮蓋。

用小弟給的充電線跟插頭，手機終於充飽電，趕緊查一下郵件、訊息，她以為會有學校的電子郵件，突然請了好幾天假，學期開始前都不會回去學校，交代同事有急事可以寫郵件給她，雖然才剛到柏林，但搞不好有學生或者同事關心，幫忙改期末考考卷的老師有沒有寫信來？但一切死寂，沒有人寫信給她，連垃圾郵件夾都是空的。

打開手機的手電筒，翻找背包。她睜眼閉眼都想到黑衣人，一直想確認是不是44號。

翻開金色筆記本，果然。

她記得是個中年男人，肚子寬廣，頭髮稀疏。剪完頭髮，說要幫母親看手相。

「不用擔心，我不會收錢。我平常收費可是很貴的喔，今天幫老闆娘看一下掌紋，不求金錢，結個善緣。」

他遞上名片，太極圖，燙金字體：「王大師。風水命理大師，人生開運，企業發達，吉凶預測，風水科學。」名片母親沒丟，就貼在員林44號男人這頁。

王大師摸骨，從母親的手臂摸到手心，暢快老練，遇到幾個穴道，施力加壓，母親表情變異，洗髮剪髮的勞動雙手忽然被按摩，眉頭緊了又鬆，雙頰兩個小漩渦。她在一旁掃頭髮，偷看母親，她從沒看過母親臉上的酒渦如此深邃。

王大師讀掌紋，說母親多情，一世桃花盛開，要慎選桃花，否則難靠岸。

母親看著王大師的左手小指頭，問他為什麼小指頭的指甲留這麼長？

「小指過三關，不愁吃喝穿。」

王大師說，根據手相學，男左女右，五指攤開併攏，如果小拇指長度沒有超過無名指最上面的那個關節，表示財運不通，一生被錢追著跑，財運難登門。解決方法很簡單，就是把指甲留長，讓小指頭長過無名指三關，從此一生不愁穿。

出發到柏林前，她把母親的鋼筆跟金色筆記本都放進背包，想了一下，又拿出來。離開公寓前，又塞回背包。

除了學校的教科書，其實她根本不讀書。母親過世之後，這本金色筆記本成了她唯一的讀物。

小弟，你記得這筆記本嗎？

母親好愛在這本筆記本上寫寫寫。

你也是好愛寫寫寫。其實我好想問你，憑什麼，根本沒經過我的同意，就寫了那本小說。竟然還得了一個什麼百萬文學大獎。你怎麼可以那樣寫我，很過分。我根本不是那樣的人。

你記得嗎？

員林44號男人。

記不記得？我們兩個睡，你哥半夜忽然來跟我們擠，他打呼又放屁，吵死了。

隔天早上母親打開我們的房門，幫我們蓋被子。我被你哥吵了一個晚上，累死了，被睡眠牽絆，醒不來。我的臉被什麼尖銳的東西戳了一下。痛。我沒醒。

你可能忘了吧，但我知道，幫我們蓋被子的人，不是母親，是王大師。但我猜你怎麼可能忘，你腦子裡有五大洋七大洲，忘不了吧，連我這個笨大姊都記得。而且我清楚記得，王大師小指頭戳到我的時候，我的手心裡有你的大拇指，摳了一下。

她把金色筆記本放回背包最深處，起身走到陽台，看房子的庭院還有大門。她總覺得，圍牆外有人。那個用小指頭長指甲刮她的黑衣人，埋伏著，等著她。閉上眼睛，那長長的小指頭指甲從員林伸到柏林，不斷戳她的臉。

張眼，外頭的柏林夜晚毫無人煙，鞦韆靜止，花草安眠，Lotte在街上張貼的尋狗啟事裡熟睡。

確認沒有黑衣人，她釋放肩膀裡的鉛，打了個大呵欠。

啊，完蛋了，卡住了。落下頷了，嘴巴闔不起來。她之前牙痛去看牙，診療結束，嘴巴卻闔不上，醫生幫她按摩顳顎關節，不斷叫她放鬆，搞了好久，才幫她把嘴巴闔上。她忘了醫生叮囑，不要太用力打呵欠，也盡量不要張嘴大笑。

有鬼。

她嘴巴張得更大，無聲尖叫。

外頭的石板路上，有白色的影子飄蕩。

沒有黑衣人，她卻看到柏林鬼了。白白的，速度好快，沒有腳步聲，街燈應該也看到了，閃了一下。白鬼長髮，浮在石板路上，快速飄動，停在這棟房子前面，摸了龍蝦與海馬。忽然烏雲蔽月，街燈熄滅，白影女鬼被黑夜吞噬，消失了。

04

一個沒有人叫她老處女的地方

依約，早上七點半，大姊走下樓，敲門。

綠眼德國人開門，微笑迎接，對著大姊說了一串中文。那些似乎標準又沒那麼標準的中文是嗡嗡蒼蠅，朝耳朵衝撞，大姊僵笑點頭回應，想找蒼蠅拍，想叫德國人閉嘴。小弟僵坐，姊弟避免眼神交會，看著桌上的可頌、黑麵包、果醬、起司、火腿、果汁、水果、優格。只有德國人筋骨旺盛，在廚房弄刀放火甩鍋，問要什麼樣的咖啡，榨柳橙，打果汁，煮班尼迪克蛋，聲控播放古典音樂，切麵包，語氣熱切。昨天之前，德國人從來不知道他的台灣男友有個姊姊，小說裡寫了個大姊，但那是小說，想不到虛構成實體，真人大姊來到了柏林。這個大姊，是小說裡那個大姊嗎？

小弟剛跟德國人抱怨早餐準備太多，過於豐盛，但現在他心裡感謝這些堆疊的食物，看食物就不用看人，凝視食物沒事，凝視人，時常出事。他跟德國人就是凝視出事。出版社聚餐，慶祝他小說德文翻譯版上市，一桌難求的米其林餐館，主廚出來致意，送上驚喜招待。

主廚綠眼，一直看著長桌尾端的那位作家。

大姊起身環視小弟住的這層樓，四面都是窗戶，朝陽潑在地毯上，深色沙發，純白牆壁，牆上幾張油畫，比樓上多了許多隔間，書房、主臥、廚房、客廳、兩間衛浴，一切不紊清潔有序，不像真的，根本是家具店的型錄。書房好漂亮，書架直達天花板，有好多好多藏書，小圖書館，架上有小弟寫的那本小說嗎？書籍照作者姓氏分類，過分整齊。她之前參加旅行團到東京，意外有機會進入尋常人家的公寓，原來跟台灣人家裡差不多，雜物堆疊，許多鮮艷廉價塑膠品，沙發上衣物陳屍，冰箱塞滿過期食物，浴室裡有黴菌，蟑螂出沒，她還以為所有日本人家裡都像是日劇裡面那樣陳設精巧。回台灣後，她夜裡身體時常漲潮，溫熱的浪濤在身體裡拍打臟器骨肉，冷氣開最大還是熱汗奔騰，吃完泡麵更餓，睡不著，就看電視。百個頻道亂轉，停在電影台，日本片《比海還深》，颱風天，一家人被困在小公寓裡，收音機傳來鄧麗君的歌聲。電影裡的那個日本小公寓亂亂的，髒髒的，外頭風雨交加，電影主角之間也風雨淒厲。她不知道是誰拍的電影，也沒看過這些日本明星，她特別注意小公寓裡的那些悲傷的碗盤、櫥櫃、浴缸、床鋪，醜醜的，窄窄的，舊舊的，黃黃的，一家人擠在一起，各藏不可告人，寒酸悲哀。電影好長，她看到天亮，哭了。好久沒哭，怎麼哭了？哭無盡頭，身體裡的潮水都衝向雙眼，兩眼腫成蜜餞梅，還得上課，等著被那些尖酸的高中生取笑。小弟柏林家這麼像是型錄樣品屋，應該是小弟的功勞？昨夜看他打掃樓上的浴室、整理床鋪，眼神凶狠，容不下任何潮濕、皺摺、汙垢、異味。或許，也容不下她吧？

小弟讀報，眼前新聞讀不進腦子，紙張遮臉，看不到面前的大姊，就不用開口提問。到底發生什麼事？哥又惹到誰？躲去哪？欠多少錢？有報警嗎？妳學校請假沒問題吧？暑期輔導不用上課？來柏林住幾天？這幾天要幹麼？哥的爛攤子怎麼收拾？想問，也不想問。

大姊低頭猛吃，滑手機，咀嚼無空閒，假裝查看電子郵件，避免說話。天亮前她努力按摩雙頰，嘴巴才終於慢慢闔上，現在真的不想開口說話。早餐過於美味，也不像真的，怎麼可能在家裡這樣吃？精心擺盤，手工果醬，餐盤杯組刀叉都成套搭配，桌上一束白牡丹盛開。她在台灣不太吃早餐，頂多上班途中買一份油膩的蛋餅，配大冰奶，邊走邊吃，隨便亂吃。中醫師勸她不要再喝冰，但她身體燥熱，飲料去冰怎麼解熱？來柏林第一頓早餐卻如此精緻，可頌剛從烤箱出爐，酥脆閃亮，咬一口世界崩塌，她猜當年柏林圍牆就是這樣倒的吧。她也想舉手發問，模仿那些叫她「老處女」的學生，請問老處……我是說，請問老師，請問這個德國人是誰？班尼迪克是誰？為什麼他要做早餐給我們吃？怎麼可能蛋上面灑松露？為什麼他會說中文？我為什麼在這裡？我今天要幹麼？我來這裡幹麼？你們每天都這樣吃早餐嗎？每天這樣不累嗎？

早餐終於來到盡頭，裝啞的姊弟終究得開口，但心口不同步，嘴吐瑣碎，毫不真心：今天待在家？還是想出門？想去逛逛博物館，早上滑手機，看網路上推薦有一個什麼博物館島？菩提樹下大道？好啊，我教妳怎麼買車票，怎麼搭車轉車，我今天還要上班，明天帶妳去辦一張德國的手機ＳＩＭ卡，有網路就不怕迷路，還有其實那些樹不是菩提樹，翻錯了，是椴樹。沒關係沒關係，我可以自己來，不要麻煩你，你上班比較重要。我十點去上班，看妳要不要跟我一起走去車站？我教妳買票，跟妳說怎麼搭車。

昨天充滿荊棘的石板路，今天跟小弟走，一路通暢。隔壁的手工鋼琴店剛開門，老闆手上夾一根未點燃的雪茄，跟小弟打招呼。小弟介紹大姊，昨天剛從台灣來，點頭，微笑乾柴，握手牽強，反正一大串德文蒼蠅，煩，全部都趕不跑。她看進鋼琴店的櫥窗，窗台上擺放幾個手工木製的鋼琴鍵盤，體積微小，大約手掌大，一張字條寫著Spielbare Miniaturen。小弟說，這是一家百年老店，傳承好幾代了，可以跟老闆訂製手工鋼琴或者風琴，也有這種迷你小鋼琴。老闆從窗台拿了一個迷你小鋼琴，放在她的手心。是個木盒，淡淡木香，打開盒子見弦，木造八個小鋼琴白盤，五個小鋼琴黑鍵，作工玲瓏，指尖按鍵，琴音爽脆順耳，像小弟家前院清晨的不知名鳥叫。

小弟，你還彈鋼琴嗎？

朝車站走去，她努力記住街道模樣，左看右看，手機拍街名，以免昨日迷路重演。那個街角有麵包店，這個街角是花店，過去一點是童裝店，左轉再左轉，就會看到Ｆ車站外面那間小咖啡館。咖啡館剛開門，老闆揮手打招呼。

走進F車站，小弟教大姊怎麼用機器買票，觸控螢幕上皆是德文，小弟說可以選英文，但英文德文土耳其文什麼文其實都一樣，看不懂，不過是買張車票，卻要按八十個鈕，這不是賣票機器，是刑具。機器吐出一日票，小弟說這張票可以搭柏林所有大眾交通工具，S Bahn，U Bahn，公車，Straßenbahn，還有渡輪，有這張票今天就不用買票。一堆Bahn來Bahn去，她聽到頭痛。她拿出歐元鈔票要塞給小弟，小弟回絕，眼神堅決，她只好把錢塞回錢包。

小時候，母親說家裡要做生意，嫌他們吵，叫他們出去玩，不要打擾髮廊生意，他們倆就會手牽手走到員林火車站，看火車進站離站，幻想口袋裡有錢，買張車票，去台北，反正到台北之後，看一下就馬上搭車回來，媽媽不會發現。但沒有錢，只好坐在候車廳，小弟不怕生，找站務人員聊天，賣票的阿姨、剪票的叔叔都好喜歡他，總是準備點心零食給他。但零食只有一份，那些阿姨叔叔都沒注意到候車廳那個安靜的小女生。小弟總會把零食留一半給大姊，兩人在候車廳的椅子上吃零食看火車，直到睡著，旅客吵鬧都吵不醒他們，醒來天黑，手牽手走回家。跟大姊班級去過百果山遠足之後，姊弟倆的足跡開始大膽，敢偷偷違背母親的命令，走遠一點，試陌生的街道，但都離車站不遠，光明街，中正路，中山路，民權街，民族街，小弟總是想大步邁出步伐，繼續走，但大姊一定拉住他，怕再走一步，就回不了家。那時候家前面的路開始地下道的工程，怪手挖開地面，每天都地震。為什麼家門口的街道要挖地下道呢？員林車太多了，車輛平交道等火車，時時都在塞車，所以鎮長開標工程，在鐵軌下方挖開地下道，以後車輛就不用等火車了。

小弟離開員林那天，她和母親去火車站送行，大弟不知道死哪裡去了。小弟走進車站，剪票，進月台，耳際有手心摩擦沙沙，列車誤點，但還是來了，帶走小弟，往北。她多希望列車永遠不要來，想拉住小弟，拜託不要留下我。小弟上車，沒回頭。她一直等小弟回頭。不是約好了嗎？再去看一場電影。你答應過大姊，記不記得？你一定記得，你說要教我德文，梅莉・史翠普說的德文，我一直學不起來，你不可以走。

當年那個沒回頭的小弟，如今長得比她高出一個頭顱，亞麻淺藍夏天西裝外套，象牙白平整襯衫，休閒褲挺立，墨鏡遮眼，髮是輕柔的浪。剛出門前照鏡，鏡中老女人怒視，好久沒修剪頭髮了，綁馬尾像爛拖把，垂放到肩膀像許久沒澆水的盆栽，反正都是女鬼模樣。想開口請小弟介紹髮廊，盯著他的髮型看，喉嚨就是發不出聲音。

耳際沙沙，腳下月台蠢動，列車快來了。小弟交代：「這裡的捷運沒有閘門，走進來就是，上車之前這張票要打卡，像這樣，要是遇到查票的人，再拿票出來就好。」他把剛印出來的票券塞進月台上的打卡機，嗶，票面上打上了一行小字。

「我的車來了，我往南，這個方向，大姊妳等一下搭這邊的車，往北。」

她手心握緊小弟寫的紙條，怎麼轉車，那一站下車，地址，站名，博物館名稱，詳細工整，就怕她迷路。小弟走進車廂，車門關上。隔著車門玻璃，小弟背對著她，還是沒回頭。列車遠離，月台淨空，只剩她一人。

一搭上往北的列車，睡意壓身，她輕輕拍打自己的臉，企圖殺死逐漸壯大的睡意，要是睡著了，錯過站，手上這張紙條也救不了她。一路緊繃，睜大眼睛看列車資訊，注意方向，在陌生車站裡爬上爬下，不敢上車，怕問路，東探西望，流出的汗比一路上看到的河流、運河還湍急，也不知道自己到底搭錯了幾班車，反正終於順利抵達博物館島。

走上通往博物館島的橋，街頭藝人拉小提琴，遊客開心拍照。大家都說歐洲美，怎麼拍怎麼好看，學校老師們寒暑假來歐洲，都會在網路上貼美照，古堡、河畔、博物館、美食、啤酒，但她剛剛一路上看柏林，很多很醜的房子，塗鴉放肆，根本不美啊，不符合她的想像，硬要比較，其實員林也沒多醜。站在這座橋上，景緻終於比較貼近她對歐洲的想像，古蹟，河流，要不要自拍一張，待會上傳到冷清的社群網站？不行，萬一黑衣人看到怎麼辦？

沒自拍，沒買票進入博物館，街頭藝人的琴音催眠，她在博物館島上找了個角落坐下，頭靠上古蹟廊柱，立即墜入深深的睡眠。似乎夢到了什麼，白色Toyota，七彩藥丸在馬桶裡自由式蛙式蝶式仰式反正淹不死，墓園，醫院，警察，醫院院長哭了，大弟捶醫院的牆，蛋糕炸雞，開往台北的列車在第二月台即將開車，請旅客趕緊上車，小弟終於回頭了。

破嗓吵醒了她。不知道睡了多久，趕緊查看背包，錢包護照鑰匙一切都在。小提琴走了，此刻橋上一個搖滾樂團，鼓聲砸盤，電吉他吵，長髮主唱脖子裡養了一隻怒犬，開口吠叫憤怒，聽者避，硬把她從夢境拉到現實。

她對著眼前的博物館伸懶腰，其實她根本對藝術畫作毫無興趣，買票進去幹麼，吹冷氣？裡面有冷氣嗎？眼前的百年古蹟跟她毫無瓜葛，不想浪費錢買票。學校之前請了她根本沒聽過的什麼不知名旅德作家來演講，她去聽了，講者的投影簡報上有「德國十大必遊城市」、「德國十大必吃美食」，她在台下好想叫他住嘴，什麼叫「必遊必吃」，啊沒去過沒吃過是會死掉是不是。旅德作家講了一堆才講到柏林，她專心聽，想聽到任何關於小弟的消息，但作家介紹看起來很難吃的什麼咖哩鬼香腸，還有什麼必訪白湖猶太墓園，她受不了了，聽不下去，誰會出國專程去看人家的墓仔埔，瘋子啊，還有什麼大屠殺紀念碑，神經病，誰會出國去參觀人家怎麼屠殺。她搶了旁邊打瞌睡學生手上的演講心得回饋單，寫下「以後拜託不要請這種爛作家來亂講，浪費資源，浪費時間，難聽死了。」接著邁開腳步，刻意用力踩地板，離場前回頭狠狠瞪了台上的旅德作家，用眼神比中指。為了躲黑衣人，終於來到柏林，但她對眼前的柏林毫無感覺，完全不想拍照。柏林與她無關，那員林呢？前天搭車去搭飛機，她在車裡看員林，覺得陌生。員林什麼時候變成這個樣子？什麼時候有那條街？地上的鐵軌怎麼不見了？地下道怎麼不見了？不是昨天才開始開挖地下道？

算了，這麼熱，去哪裡都不舒服，回小弟家好了。沒睡飽，回去好好睡，小弟的床真的好舒服。

搭車，轉車，明明沒人注意到她的存在，她一路擔心旁人會察覺她的不安，直到確認自己搭上了往南的列車，對，是這班，車號沒錯，數一數，還有很多站才到小弟家的F站，終於可以稍微放鬆肩膀，看窗外的醜柏林塗鴉。

看著看著，瞳孔三稜鏡，那些繽紛的街頭塗鴉在視線裡萬花筒，柏林扭曲繽紛，眼皮想拉下窗簾，頭枕窗，睡意突襲。入夢，尖銳的小指頭穿刺身體。

忽有預感，耳邊沙沙。

藍色搖醒她。

好藍。

她一睜開眼，車廂不見了，溫熱的海浪拍打，撲通，她的身體掉入很深很深的藍海，腳碰不到底，無法呼吸，完了，她不會游泳。她一直想要早點申請退休，一退休就去一個沒有人叫她老處女的地方，離開員林，學游泳，自助旅行，染金髮，談戀愛，學喝酒。還沒學游泳，怎麼就掉進深海？

車廂刷入隧道，是隧道嗎？還是鑽入橋梁底下？地下道？員林那種地下道？陽光退散，車廂好暗，一雙藍眼睛搖她的肩膀，截斷她的夢境，對她說了一串德文。藍眼睛在黑暗裡炯炯燃燒，直視著她。

搖頭，搗耳，聽不懂，為什麼你們要跟我說德文，我離開德文系就發誓這輩子絕對不要跟德文有任何關係。

深海藍眼睛不肯離開，繼續對她說話。列車離開黑暗，陽光潑進來，朝她的眼睛射箭。

藍眼睛一直說ticket ticket ticket，她終於懂了，原來是查票員。小弟早上跟她說過，遇到查票員，拿票出來就好。

藍眼睛接過票，搖頭，指著票面又說了一串。聽起來好像是英文。

車停靠站，藍眼睛指示要她下車，她不願意，這不是F車站，我為什麼要跟你下車，我有票，而且我有打票。

在陌生的月台上，她和藍眼睛開始爭執，但彼此的語言無交會，藍眼音量提高，她也把那個罵高中生的老處女從身體裡釋放出來，吼出一隻台灣黑熊，讓對方知道自己不好惹。她拿著小弟買給她的一日票，衝到月台上的打票機器，打票給藍眼睛看：「你看，你看，我有打票！我每次轉車都會打票，已經打了很多次了，你看，你不信，我再打一次給你看。」

打票機器嗶嗶嗶嗶嗶，在她的票面上不斷打印。藍眼睛搖頭，堅持開罰單，要她繳交六十歐元的罰款。

什麼？你要我給你錢？我為什麼要給你錢？你憑什麼要我給你錢，我沒犯法啊。為什麼大家都要我的錢？

黑衣人也要她的錢。

「妳弟弟欠我們，沒多少啦，林老師，幾千萬而已，要是妳能幫忙，我們就不用找他，也不會再來煩妳。」

黑衣人下部堅硬，貼著她的身體。

她感覺得到月台上其他人的目光，搶看熱天午後月台上的肥皂劇，查票員與逃票亞洲女乘客會不會大打出手呢？兩人的對峙分貝衝破噪音標準，勝負未明。她受不了眾人目光在她身上，完蛋了，這些柏林人一定發現了，月台上有個來自台灣員林的老處女。

好啊，想要我的六十歐元？一百歐元給你不用找。

她掏出一張全新的一百歐元鈔票，丟給藍眼睛，快步奔入即將關門的列車。藍眼睛追上來，車門即時關上，她背對著月台，不想回頭。她不想讓那個爛查票員看到自己哭了。

幸好這班車沒什麼人，她走到車廂角落，坐下來哭，這麼熱，就算有人看到她哭，眼淚鼻涕可以輕易偽裝成汗。車廂蒸籠，人味百川，臭味吸到飽自助餐，前菜腋臭主菜胯下臭甜點腳臭，主廚額外招待驚喜屁臭。想吐，不行，把吐意全往眼睛擠壓，交給眼睛吐，炎夏煮淚成岩漿，臉頰上蝕出兩道新皺紋。才哭一下子，老處女又老了十歲。

岩漿暫停噴發，她才發現，坐錯車了。

36號

同名不同姓，美麗不美麗。

36號，一看就知道是吳美麗。

美麗是母親的名字。

也是鋼琴店老闆的名字。

36號男人，她和小弟的第一場電影。

有錢人，開著黑色大轎車來洗加剪。母親說，是德國進口車喔，B開頭。大弟常去書店翻汽車雜誌，偷撕了幾張貼在家裡牆上，說以後要賺大錢買這台跟那台，通通都買，想不到雜誌介紹的新車款出現在家門口，他忍不住伸手摸車頭燈，雜誌上說這是「雙腎」設計，他好想摸看看，怎麼可能員林有這輛車，但母親趕緊拍掉他的手。

車的主人走下車，摸摸大弟的頭說：「沒關係，盡量摸，你乖的話，我等一下剪完頭髮，給你坐看看。」

這些年員林名車多，她任職的學校放學時刻，校門口會出現許多進口名車排隊等著接小孩，品牌車款性能馬力大比拚，什麼時候員林這個小地方，變成名車競技場？有一次她在上班途中去買蛋餅，早餐店電視上播放著晨間新聞，螢幕上方寫著「台灣小鎮傳奇」，下方字幕聳動：「員林富豪多！車站方圓1.5 km，逾20家銀行。」記者站在員林街頭拿著麥克風說：「員林有三多，有錢人多，律師多，銀行多，金融業表示，員林存款上億的保守估計超過七百位，以當地人口計算，每一百七十八個員林人，就有一位億萬富翁，密度全台第一名。」

第一名？她站在早餐店前把蛋餅吃掉，看看周遭的醜房爛屋，腳下一隻肥老鼠竄過，這條街每次下大雨就會淹水，這就是全台第一名的小鎮啊。

對照一下手上的金色筆記本，當初裡面有好幾位客人，都是員林億萬富翁吧。

36號男人賣日本進口鋼琴，當時全台灣流行送小孩去學鋼琴，他的店面離他們家不遠，一樓擺滿各式各樣的日本鋼琴，樓上開設鋼琴班，員林本地與附近鄉鎮的家長急著把小孩送來學鋼琴，沒學鋼琴等於在起跑點落敗，跟不上群體。她放學回家一定會經過這間鋼琴店，店外面放滿小朋友的鞋子，趕著進門學鋼琴的孩子匆忙脫鞋，剛上完課的孩子努力在百雙鞋子裡尋找自己的鞋，她怎麼可能有錢學鋼琴，那鞋海裡從來沒有任何一雙鞋屬於她，全班都在學鋼琴，她就是落敗的那個女生。大弟時常想買新鞋，母親再怎麼溺愛也無法滿足他的需求，他哭鬧一陣之後放棄，放學後去鋼琴店外面挑鞋，一堆孩子進進出出，根本沒人注意到他不屬於鋼琴班，耐吉愛迪達美津濃，款式都是新的，合腳就穿走。家裡忽然多了很多新鞋，母親沒責罵，眼神甚至有嘉許。

有次母親生意做太晚，晚上十點多了，給了他們三個一些零用錢，叫他們出去吃宵夜，十二點以前不要回來。大弟拿了錢馬上跑掉，說要去贏錢，賺大錢買德國轎車。大姊和小弟手牽手去買宵夜，其實不餓，只想回家睡覺，姊弟坐在打烊的鋼琴店外面吃鹽酥雞，隔著玻璃看店裡那些美麗的鋼琴，黑的，深棕的，白的，平台，直立，電子，一盞水晶吊燈徹夜不眠，照亮所有的鋼琴。那一大片窗玻璃就是實體的貧富藩籬，清楚區隔階級，員林小孩有兩種，一種能脫鞋進入學琴，另一種無法脫鞋進入學琴。學校老師說遠方有柏林圍牆，把一個城市分隔成東西兩邊，一邊自由民主，另一邊共產極權，她聽不懂老師說的，無法想像那道牆，但面前這片玻璃，就是她的柏林圍牆，她沒機會爬牆，永遠在這端落單。鋼琴摸起來是什麼感覺呢？冰的？燙的？硬的？軟的？滑的？粗糙的？鍵盤聞起來什麼味道？黑鍵跟白鍵的味道一樣嗎？她許願說想要白色的那台，放在房間裡面多好啊，她一定會每天練習，不知道世界上有沒有粉紅色的鋼琴呢？有的話她會選粉紅色。小弟說，大姊妳看看，最裡面、最大的那台，他選那台，但他不要擺在房間裡，放下去地板會垮吧，他只想彈看看。

她的願望當然沒成真。

但小弟的願望成真。

36號的德國雙腎大轎車常出現在家門口，他叫吳美麗，跟母親同名。母親笑說吳先生你爸媽也太過分了吧，女生取這種名只是壓力很大，擔心不漂亮怎麼辦，但男生取這種名會從小被笑到大吧？36號說，算命仙取的，說將來一定大富大貴，雖然的確被笑到大，小時候很想改名字，但鋼琴真的讓他致富，本來擔心鋼琴這麼貴，不是民生必需品，員林小地方能賣掉幾台？想不到開店第一個月就業績驚人，請了十個鋼琴老師還不夠，短短半年就賣掉幾百台鋼琴，果然美麗人生。算命仙很準，他自己後來生兒子，取名也找這個算命仙。

36號問母親，三個小孩想不想學鋼琴？反正鋼琴店跟你們很近啊，不用擔心學費，鄰居互相照顧，不收錢。母親的目光直接跳過大女兒，問兩個兒子。大兒子吐舌搖頭說不要，小兒子點頭。當天晚上，小弟就去上了鋼琴課。

洗完頭，36號坐在位置上對著鏡子裡的母親說：「我從小被笑到大，我還姓吳哩，所以我的外號就是『不美麗』，超白痴的，鋼琴班還有很多小朋友叫我『不美麗老闆』，死囡仔。老闆娘，妳名副其實啦，一定沒有我這麼慘，沒有人敢笑妳吧？」

名叫美麗的母親，美麗嗎？

她透過髮廊客人的凝視，確認母親人如其名。

病纏母親晚年，糖尿病，高血壓，心臟病，子宮脫垂，全身器官毀，那張臉卻不肯病，當然有皺有斑，但依然光華奪目，「鐵枝路邊的」總也不老。

有次36號在週末下午時分來，問三個小孩想不想看電影？他給了電影票錢，請司機載他們去電影院。

那時候他們已經懂了。母親做生意，他們不能在家。

大弟不想下車看電影，只想繼續搭雙習車。大姊和小弟從沒進過電影院，兩人下車，微微發抖。

這棟商場剛落成不久，樓下是員林綜合市場，樓上有日新戲院、員林大戲院跟真善美大戲院。週末市場人流湍急，商家叫賣聲宏亮，小鎮大步邁向繁榮之路。商場開幕時，他們聽大人說，蔣總統來了，幾乎全員林人都湧向商場。他們也很想去看蔣總統，是每間教室都必須懸掛的肖像蔣總統？還是此刻在任的那個蔣總統？大姊班上的班長就說他長大以後要改姓蔣，學鋼琴、英文、心算，全班第一名，鎮長的兒子，上台演說「我的志願」，語調鏗鏘說以後要當總統，把員林建設成世界最繁華的大城市，得了演講比賽第一名。總統蒞臨那天人潮太洶湧，他們根本擠不進去，沒看到總統，騙人的吧？總統根本沒有來，只聽到大家說，那個電動手扶梯被人踩壞了。啊好可惜，總統來不來都沒差，他們根本不想看總統，他們只想搭電動手扶梯，電動的哩，來自未來，會動的樓梯，竟然抵達員林了，好想搭看看喔。

開幕之後，商家沒修電動手扶梯，任其靜止。姊弟在死亡的電動手扶梯走上走下，想像腳下的階梯通電，再也不用邁步辛苦爬樓梯，有了科技人類就不用再動，躺著也可以往上爬，抵達雲端，傳說那裡有繁華。

要看哪一部電影？

小弟指著一張海報說：「大姊我要看這部。」

買票，售票口的阿姨說：「限制級的喔。」阿姨說完還是收錢找錢遞票，這部賣座超慘的，根本沒人要看的文藝片，老闆準備要下片了，想不到還能賣出兩張票，反正小孩子又看不懂。

他們抓著電影票，走進電影院，眼睛適應黑暗，整間電影院，好靜，只有他們兩個。票券寫有位置，實在是太暗，看不清楚幾排幾號，反正沒有人，亂坐，但不敢選中間的位置，選靠牆的，忐忑坐下。原來電影院長這個樣子啊，天花板好高，前方一大塊白布，在黑暗裡散發淡淡的銀色光芒。牆薄，可以聽到隔壁廳播放的電影。有腳步聲，蚊蠅襲耳，掃把刮過地板，誰在咳嗽，一口老痰撞在地上，屁股下的坐墊咿呀低吟，腳邊有什麼滾動，應該是掙脫姊弟胸腔的心臟。

忽然，電影院後方射出了一道光束，投在大銀幕上，他們從來沒看過這樣的奇觀，那道光照亮電影院，銀幕上出現「國歌請起立」，姊弟被面前的光嚇傻，沒有起立，後面的打掃阿姨大叫：「站起來啦！不站起來等一下被警察抓走我救不了你們。」姊弟身體彈跳，站立大聲唱國歌。打掃阿姨又大叫：「哭夭喔！不用唱這麼大聲啦，我欲睏啦。」

國歌退場，姊弟還是不敢坐下，怕警察衝進來把他們抓走。銀幕變暗，忽然又一道強烈的光束，帶來了紐約布魯克林的夏天，兩男一女，眼滿哀愁。電影裡的人身體好大，頭顱佔據整個大銀幕，姊弟都沒看過外國人，那道光把遠方的人帶來員林，他們髮色眼睛鼻子都好奇怪，說著陌生的語言。他們明明身在員林的電影院，卻有身在遠方的虛幻感。那道光讓空間時間都變質，身體跟著電影去了很遠的地方，如果搭上員林開出的火車，能抵達電影裡的布魯克林嗎？往北還是往南？光滅了之後，他們走出電影院，外面的員林會不會已經消失，變成紐約？他們還能回到員林嗎？

黑暗中，她和小弟互看一眼，小弟眼睛裡都是淚，緊緊握著她的手，拇指在她的手心輕輕摳著。

那部電影到底在演什麼，她根本忘了，就記得讀字幕眼睛好累，劇情複雜實在看不懂，超出她的理解能力，頭往後靠，身體陷入座椅，睡著了。

但她記得，醒來看到的那場戲。女主角帶著兩個小孩，在人群中被一個軍官罵，軍官逼女主角做選擇，要女兒還是要兒子？

女主角選了兒子，小女兒被軍人擄走了，尖叫哭喊。女主角看著女兒被帶走，嘴巴張好大。那張嘴在大銀幕上好大好大，大到把整間電影院都吞掉了，她忍不住跟著張大嘴巴，好痛，跟著女主角無聲尖叫。痛，因為小弟的大拇指在她的手心用力鑿孔，她趕緊甩掉小弟的手，在黑暗中把手舉高，借大銀幕的光，確認手心有沒有多出一個洞。

電影叫《蘇菲亞的選擇》。女主角叫梅莉．史翠普。

她跟小弟這輩子看的第一部電影。

電影結束，光束被收回電影院後方的一個洞，電影裡的兩男一女消失，天花板亮燈，幸好，他們沒被那道光帶去別的地方，身體順利回到了員林。

走出電影院，小弟說的話，她完全聽不懂。

黑色轎車接他們回家，大弟跟母親說「不美麗」的司機帶他去賭博打牌，真好玩，贏了幾百塊，還有小弟瘋了啦，中邪，煞著，可能要帶去廟裡收驚喔。

大姊與小弟回到他們那間無光的小房間，小弟打開手電筒，微弱的光束打在發霉的牆上。小弟走進光束，繼續說著那些奇怪的話。

大姊懂了。

小弟把整部電影的台詞都背起來了。

在手電筒電池死掉之前，鐵枝路旁的朦朧小房間裡，小弟快速把《蘇菲亞的選擇》從頭到尾演一次給大姊看，一人飾演多角色，驚懼、猜疑、崩毀、愛恨、原諒，小弟話語雷電，肢體顫動。影子掙脫他的身體，在牆上有了自己的生命。牆上黑黴活了過來，蚊蠅毛絮塵蟎跟著小弟流動，在光束裡形成渦狀星系，光點迴旋扭轉，暗闃的房間流螢閃爍。演到女主角被迫在兒子跟女兒之間做選擇那幕，小弟喊了好幾次Nehmen Sie das Mädchen! Nehmen Sie das Mädchen! Nehmen Sie das Mädchen! 手電筒快沒電了，明滅閃動，小弟的嘴巴張好大，無聲尖叫，雙眼深海。

手電筒死亡，黑暗佔領房間，《蘇菲亞的選擇》午夜場落幕。

這次大姊沒睡著。她還是聽不懂，看不懂。

但她哭了。

05

鑽石帝國

大姊來柏林已經幾天了？

她來柏林第二天跟小弟出門，自己搭車去博物館島，晚上才回到小弟家。小弟跟德國人在庭院烤肉，肉香集成淡霧，她聞了想睡，說不餓，覺得很累，想睡覺，爬幾層樓梯宛如登珠峰，進門把身體擲向鬆軟的床鋪，立即墜入深沉的睡眠。她在員林長期睡不好，這一睡像是補償多年的失眠，身體侵蝕床鋪，開鑿出專屬於她的地底洞穴，緊密包覆她的痠痛與疲累。被排泄生理鬧鐘驚醒的短暫時刻，她的床頭櫃都會有一壺水，有時堅果，有時餅乾，有時水果切片，鮮花常換，她依稀記得看過玫瑰，牡丹，雛菊，淡淡幽香，更逼她入眠。她胡亂吞餅，喝掉一壺水，繼續進入無盡的睡眠。夢境汙濁，她不知道自己喊出了粗重卻宏亮的囈語，驚動整棟大宅，嚇走庭院裡的鳥。她似乎記得房間裡有人影流動，她對自己說，是鬼，鬼走開，白白的飄來飄去，但我好累好想睡，沒時間理鬼，就算德國鬼也吵不醒我。

她不知道自己睡了幾天，大醒分秒，床鋪洞穴開始排斥她的身體，窗外有孩子嬉鬧的聲響，涼風徐徐，有亂序的琴音。誰在彈鋼琴？琴音動盪，和弦煩雜，彈琴者怒氣波動，手指撞擊琴鍵，曲調擾人。涼風來自床邊的電風扇，身上的衣物酸腐，汗粒活潑，以為睡醒就換季，夏遠秋涼，黑衣人消失，永遠不用開學，員林消失。但拉開窗簾，石板路上嬉鬧的孩子短褲短衫，陽光依舊囂張，終究沒躲過夏天，她所有想躲的，一定都還在等著她。

一定是小弟放的電風扇，一百八十度左右晃動，溫柔呼出涼風。

小時候，家裡髮廊生意上軌道，大姊跟小弟的房間終於有了電風扇。四鋁扇片，翡翠綠底座，機身沉重，呼出穩健的風，稍滅夏夜氣焰。小弟喜歡把手電筒放在電風扇後方，扇片攪動光影，小弟走進光，一人演出剛剛看的電影。

家裡有了風扇，三個小孩的口袋也多了零用錢，大弟總有辦法把零用錢翻倍，買了腳踏車，每天不見人影。大姊和小弟把零用錢存起來，週末一起去看電影。那時候員林有幾家電影院？他們每一家都去，大姊不知道要看什麼，沒意見，都給小弟選。看完回家路上吃寶斗肉圓，小弟重演電影台詞，義大利文、德文、英文都滔滔，肉圓還未上桌，劇情已經演到電影的三分之一。

她多久沒進電影院了？

浴室裡的各種產品貼上了中文標籤，洗髮精，潤髮乳，入浴劑，身體乳液，面霜，防曬乳。浴缸熱水淹沒她躺臥過久的身體，泡泡柔細，她嘴巴忍不住喊出舒適的聲響。她躺在浴缸裡讀洗髮精的標示，用手機查字典，怎麼查都不對，忽然想到用翻譯軟體，對準商品標籤拍照，關鍵字立即出現在手機螢幕上，啊，原來不是英文或者德文，是義大利文，譯文瑣碎，但她懂了一點，西西里島，橙花，地中海香氣，保濕，有機。地中海香氣？那是什麼味道？小弟去西西里島買的嗎？我們是不是約好，長大後要去電影裡的西西里島？

她在淡水讀過一年大學，只去過幾次淡水河出海口，當時的河沒有任何香氣，岸邊一堆雙雙對對情侶，河面上常有塑膠漂流，那是個多雨的冬天，不遠的海總是在下雨，濕氣跟德文逼她重考，她完全不想親近水岸。她沒去過其他的海，地中海到處都是這個橙香味道嗎？呼一口氣，幾天沒刷牙了，浴缸裡的泡泡遇到她的口氣瞬速炸裂，盛開的西西里島橙花全數枯萎。

下樓，猶豫該不該敲門，門忽然打開，綠眼德國人揹著背包，穿鞋微笑，準備要出門。她倒吸一口氣，見鬼模樣。

「大姊好！」

很煩，不要叫我大姊。

「他……出門辦事，等一下就回來，餓不餓？」

大姊想，怎麼每次都問我餓不餓？這不是台灣人才愛問的嗎？你這個奇怪的德國人。

「啊不用不用，我剛煮了台灣泡麵，現在不餓。我只是想跟你們說，我要出去走一走。那個，請問，我睡幾天了啊？」

「差不多，六天。」

「什麼？六天！」

她低頭滑一下手機，的確，日期跳了六天，怎麼可能。都已經睡六天了，怎麼通訊軟體沒有任何訊息？沒有同事關心，沒有學生詢問，大弟依然沒回訊息。

「大姊要不要跟我出門？我剛好要去看我媽媽，就在附近，走一下就到了。還是大姊要在家裡，等他回來？」

綠色眼睛盯著她看，她很想拒絕，但找不到理由。

一走出房子，雜亂的鋼琴聲更明顯。琴音來自隔壁手工鋼琴店，老闆坐在鋼琴前猛彈，琴譜散落一地，鋼琴旁的煙灰缸一堆雪茄屍體，煙霧瀰漫。綠眼德國人敲敲玻璃打招呼，老闆回頭比個中指，猛吸一口雪茄，繼續彈琴，綠眼德國人笑了。她記得小弟說過，隔壁做鋼琴的，每次前妻來訪後，就會彈一整天的琴。她看著窗檯上精巧的迷你鋼琴，這老闆很會手工做鋼琴，但彈琴難聽死了，怎麼不跟小弟學一下。這些人知不知道，小弟很會彈鋼琴？

柏林也放暑假了吧？街上多了很多小孩，在石板路上用粉筆畫畫，跳房子，奔跑嬉鬧，臉上有繽紛顏彩，綠眼德國人說，跳房子這遊戲在德文叫做「天堂與地獄」。天哪，這德國人的中文也太好，是有口音，但文法發音語調句構都很厲害。到底你是誰？

喧鬧，地方大事。鎮長長女人稱大姊，下有好幾個弟弟，皆已婚成家，只剩大姊窘迫孤單，相親多年，貴為鎮長千金，卻總是嫁不出去。千桌流水席這天，新郎沒出現，宴席繼續，大姊冷靜坐主桌，一個人吃掉喝掉一整桌的菜湯酒。沒新郎的婚禮結束不久，鎮長找來地方投資人，在火車站正對面大興土木蓋高樓，取名「鑽石帝國」，名稱響亮，完全符合小鎮對富貴的想像，不可低調，只准閃爍，富裕必須稱「帝國」，意指版圖擴張，強壯盛大，小鎮有錢人更有錢，沒錢人跟著沾光，說不定也會跟著富裕。小鎮富人穿拖鞋開名車，組團去瑞士買勞力士，存款肥滿，小地方對繁華的終極想像就是高樓，越高越好，登天顯威，義大利大理石，凡爾賽宮吊燈，日本馬桶，德國電梯，地方富豪不用出遠門也能灑熱錢，打造全世界第一富有小鎮。大樓窗框黃金打造，玻璃帷幕鑽石閃亮，高速電梯，頂端一根長長的避雷針，在陽光下閃閃發光，這是島嶼中部最高的大樓，五星級飯店、百貨商場、電影院、美食百匯，人浪滾滾，小鎮發大財。失婚的大姊隨著小說章節逐漸發瘋崩潰，鎮長貪汙入獄，鑽石大樓發生連環殺人命案，每層樓都死了人，警方都無法破案，厲鬼飄蕩，火災水災風災，一場地震後建築物傾斜，玻璃破碎，鑽石褪色黯淡，危樓熄燈，小鎮極盛又極衰，熱錢來了又去，百家銀行開了又關。地方耳語，怎麼警察這麼笨，都沒發現死在鑽石帝國裡面的那些人，都是跟鎮長大女兒交往過的男人。小鎮在大姊的眼睛裡起高樓，又快速崩塌。小說結尾是一場喪禮，鎮長出殯之日，地方黑道列隊送行，屢次結婚不成的鎮長女兒穿著白紗在小鎮街頭嘶吼狂奔，衝進那棟鑽石危樓，斑斕的煙火從大樓的各個角落射出。終於，危樓在圍觀的小鎮居民眼中，重返鑽石輝煌。

大姊，妳讀過那本小說嗎？

一路無話，抵達一棟外觀簡樸的公寓，前方有個占地廣大的綠草地，許多老人坐在輪椅上曬太陽。

一走進這棟房子，時間就緩了下來。空氣雜有消毒水、洗衣精，下午茶時刻，幾位穿著醫療服的工作人員忙著切蛋糕、端咖啡，音響播放著輕快的德文老歌。幾位老人坐在輪椅上，拿叉子戳面前的巧克力蛋糕，手臂肌肉不協調，吃蛋糕宛如怪手挖地基，每日大工程。這裡時間跟老人一樣遲緩，一秒慢成一分，一分宛如一小時。

綠眼德國人走向角落沙發上的白髮老婦人，喊媽媽，蹲坐在地上，拿出路上買的花，語調輕柔，像是哄孩子。老婦人身穿米白色套裝，優雅嚴肅，兩眼直視不存在的遠方，沒有理會身旁的綠眼德國人。老婦人嘴巴喃喃，忽然起立又坐下，一把推開身旁的巧克力蛋糕跟咖啡。綠眼德國人拿出護手霜，想要幫老婦人滋潤乾燥的手，老婦人把手塞進身後的沙發，用力搖頭。

綠眼德國人眼神無助，無可奈何，笑容些許勉強。他對大姊說：「我媽媽完全不記得我了。但很奇怪，妳弟弟來，我媽媽會有反應，還會笑，握他的手。她不記得自己的兒子，但好像記得妳弟弟，有時候，還會唱歌給他聽。她從來沒唱歌給我聽。」

我弟？他常來嗎？你知不知道，他自己的媽死了都沒回去看一眼，對別人的媽卻很殷勤嘛。

「我媽最後也是這樣，都不理我，應該是不記得我了吧，就一直說要看兒子。」但兩個兒子都不見了啊，只有這個倒楣的大女兒留下來。

最後那段時光。母親不肯吃藥，罵她，打她，拿東西丟她，叫她滾，去死。醫生說有輕微失智，加上糖尿病、高血壓，要多加照顧，按時吃藥，狀況如果持續惡化，可考慮找個全天看護，或者送去專門照護機構。母親看門診，跟醫生說話，不似失智，優雅有度，語言完整，就像是當年招呼客人的髮廊老闆娘，但一回到家就會咒罵大女兒。每天下午，就差不多柏林此刻這個時間，母親會開門，走出房子，過馬路，說要吃對面的南投乾意麵配菜肉湯。母親吃完意麵，看地下道，走去火車站，說小弟要回來了。

走回家的路上，綠眼德國人說要走另外一條路，抱歉會繞路，他想要去看一下父親。

是她第一天迷路走進去的墓園，綠眼德國人父親的墓，就在她躺下休息的長椅正前方，墓碑是一本翻開的書。那天真是鬼遮眼，怎麼可能沒注意到身邊的墳墓？她蹲下來摸摸墓碑，很精緻，石材雕刻，名字、生卒年、一句話，沒有肖像，簡簡單單。她算一下年份，過世二十五年了啊。

所有的墳墓很乾淨，很明顯有人照顧，沒有雜草，墓碑無老苔，墳前有鮮花。這個墓園真的不可怕，風清淨，樹草有序，四周無鬼魅想像，死亡專心死亡，不做鬼嚇人，所謂安息。她真的覺得自己可以坐在這裡面讀完一本厚厚的小說，再睡六天。她其實很怕去母親的墳，總覺得會聽到喊叫，叫她去死，滾，都是妳這個賤人，我不想看到妳，去叫妳兩個弟弟回家。

父親墳墓前，綠眼德國人終於開口問：「媽媽……什麼時候過世的？」

她不敢看面前這個德國人的綠眼珠，就抬頭看樹，找那些綠色的橡果。

「好幾年了。」

小弟一定什麼都沒有說。

怎麼能說呢？

她這個大姊完全理解。怎麼能說呢？說了，就是真的了。沒說，或許就不存在。但想不到他真的沒說。就我倒楣，白痴，老處女一個人處理母親的後事。算了，沒說也好。她也不想說。

但沒說，母親的墳還是在那裡，那棟鐵枝路旁的爛房子還在那裡。她根本沒注意到員林變了這麼多，但那棟爛房子竟然沒拆，還在那裡。她前一陣子回去看那棟房子，窗玻璃都不見了，二樓的窗戶長出一棵小樹，屋頂少了一半，門前幾個爛木板上貼了一大堆廣告。

「你……是不是，根本不知道，他有個大姊？」

她還是不敢看綠眼睛，但她知道他在搖頭。

「他媽過世，也沒跟你說喔？」

一陣風進墓園，像是她迷路那天的風，吹起地上的塵土樹葉。德國人父親的書頁墓碑，似乎翻了一頁。

「跟你說，我有兩個弟弟，所以，他還有一個哥哥。」

風鬧了一陣，累了，坐在長椅上休息。她撿拾被風掃到地上的橡果，放進口袋。

「大姊，請問妳這次在柏林，住多久？」

「啊，我……我忘了。等一下我回去看一下機票，我現在想不起來。」

說謊。出發前臨時買機票，她打電話跟旅行社說，立刻出發的飛機，回程日期先不開。

「如果大姊留到下個月，可以參加婚禮嗎？」

啊？什麼？

綠眼德國人以為自己中文聲調不對，清喉嚨，調整發音，再說了一次：「可以參加婚禮嗎？」

誰的婚禮？

「我們要結婚了。」

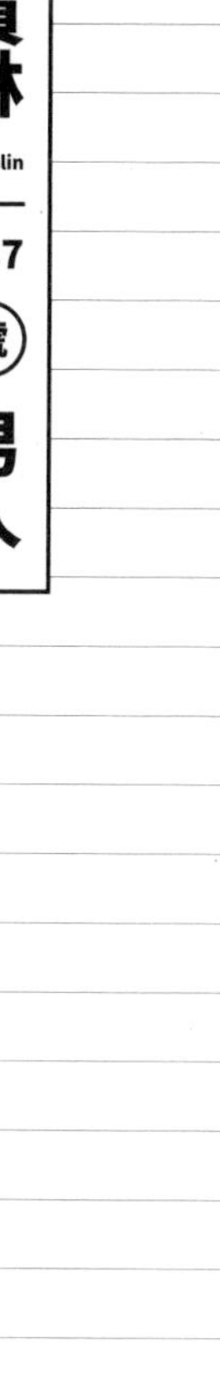

87號

總統命。

什麼總統命，明明監獄命啦，白痴。

87號一定是鎮長，小學家長會，法律扶助會，員林商業協會，女性權益促進會，書院，濟老會，選舉傳單上頭銜密密麻麻，都是「長」。鎮長的兒子是她同班同學，理所當然擔任班長，各科滿分，才藝超群。

但小弟威脅到鎮長兒子的地位。

鋼琴成果發表會，鎮長兒子理所當然是明星。44號王大師也來了，到處遞名片，誇鎮長面相富貴帝王，掌紋萬馬奔騰，將來總統命，聲如廟宇撞鐘，算命像是宣布政令，深怕有任何人沒聽見。又說願意免費幫鎮長兒子看相，一摸骨眼睛冒出火光，不得了啊，斷言此孩將來是地方顯赫，大富大貴，造福社稷，君王領導命。王大師的美言在鎮長耳裡釀美酒，迷醉的鎮長示意跟班，包了紅包答謝。

鎮長兒子上台彈莫札特，果然有君王之姿，台下無人懂音色技巧，莫札特到底是誰啊管他反正聽起來很歐洲很高級，但大家看得懂公子風範，睥睨傲視，當著鄉親面前彈琴卻毫不慌張，有錢人家教養有度，儀態大方。掌聲熱烈，未來接班人。

但壓軸登台的卻是一個初學鋼琴的孩子，立刻搶走了鎮長兒子的風采。鋼琴老師對著麥克風說，她教鋼琴很多年了，竟然有幸教到神童，不用多說，大家聽就知道。

小弟走上台，衣服不體面，腳踩破鞋，但神色自在，母親新剪的髮型流暢，微笑鞠躬，對台下的大姊跟母親揮手。剛剛鎮長兒子的自信是形塑出來的，並非真心喜歡鋼琴，但小弟天然自若，笑容是真的，真心喜歡鋼琴。小弟對觀眾笑，臉頰小圓坑凹陷，酒窩顯現。

那是小鎮第一次發現小弟是神童。他坐在鋼琴前，微笑搖頭跟老師說不需要樂譜，已經背起來了，調整椅子高度，踢掉鞋子，十指上琴鍵立即飛快彈奏，琴音流水湯湯，音色、溫度、情感、技巧、速度都超齡，放肆童真調皮，又早熟懂節制，曲罷全場閉氣，誰都不敢呼吸，怕毀壞了這鋼琴的魔幻時刻。其實大家都不懂鋼琴，但小弟琴音純粹真摯，把大家耳朵裡陳年耳垢掏出，堵塞多年的淚腺暢通，想哭，也想笑，想抱身邊的人，想起初戀暗戀失戀，想親吻，想做愛。鋼琴老師先哭出聲，這首高難度曲子，她一輩子都不敢彈奏，怎麼面前這個學琴才幾週的孩子能輕鬆挑戰。全場掌聲轟炸，母親站起來，也哭了，歡呼湧向母親。她這個大姊不敢站起來，縮頭迴避。她注意到鎮長兒子一臉雷電，甩琴譜也沒用，他爸爸專注鼓掌，沒注意到身旁盛怒的兒子。觀眾給鎮長兒子的掌聲像是排練過的，符合期待的禮貌客套，但給小弟的掌聲都是驚嘆，身體裡許多閉鎖壓抑的感知瞬間被喚醒。

小弟不只會彈鋼琴，書法作品貼在學校的佈告欄，技壓高年級的鎮長兒子。據說他國字看一眼就會，每一科都立刻上手，神童外號開始傳開。

忽來的神童名聲讓母親跟著沾光，剛好母親節，員林選拔五十位模範母親，贈與獎牌與蜜餞禮盒，鐵枝路旁邊的髮廊老闆娘獲選，是名單上唯一的單親媽媽，獨力培養神童有功，操持家務，教育三子女，榮耀員林。單親明明丟臉啊，聽說這女人被老公拋棄，可憐喔，還聽說三個孩子的爸爸都不一樣喔，帶三個拖油瓶怎麼再嫁，媒人婆不敢碰，學校老師把三個小孩列為重點關懷對象，夭壽，沒有爸爸的小孩一定不正常。獲得表揚稍微扭轉鄰居耳語，單親辛苦啊，剪頭髮能賺多少錢養小孩啦，可惜模範母親又怎樣，了不起，還是沒有男人敢娶她，只敢來給她剪頭髮，還有男人一個禮拜來剪三次，剪懶趴毛喔，況且模範母親也沒獎金啊，領一盒蜜餞，飼狗喔，給我都不要。鄰居耳語熱烈，牆薄人情更薄，母親都聽得一清二楚，一聽到沒獎金，選擇繼續開店，沒去參加模範母親表揚典禮。鎮長聞之親自帶獎牌登門，兩大盒百果山蜜餞名產祝美麗老闆娘母親佳節愉快。

忙碌的鎮長大可派手下寄送獎牌，但鋼琴成果發表會之後，他兒子每天都在鬧脾氣，不懂為什麼最近大家都沒注意到他的才藝，都在講那個窮酸的死小孩，什麼狗屁神童，住鐵路旁的爛房子。鎮長跟自己說，得登門了解一下神童家庭。鎮長不敢說的是，他忘不了那位名叫美麗的母親，每天都想。聽說是單親媽媽，很會洗頭髮。登門獎牌頒發，擺姿勢拍張照片之後，鎮長說想剪頭髮。

記得是大雨滂沱的下午，小弟那天下午有鋼琴課，大姊負責帶他去，乖乖坐在外面等小弟下課。那天豪雨來得突然，天空不斷朝員林擤鼻涕吐口水，街道迅速積起混濁的水，臭水溝的垃圾全都浮出來，肥鼠蟑螂自由式蛙式仰式。大姊在騎樓等小弟，鋼琴店外面的鞋子忽然都像小船浮起來，汙水淹過她的腳踝，快速往店裡衝。鋼琴課提早結束，36號男人美麗和鋼琴老師搶救鋼琴，請小朋友趕快回家。姊弟倆涉水回家，火車站附近已成汪洋，他們在電影裡看過海，但沒有看過真的海，想不到員林變成海了。但員林海跟電影裡的海不一樣，不湛藍，汙濁腥臭，有沙發從他們面前快速漂移，上面坐著一個面容驚恐的阿嬤，他們認得她，是賣肉圓的阿嬤。他們涉水回到家，髮廊已經浸在水裡，椅子、鏡子都浮起來。大姊忙著搶救家具，椅子疊上櫥櫃頂端，一不注意，小弟呢？

她上樓，小弟站在母親臥室前，食指放在嘴巴上，噓。

風推開門縫，他們看見母親坐在鎮長身上。雨聲盛大，卻蓋不住母親與鎮長的喊叫。鎮長當初競選的口號就是「風雨無阻」，屋外的員林成海也不能阻止他，絕對不是說空話的政客，床上兌現競選承諾。

那場雨讓鎮長發大財。

他躺在床上，讚嘆美麗真美麗，尤其那雙手，不是洗頭的手嗎？怎麼保養的，哪裡學的？那麼會洗頭，洗到他全身通電，回到鄉下童年，光腳踩泥巴，捉蛇嚇女生，偷摘鳳梨香蕉，幻想長大後要去員林這個大城發大財，以前根本沒聽過台北啊，心目中的大城就是員林，想不到真的來了，而且成為鎮長。想到一路艱辛，髮廊老闆娘潤澤光滑的雙手握住他堅挺下部，他立刻升天翻騰，眼睛跟著員林一起大雨，忽然想把所有財產都交給這個女人，接下來五十年都要選她為員林模範母親。床上奔騰之際，他聽到火車來去，雨勢鞭炮，隔壁鄰居大喊：「做大水囉！」他腦中想到的不是救災，而是工程。水厄天災就是發財之道，等大水退去，他要開始治水，挖地下道、下水道、滯洪池，全鎮發包施工，以改善惱人水患。小鎮開始有錢了，各家銀行進駐，大家對繁華的想像就是大興土木，有工程就是文明，邊治水邊建設，熱錢滾滾。每多一個建設案，他就能向工程得標廠商收取回扣。收賄不夠，鎮長開始幻想蓋高樓，火車站前方有一塊地，極適合建商場，員林還沒有摩天高樓啊，全國第一大鎮當然要有高樓當地標。

王大師神準，鎮長果然富貴，收賄如吃三餐加宵夜，回扣跟肥肚一樣飽滿。多年後，他的兒子從美國歸來，雖不是讀哈佛或是耶魯，轉學好幾次，都是不知名的社區大學或者語言學校，根本沒去上課，每天在家睡覺打電動上網聊天，英文說兩句就顯窘態，但終究拿到某種文憑，聽從父命，回台灣加入選戰，留美公子返鄉守住家族政治財產，選戰大勝，兒子果真君王領導命，風光當上鎮長，趕緊娶妻，無奈連續四胎都生女，第五胎拜神求醫，只要超音波確認是女胎就拿掉，連續好幾次墮胎，把老婆的命給墮了，也好，趕緊再娶，繼續拚兒子。老鎮長新鎮長父子衣缽相傳，一樣到處工程，喊建設說治水，百果山每次遇雨，山路就會變成全台第一大瀑布，大量果屍垃圾沿著山路沖刷而下。可惜法治時空不變，父親收賄多年無事，父子治水大業未完成，兒子被起訴，原本不服判決堅持上訴，最終坦承犯行，鎮長入監十二年，監察院彈劾，貴為全國第一小鎮鎮長，收取回扣囂張行徑也全國第一，幾乎無案不貪，官箴腐敗，莫此為甚。

當年鎮長的確是個大方的客人，幫母親髮廊添購許多新設備，看到三個小孩就會給零用錢，雖沒有把財產全部給美麗，但每年都有選美麗為模範母親，且必定親自登門頒獎。鎮長卸任之後，島嶼政治氣候丕變，街頭抗爭運動洶湧，賄選不行囉，貪汙不可喔，黨知道他底細，決定不提拔，他政治生涯中斷。地震襲擊島嶼中部，他任內在火車站正對面蓋的高樓傾斜，判定危樓。沒當上總統，無法開更多建設案，水患還沒治好啊，只好冀望兒子成才登頂，送他到美國進修。想不到。

小弟搭火車離開員林那天，鎮長也來歡送。大家拉了個紅布條，小弟跟母親站在中間，在火車站前拍照。鎮長加洗了那張照片送給母親，就夾在金色筆記本裡。照片掙脫筆記本，掉在地上，大姊怔怔看著照片，她完全不記得當時有拍這張合照，只記得一直祈禱火車不要來，小弟不要走。她睜大眼睛，揉揉眼睛，左看右看，就是找不到自己。老照片受潮，背景的員林火車站變形，色調褪去，但影中人容顏皆完整，只有站在最旁邊的她被抹除。

睡不著的夜裡，她反覆看著這張照片，當年的髮型，舊時的服裝，以前的員林火車站，一定是夏天，母親穿著她最愛的那條花裙，涼鞋是新買的吧，頭髮是新燙的嫵媚浪濤。站前有幾棵高聳大樹，一、二、三，八棵？是椰子樹嗎？時光橡皮擦，樹影模糊，天空雲彩扭曲。車站建築中央冒出旗桿，站房有幾層樓？總共有幾扇窗？她一直看一直看，一直數一直數，一直等一直等，像等著一班永遠不會抵達的火車。她等著，反正睡不著就等，一直沒放棄還在等，等自己的臉跟身體，從相紙另一端浮上來，終於顯影。

等不到自己，她看出照片裡所有人的內心獨白。小弟把酒窩藏起來了，眼神沒看鏡頭，頭偏向左，推測是想轉頭看火車時刻，車來了沒？誤點幾分了？幾個拿紅布條的鎮公所祕書擺出公務員拍團體照笑容，僵硬交差。鎮長看著母親，身旁的鎮長夫人乖乖看著鏡頭，優雅笑，那笑容傻傻的，什麼都不知情的笨蛋，多年後兒子入獄對著記者哭喊台灣司法不公，哭聲也動真情。母親沒看鏡頭，而是。而是看著那個插著鋼筆的口袋。

啊，她想起來了。

金色鵜鶘。

06

像極了那些她看不懂的歐洲電影

她不知道自己在氣什麼。

不知源頭，憤怒卻抓傷了她。憤怒是實體的腹腔器官，長得像貓，弓背，毛炸，低吼哈氣，瞳孔放大，尾巴豎立甩動，利爪尖齒出動，腸胃處處抓痕，痙攣出血。憤怒驅動她，胃好痛，想甩門捶胸跺足破窗摔碗砍樹燒房，隔壁做鋼琴的還在彈琴，吵死人，好想拿電鋸去劈開那些鋼琴。

你們要結婚了？什麼意思？

回到家，小弟在她客廳桌上留了字條，德國當地手機ＳＩＭ卡，手寫一張字條：「卡開通了，裝進去手機就好，流量用完再跟我說。」

竟然一直寫字條，什麼古老的恐龍行為，現在誰手寫字條啊？

幸好是寫字條，她現在不想見到小弟。

不知道是太氣了，還是昏了六天睡太飽，夜無眠。月圓滿銀盤，過分閃亮，根本是太陽，爬進臥室逼她踢被，熱死了，電風扇呼出沸騰熱氣，才剛躺下就全身盜汗，骨頭痠痛，一直想尿尿，起身來回踱步，似乎餓了，煮泡麵，一碗吃不了兩口，滿嘴燒乾柴。她伸手抓取天空，想撕爛圓月。

到底什麼意思？誰跟誰結婚？

她的學生愛惡作劇，愚人節，她走進教室，黑板上寫大字：「老師，妳要跟我結婚嗎？」她完全不理會，繼續上課，學生翻白眼吐舌頭。下課十分鐘之後，黑板求婚字跡下方出現接力：「但我不要。」「誰要啊？」「沒人要。」「婚姻平權，說不定有女生要。」「女生也不要。」「鬼才要。」「歧視鬼，老處女，誰要娶她。」

四點多，月光稍微褪色，天色逐漸翻白，起身到陽台吹涼風，讀金色筆記本，聽鳥，往下探看，樓下有一盞燈亮著，似乎有人影，是小弟嗎？也睡不著嗎？地板微微震動，啊，這麼早就有車班，第一班車跟末班車幾點呢？應該跟小弟要F車站的時刻表。早點出門好了，躲小弟。走出大門前先確定沒有白影子，只有龍蝦跟海馬，圍牆上的藤蔓開花了，清晨的空氣清脆，天空還有星星。刺耳琴音終於停了，鋼琴店裡空無一人，琴譜歸位，鋼琴安眠，雪茄白霧退散，她彎身看窗戶裡的迷你鋼琴，嗅聞窗戶，那散去的霧不像是菸味，鼻腔辨認出皮革，香草，花，奶，糖，甜甜的，忽然她也想抽看看。退休後待辦事項多一條：抽雪茄。

F車站前的小咖啡館竟然開了，這麼早，老闆看心情開店喔？可能也睡不著，乾脆開門迎客。買卡布奇諾，可頌，原本擔心語言溝通，但老闆不說話，微微笑著，她指這指那，付錢找錢，安靜簡單，她感激老闆的不言不語。她坐在外頭的人行道上喝咖啡，白髮老爺爺短褲背心騎單車路過跟她打招呼，老奶奶走出門買可頌麵包，對她說Guten Morgen，這句她記得，應該是早安，可以說Guten Tag嗎？哎喲，算了，不記得。但拜託大家可不可以忽略她？她此刻真的不想跟任何人說話，她身體裡的貓還在磨爪。社區裡早起的人都是老人，跟她一樣失眠吧？老了就是難睡，老鯨魚身上附著了太多往事藤壺，記憶沉重有黏性，皮膚裡頑固寄生，甩也甩不開，怎麼睡呢？

一個女人在她身旁坐下，要死了，是第一天對她猛說德文的女人，住樓下那個，手上一疊尋狗啟事，狂飲一大口咖啡就拿話語珠串勒她脖子，完蛋了，再見德文怎麼說？忘了，全忘了。她起身快跑進車站，煩死了，她怕自己多待一秒，會出手掐住那個話語滔滔的女人。

徹夜不睡，她用手機上網查詢柏林旅遊資訊，搞懂買票步驟，終於了解打票程序，原來只要打一次，她那天只要遇到打票機就打票，總共打了十幾次吧，難怪會被罰錢。小弟根本沒說清楚啊，都是他啦。

買了一日票，小心翼翼打票，搭上朝北的列車，左看右看，擔心再遇到查票員。她應該去哪裡？手機裡存了許多旅遊景點，布蘭登堡大門，猶太博物館，國會大廈，電視塔，讀了網路上的介紹，她完全沒興致。到底自己想看什麼？喜歡什麼？看到什麼會興奮？她跟著旅行團去日本、韓國，全程跟導遊走，三餐包辦，不用思考，無需計畫。此刻自己必須決定方向，慌張塞胸腔，沒想法，不知道，沒意見，都好，都不好。

決定亂坐車，不管方向，反正小弟說過了，一日票，什麼車種都可以坐，無限次，那就什麼都來搭看看，S Bahn、U Bahn、公車，亂搭亂轉車，手上握有充飽電的手機，網路暢通，她不怕迷路。

昨天晚上睡不著，搖晃車廂卻逼出睡意，她找了車廂角落靠窗位置，頭枕窗，呵欠在玻璃上呼水霧，窗外柏林溶糊飛逝，醒了就換車轉車，繼續睡，沒目的，餓了，看到月台上有賣香腸的攤子，下車亂買亂吃，真難吃，鹹死人，飽了上車繼續夢。她看地鐵圖，發現柏林地鐵有環狀線，什麼意思呢？坐上去，車子就會一直繞圈圈，無止盡迴旋？聽起來很適合睡覺，轉到環狀線的車站，逆時針還是順時針？管他，車來了就上車，列車前方的儀表板標示一個箭頭迴圈，上車找了位置就開始在窗玻璃上呼濃霧，跟著列車在柏林轉圈圈，這一睡，會不會又是六天？

一路上睡睡醒醒，她看到許多怪象，明明是眼前柏林真實，但她跟自己說是夢，不然沒邏輯，不合理。

有人牽著一匹馬走進車廂，馬屁股正對她的頭顱。一定是夢。馬需不需要買票打票？三站後，馬跟著主人下車，在月台上等對面的列車。

全裸嗎？前方那個牽狗的男人，是不是全裸？她不敢張開眼睛，瞇眼偷看，好多肉啊，好多毛啊，怎麼可能，天氣很熱沒錯，但你老兄全裸有病啊？你一絲不掛，牽的狗卻穿了衣服。這如果是台灣的捷運，乘客一定尖叫，站務人員衝進來抓人吧？但車廂裡的柏林人絲毫沒反應，眼睛稍微飄向這位裸體老兄，繼續聊天、低頭看手機、讀報、看書，沒人理他。

鋼琴。什麼啦，不可能，鋼琴！不是可攜帶的鍵盤，是一整台鋼琴！壯碩的女人推一台鋼琴進車廂，即興彈奏爵士曲調，明顯比小弟隔壁鄰居厲害多了，有乘客要給錢打賞，女人搖頭拒絕，彈了幾站，推鋼琴下車。

一群身著繽紛服飾的非洲人，在車廂走道鋪墊子，端出七彩食物，夏日列車野餐，一盤彩虹食物端到她面前，喝下不知名飲料，暈眩，她的抬頭紋成五線譜，斑與痣都是音符，非洲人讀譜擊鼓高歌。

女高音，車廂內撐傘的小女孩，求施捨的少女，手風琴彈奏，搬運沙發的男人，站起來尿尿的男人，穿貂皮大衣、頭戴毛線帽的奶奶，比基尼女郎，比基尼男士，在座位上軟骨功的女孩，一群年輕人拿出吊床綁在車廂的拉環上，拿出針筒注射手臂的男孩，舔座位與地板的男孩，地上空啤酒瓶跟著列車滾動，車廂氣味汙濁，貓狗馬羊，群魔眾生癲狂，上車下車，如夢非夢，像極了那些她看不懂的歐洲電影。每次失眠，安眠藥沒什麼用，特效藥就是歐洲藝術電影，尤其那些影展得獎片，到底拍什麼鬼，通通看不懂，看著看著就會睡著。原來那些電影不是亂拍啊，導演不是瞎剪胡扯，真實柏林就長這樣。她拿出手機拍照，她在台灣一直不懂為什麼大家那麼愛用手機拍照，吃肉圓拍，結婚拍，吃冰淇淋拍，吃便當拍，出車禍拍，動手術拍，分娩拍，她有個學生說要直播割包皮。來到柏林，她終於啟動了手機的相機功能，對準此刻她面前忘情舌吻的人，兩人皆一身修女裝扮，她不是很確定，兩個修女是女生還是男生。拍下照片，睡飽了，這部艱澀的歐洲電影拖了一整天，該收尾，決定下車。

是個大站，人好多啊，聲音紛雜，她被人流沖出車站，外面一個大廣場，廣場中央一個醜噴泉，香腸肉味飄散，夏天依舊，她鞋裡藏汗水湖泊。決定去噴泉旁邊坐下來，脫鞋，吃香腸，對熱門景點沒興趣，就坐著看人吧。

忽然有旗幟海洋，閃亮標語，人聲歡呼，鼓聲暢快，人群迅速佔據了廣場。她剛脫掉左腳的鞋，人浪打上來，一陣混亂，她抓著鞋被捲進抗議隊伍，一大口吃掉香腸，陌生人抱她親她，天哪，這些人塞標語給她，一直對她說德文，見她瞳孔放大，轉用英文，她依然大力搖頭。他們示意要她高舉標語，跟著高喊。標語好重，口號是該死的德文，啊完蛋了，鞋子不見了，只剩右腳有穿鞋。

後面有個黑膚大男孩追上來，交給她掉在人群的鞋，幾個人攙扶著她，男孩蹲下來幫她穿鞋。啊，不用不用，我腳很臭，不要！

鞋穿好，鞋帶綁好，一群人圍著她，繼續呼喊，隊伍繞行廣場，各色人種熱舞歡騰，朝大街邁步。

結婚。

小弟你要跟男人結婚。

其實她這幾年在台灣，也常常參加遊行。

剛來不久的年輕女老師，跟她一樣寡言，不加入辦公室的小團體，午餐時刻坐在辦公桌前祈禱，一個人吃便當。兩人都是辦公室突兀的存在，單身未婚，脾氣古怪，很難聊，不加入群組團購，不聚餐，一個是認證老處女，另一個很可能是未來老處女。有次辦公室訂了一大堆披薩慶祝某人得了優良教師，大家開心分食，就她們兩個坐在辦公桌上吃便當，沒人邀。年輕女老師靠過來：「請問林老師，我可以跟妳一起吃便當嗎？」兩人對坐，竟不尷尬，彼此安靜，不干擾對方，認真咀嚼。這樣吃了幾個月，年輕女老師開口，晚上教會有活動，林老師要不要來參加？林老師放心，我們那個團體都是安靜的人，不喜歡吵鬧。

她自小孤僻，群體的隱形人，沒有任何一個小團體想邀她加入。但在這個教會，她第一次感受到被包圍的溫暖，大家靜靜禱告，對她微笑，不排斥，也不虛假熱烈。她加入的讀經小團體成員十人，有個比較資深的教友負責帶領讀經，大家圍坐禱告，沒有人強迫她這個新來的要受洗，大家立刻接受她的存在，不說話沒關係，不跟著讀經沒關係，神愛所有兄弟姊妹，大家都平等，來就好。大家做蛋糕給她，耶誕節收到手勾羊毛圍巾，跨年夜熱菜熱湯，舊曆年教會集體除夕圍爐，知道她無父無母，緊緊握住她的手，眼神慈愛，卻不逼問。

怎麼可能有一群人，不知道她的來歷出身，不管她的古怪，不問她為何單身，全然接受她。她開始跟著讀聖經，唱聖歌，經文讀不進腦子，但她真的感受到人群暖意，從來沒有人這樣接納她，難道他們這些人沒聽說過，她是「鐵枝路邊的查某囝」？她主動說要受洗，下了班就到教會去幫忙，週末幫忙去街頭發傳單。她手機的通訊軟體多了好幾個群組，早中晚都有熱烈問候，牧師對她說，我們是一家人。

那一陣子台灣社會躁動，性別團體上街求平權，她看著新聞上的抗議訴求，沒什麼感覺，關她什麼事。但教會收到台北總會的命令，必須動員對抗，以免天道淪落，上帝盛怒，天火焚燬人間。她不知道什麼是天火，但手機上的通訊軟體開始出現各種警世圖樣，同性戀毀家滅國，兄弟姊妹們不能再沉默，必須上街抵抗，拯救台灣與全人類。原本安靜讀經小團體瞬間成了激烈反同團體，包遊覽車去台北加入反同大遊行，在員林社區信箱裡塞反同小傳單。

她跟著去了台北好幾次，規定要穿全身白，中午領免費便當。她拿著標語，一路跟著喊「一生一世！一夫一妻！」總統府、立法院一日遊，大家坐在路邊吃便當喝水，像是遠足野餐，她好興奮。終於，遠足離開員林，到了遠方，她這次沒有被忽略，團體行動，大家都是一家人。

最後一次到台北參加反同遊行，她的手機在隊伍遊行時不見了，年輕女老師說：「一定是那些可惡的同性戀，變態。」日光下，她第一次看清楚年輕女老師的臉，猙獰盛怒，平日的慈愛都消失，瞳孔閃刀劍。中午放飯，她彎腰拿便當，一轉身，員林讀經小團體不見了，街上到處都是全身白的人，怎麼找都找不到人，沒手機無法聯絡，忽然抗議隊伍失控，說要衝進總統府，她被人流沖刷，鞋掉髮散，便當在柏油路上摔成慘案，炸雞腿橫死。她在街上亂走，找不到搭乘的遊覽車，算了，自己去台北車站搭車回員林。走著走著，忽然走進彩虹旗海，好多好多男生親著抱著哭著，遠方的舞台上有人跳舞唱歌，歡聲雷動。她根本不知道發生什麼事，他們在高興什麼？她迷路了，只好問路，請問台北車站怎麼走？一個臉上有彩虹圖樣的男生對她說：「阿姨，我們也要去台北車站，跟我們走。」一群男孩在街上跳舞唱歌，她緊跟在後面，好怕跟丟，她彷彿又回到了小時候去百果山遠足那天，她在隊伍尾端，大家都忘了她。到了台北車站，男孩們原來沒有忘了她，說要跟阿姨自拍，阿姨妳知道怎麼買票嗎？需要幫忙嗎？最後送給她彩虹背包跟貼紙，她來不及拒絕，一群男孩消失，她站在車站大廳，腳下地板微微震動。

回到員林，她不肯回去讀經團體。年輕女老師刀劍揮向她，說退出沒這麼簡單，這是跟上帝的承諾，不得毀約，揚言要孤立她，讓她在員林沒立足之地。年輕女老師沒想到，她本來就沒立足之地，沒親人沒朋友，孤立無效，那就是她原本的平淡。有天下班，年輕女老師拿出一筆帳單，要她繳錢，說是退出團體的費用，違約金。原來上帝的承諾就是錢，這跟大弟一樣啊，大弟也常常來跟她要錢，那大弟跟上帝有什麼差別。

小弟，你知不知道，你大姊是反同陣營的一份子，跟著喊叫過，說同性戀變態。什麼叫你們要結婚，誰是夫誰是妻？我怎麼可能參加你們的婚禮。她在任教的班上說過反同言論，教會逼她日夜複誦的，她脫口說出，兩個女學生站起來，牽手對她說：「老師，妳憑什麼歧視我們。」啊，其中一個女生作文很好，她總是給最高分，怎麼會是。更多學生站起來，牽手，擁抱，說要跟教育單位投訴，國文老師在課堂上散播歧視言論。她氣到發抖，體內的貓大聲尖叫，走出教室，想立即辦退休。聽校長訓話兩小時，收到警告，必須參加無聊死的性別平等工作坊，從此她更寡言，跟學生距離越遠。

來到柏林，她竟也加入了抗議隊伍，但到底大家在抗議什麼？

原本和平前進的隊伍，忽然騷動，人群凌亂，有另外一群人叫囂，不一樣的旗幟與符號，兩軍對峙，隔空丟擲髒話。德文髒話質地粗硬，甩出口極為有效，她聽不懂，但忍不住立正，像是小時候被老師訓斥，身旁幾隻狗也乖乖坐好，不敢移動。警察衝進人群，強力隔開兩邊人潮，推擠中她被標語打到臉，摔在馬路的安全島上，壓死了幾朵鮮花。

有人看著她。

藍藍的。

人群推擠叫罵，揮拳扭打，警察廣播警告。她趕緊起身跑動，老處女筋骨老鏽，根本跑不快，跑進路旁的小巷，剛剛撿到她鞋子的黑膚男孩坐在路上，眼神呆滯，臉上一條細細的紅色河流。該死，這條河流怎麼跟她來到柏林了。母親屍體上也有這麼一條細細的紅色河流。還有小弟。

小巷裡，日光退散，藍色的威脅逼近，針對她而來。她不能待在這裡，她跑出小巷，轉了幾個彎，終於回到剛剛的大廣場。廣場旁有一間大型電器行，她趕緊走進去，店裡總比外面安全吧。

終於來到有冷氣的地方，好長的電動手扶梯帶她穿過暗暗的鏡牆甬道，她癱軟在冰冷的階梯上，剛跑太快了，一口氣喘不上來，朽木雙腳即將崩解，覺得可能快死了，抬頭瞇眼看，手扶梯的頂端一片白光明亮，那是盡頭嗎？死了就會看到這樣的光嗎？四周皆鏡，映照她的枯槁，母親死的時候也沒這麼醜吧。

她需要坐下喘息，找了好久，終於在電視那區找到舒服的沙發，趕緊坐下來，面前幾百台電視播放著美食節目，主持人正在烤蛋糕，高級音箱傳遞廚房裡各種細微聲響，烤箱裡蛋糕膨脹，刀尖劃開草莓，果汁機擊碎堅果，蛋殼在手心碎裂，沙發緊緊擁抱她，閉眼聆聽，似有蛋糕香味撩撥。

這沙發好舒服，她好累又好餓，屁股摔得好痛，她不知道剛剛外面發生了什麼事，抗議什麼吵什麼鬧什麼，她跟著讀經小團體去抗議了好幾次，她從來沒搞懂，到底大家在氣什麼。她清楚教會裡面那些人都不喜歡自己，離過婚的，嫁不出去的，破產的，老公外遇的，一起咒罵那些同性戀，禱告詞添加憤怒，明明聖經說不可作假見證陷害他人，但積極造謠攻擊同性戀，就是會讓他們舒服一些，少討厭自己一點。真正喜歡自己的人，怎麼會主動去干涉、攻擊他人呢？她懂，因為她就是這樣的人，咒罵他人，會換取某種莫名的舒坦，所以她喜歡罵學生，寫什麼爛作文，人醜字更醜，腦袋裡塞大便，背不起來怎麼不去死。可惜現在學生罵不得啊，罵了就會被檢舉。她真的該退休了。退休去抽雪茄。

藍色又來了。

就站在她正前方，擋住電視，看著她。

藍色說話了。

Ich dachte, du bist es.

她認出那雙藍眼睛。賣電視這區光線暗，百台電視射出奇異的光，那雙藍色的眼睛特別明亮，像火。

手機震動。小弟的訊息闖進手機。

「妳在哪裡？晚上家裡宴客，回來一起吃飯？」

那雙藍色眼睛，查票員，罰她錢的爛人。

藍色眼睛說的話，德文？英文？她都聽不懂。

她看清藍色的模樣，禿頭光亮，中等身材，中年小圓肚，雙頰鬍渣，醜格子襯衫，醜短褲，醜涼鞋配髒白襪，一雙藍眼炯炯。她視線偷偷移到藍色的屁股，還不錯，圓圓的。沒有人知道，她喜歡看男人屁股。你們這些德國人好奇怪，不是綠眼就是藍眼，好恐怖。

她今天有根據規定，只打了一次票，你想得美，別想罰我錢。她從口袋掏出一日票，遞給查票員。

那雙藍色眼睛笑了，哈哈哈。

哈個屁啦，我不會再給你錢。那個年輕女老師沒從我這邊拿到一毛錢，你也休想。當時年輕女老師對她低吼：「妳憑什麼可以離開？憑什麼？」吼完就哭了。

查票員從口袋掏出幾張鈔票，算一算，交給她，四張十歐元鈔票。

什麼啦？幹麼給我錢。

等一下。走開。你走開。你擋到電視了。

她從沙發上跳起來，推開查票員。

綠眼德國人出現了。

幾百個。幾千個。都是他。

整面牆上的百台電視上都是綠眼德國人。各種不同尺寸的電視，通通都是他那張臉。大臉小臉，朝她眨眼，切一塊蛋糕，吃一口，鬍子沾到奶油，對著鏡頭笑，對著她笑。

大姊。

他擠奶油，手上草莓藍莓覆盆子，跟主持人談笑，明明說的是德文，但在她的耳裡，面前綠眼死德國人複製千百個，一直反覆對她說那句話。

「大姊，我們要結婚了。」

身體裡的貓衝破她的腹腔。

小時候她跟弟弟去電影院看《異形》，外星異形幼體從人們體內破肚竄出，兩人緊緊握著手不敢呼吸，剛好腳下有一群肥大老鼠跑過，刷過姊弟的腳，兩人尖叫跳到座位上，干擾前座一對情侶忘情親吻，喝斥他們坐下不要吵。那間電影院裡面時常有大老鼠跑動，她跟小弟戲稱「老鼠電影院」。她有一次開車迷路，正在罵自己蠢，員林怎麼變這麼多，好多新的路，忽然路邊就出現了一個加油站，立即停車加油。付錢的時候，好像有什麼毛茸茸的生物滑過她的腳踝，她尖叫跳開，落地時不小心踩壞了時間，眼前景色丕變，時空亂序，等一下，她來過這裡，這裡，這裡是，老鼠電影院啊，加油站的所在地就是以前的國際大戲院，汽油味消失了，她聞到了月見糖的味道。她呆在原地，加油工讀生找錢給她，一直叫她阿姨阿姨阿姨發票還有零錢，她完全沒聽見。電影院呢？跑哪去了？什麼時候拆掉的？這裡以前有一家電影院對不對？加油站工讀生搔頭說：「什麼電影院？沒聽過。」沒聽過，難道是她記錯了？國際大戲院根本不曾存在過？你這個笨蛋，你知不知道，員林以前有好多間電影院，世界各地的電影都會來到這個小鎮。她的學生對她說，幹麼要電影院？手機上就可以看電影了啊。你們這些笨蛋，你們知不知道，電影的廣角大草原被塞進小手機，遼闊縮成窘迫，史詩變成打油詩，只有在大銀幕上才能看清演員的額頭青筋，眉毛睫毛眼角紋路都是戲，眼睛流出尼羅河，配樂起伏在觀眾心裡鑿海溝隆高山淹大城，只有在黑黑的電影院裡，爆米花鹽酥雞臭豆腐鴨舌滷味雞翅，食物與人味交融，有人偷偷親吻，有人尖叫火山，有人鼾聲颱風，有人笑聲爆破，有人眼淚萬馬，有失眠的人終於睡著了，有人發現自己徹底孤單，有少女初潮滴答，有小孩蛀牙掉落，有人看限制級電影拉下褲頭拉鍊，有老鼠飛奔爭奪人們掉落的零食。老鼠電影院消失了，她身體缺了一塊，就跟撿完骨頭的墓碑一樣。

她怒視身旁的藍眼查票員。

你說，你說啊。

電影院什麼時候拆掉的？

我弟憑什麼結婚？

你跟我說。誰能跟我說。

憑什麼。

121號

棒棒糖。

母親寫完棒棒糖三個字，畫了一顆小圓球，插在小棍子上。藍墨水填滿小圓球，在紙頁上看起來像是月球，坑洞陰影。藍的，甜的。

院長好。

院長怎麼會列在121號？這麼後面。母親的編號有系統嗎？依照先來後到順序編排？依照上樓順序？隨意亂序？她記得院長是髮廊早期的客人啊，怎麼會編到121號。或者，院長原本只是單純的剪髮客人，後來才成為樓上的好人？

母親對他們說，走到樓上的客人，都是好人。

好人照顧我們，給我們更好的生活。洗加剪加按摩，能賺多少錢？一家四口，要吃要學費，三個小孩不斷長高，鞋子可以叫大弟去鋼琴店拿，但衣服得買，電費水費電話費房租，每天張開眼睛就是錢錢錢。

好人跟著母親上樓，三個小孩知道必須迴避。不用迴避很久，有時候一下子就好了。一下子，母親就會收到一疊現金，他們的生活會更好。

院長真的一下子，很快，很大方。

那時候院長還不是院長，在火車站附近開小診所。夜深，平常多話的小弟安靜掃地上的頭髮，幫大姊洗毛巾，右手寫自己的功課，左手寫哥哥的功課，說要上樓睡了。母親手心摸他額頭，驚呼夭壽，這麼晚了，去哪裡找醫生，而且看醫生要錢，去西藥房買退燒藥也要錢，去廟裡收驚驅邪更不便宜，髮廊剛開張，還欠雜貨店一堆錢，今天收的現金才全部交給房東，錢錢錢。母親決定用所有的被子包裹小弟，要他喝滾燙的開水，汗逼出來就沒事了。

小弟木乃伊，卻不出汗，喝什麼吐什麼，額頭八月夏，一夜胡言亂語，母親說一定是中邪了，問大女兒帶小弟去哪裡鬼混，被什麼路上惡鬼附身，鬼話喋喋，要死了，廟裡收驚很貴，沒有錢怎麼辦。大姊一夜不眠，一直不斷拿冷毛巾放在小弟額頭上，聽小弟鬼話。聽著聽著，她聽懂了，鬼話其實是章回，員林2號客人送小弟的書。每次2號客人上樓下樓，會留一本書給小弟，《水滸傳》、《城南舊事》、《殺夫》、《兒子的大玩偶》，小弟腦內火燒厝，嘴巴一直吐出那些小說，原來都背起來了。大姊覺得小弟發燙的身體就是隔壁鄰居新買的那台收音機，按一下鼻子就會播放廣播劇、相聲，章回推進，好精彩，聽了捨不得睡，急著想知道故事的結局，家裡買不起收音機沒關係，有小弟。不知道拉耳朵會怎樣，會不會唱出那些流行歌曲？她拉拉小弟的肥厚耳垂，戳臉頰，鑽鼻孔，可惜都只有小說，下次應該叫胎記老師送他們收音機，這樣小弟就可以把那些歌學起來，唱歌給她聽。

火燒厝一整天，毫無滅火跡象，小弟收音機把老師送的小說都說完了，還是沒醒，不行，一定得找醫生。母親抱著小弟去找火車站附近那間小診所，沒錢掛號，拜託護士可不可以先救救她的兒子，錢以後她一定會想辦法還。護士一臉為難，醫生出來，看到哭泣的母親，把小弟接過去。

母親哭很有用，這是她這個大女兒一輩子學不會的求生技能。人眼是蓄水池，儲存各種流動情緒，遇險趕緊提水，三秒落淚，滅惡火，潤裂唇，澆乾柴，水庫滿，大河沛沛，流經之地酣暢淋漓。母親一哭，冰川融化，旱地迎春雨，沉船浮到水面，沙漠成濕地，美麗更美了，她要什麼，全部給她。

打了點滴，吃了藥，祝融跟章回小說一起退場，母親跪下感謝醫生，以後一輩子幫醫生免費剪頭髮。

母親一直牢牢記住這承諾，小診所黑髮醫生後來變成員林大醫院白髮院長，明明頭上是很難整理的惡浪卷髮，但從年輕到老都髮型翩翩。

那天月考，她擔任監考，窗外的苦楝開花，滿樹紫白小花，風鬧花離枝，細小白花闖進教室，春雪靄靄，試卷沾雪，學生驚呼。她拍桌大喊：「同學們安靜，專心考試。」小弟住柏林，那裡，會不會下雪？雪長這樣嗎？下次寒假參加日本團吧，去看雪。還是參加柏林團？那裡有雪嗎？早點退休吧，去看雪。忽然有同事快步走進教室，請她趕快去辦公室接電話。她衝到醫院急診室，白髮院長等著她，哽咽說：「妳媽上個禮拜才幫我剪頭髮。」

她盯著院長的白髮，剪得真不錯，母親老了病了，雙手不斷地震，不是失智嗎？但手藝不退時，這髮型根本是韓國明星頭，瀏海風雲瀟灑。大弟一直不接電話，該跟小弟說嗎？

院長真的是好人。三個小孩生病，他從不收掛號費，每次看完病，會拿出一盒棒棒糖：

「自己挑，看要那個顏色，藥要乖乖吃完。」大姊總是挑藍色的，吃完藍舌，藍莓口味，苦童年難得的甜。大弟貪心會多要幾根，小弟也挑藍色的，留給大姊。醫生來剪頭髮，母親要三個小孩出門去玩，說不要吵大人工作，醫生會溫柔叮嚀：「不用跑太遠，我很快。」真的很快，他們去隔壁聽廣播，還沒進廣告，醫生就下樓了，一臉笑，說要變魔術，從口袋拿出棒棒糖，看孩子們舌頭變成紅藍紫黃，醫生笑得好開心。

母親身上插了很多管線，胸前有一道細細的紅色河流。白髮院長說，會盡量搶救，但是，但是。大姊一直看著院長的髮型，舌頭召喚童年藍舌，心想怎麼辦，以後誰幫他剪頭？

拖了幾天，醫生宣告母親死亡。大弟終於來了，聽到噩耗，走到牆邊，開始捶牆。每天大弟在電話上都說：「大姊，我快到了啦。我快到了。」說了好幾天一直沒到，聽到大姊說：「醫生說快不行了。」他才終於出現。捶完牆，把大姊拉到一旁問：「這樣保險可以領多少？」

母親的屍體在哭。

眼淚。鼻血。

護士驚呼說：「啊，剛剛明明沒有啊，妳走進來才……」

護士沒錯，不是迷信，不是什麼屍體見親人七孔流血，母親死了，蓄水池運用技法仍純熟，最後幾滴血淚針對她。

見到母親的血淚，她沒有捶牆，沒有哭泣。

美麗哭很有用。

院長看到美麗的屍體哭，終於忍不住大哭，白髮成鐵絲，僵硬螺旋，今後再也無法飄逸。美麗真美麗，老了還是美，總是給他歡樂的幾秒鐘，很短暫，但永恆。什麼是永恆？剪完頭髮，走上樓，那雙柔軟的手握上來，給美麗一根棒棒糖，今天藍舌，偶而紅舌，約定下次黃舌，舔他的棒棒糖，忽然員林流星雨，宇宙碎片高速墜落穿過他的腦部，滿天燒出華麗燦爛的七彩發光輻射線條，棒棒糖在舌間融解，短暫幾秒的顫動，美麗齒間只剩一根小棍子，糖消失了，院長覺得自己也融解了。

但死者的大女兒沒哭。

院長你真是個好人，竟然哭成這樣。

死者的大女兒蹲下來，頭埋進雙腿。

一定要蹲下來，不然會被看見。

其實，她笑著。

終於。

地磚不再是馬桶。

馬桶專心屎尿，不再有浮屍。

再也不用偷偷吃炸雞。

等一下要去訂個大蛋糕，配一杯全糖珍珠奶茶，恭喜美麗，恭喜大姊，美麗大死之日，願望成真。

她蹲著想，美麗終於死了。鐵枝路邊的美麗終於死了。員林傳奇退休。

我要退休。妳死了，我終於可以離開員林了。

這一次，我絕對不會再回來。

07

國際大戲院

大部分客人都走了，大姊還沒回來。

樹枝懸掛星光燈飾，橡樹下光暈燭火膨脹成一個銀河泡泡，長桌疆場，陣亡的酒杯流出汩汩鮮血，刀叉投降墜地，餐巾紙貪婪吸吮人們嘴角，沾黏整晚吵鬧人語。烤肉架上的香腸油脂噴濺，木炭滋滋嘆息，煙霧夾帶肉香四處遊蕩，溢出花園，未受邀的鄰居嫉妒，想報警投訴。米其林星級大廚宴客，有一批新到的阿根廷上等牛排，sous vide真空低溫烹調，木炭裡加新鮮橄欖枝，低溫烹調一整天的牛排快速炭烤上桌，淋上印度胡椒醬，肉嫩汁濃，第一口地中海橄欖園，第二口阿根廷探戈，第三口雙眼印度雨季。班多鈕手風琴小提琴相戀，吉他對峙古箏，女高音喉嚨是削鉛筆器，削出扎耳音符。夏日花園老友相聚，人聲狗汪貓喵，笑語高歌，舉杯恭喜教授跟大廚，下個月就要結婚了。

大門口笑語送客，教授忍不住查看手機，大姊依然沒有回訊息。大廚從後環抱教授，夏天不適合親暱，擁抱助長高溫，下巴鬍子摩擦後腦勺，鼻息煽熱風，簡直縱火，但曾經差點失去彼此，有機會就抱，甘心燒燙。兩人抬頭看月，看著空蕩蕩的石板路，知道彼此心裡在想什麼，都沒說話。

想到大姊，很多回憶都是等待。大姊慢速，走路如龜，洗毛巾很慢，做功課很慢，吃飯很慢，背一頁書需一學期，說一句話想一世紀，擠一滴淚四季又四季，身體發育遲緩，很難入睡，很難醒來。等她洗完毛巾，等毛巾乾，等她把數學作業做完，等她醒，總是等，等到想看的那部電影都下檔了。

當然大姊也等他，等他鋼琴班下課，等他說完剛剛讀完的那本書，等他演完剛看的那部電影，等他吃完泡麵，等他從水底冒出來。兩人也常常一起等，等放學，等天亮，等地板震動，等誤點的火車，等電影來員林放映，在黑黑的電影院裡等大銀幕發光，等媽媽跟好人一起下樓，飢餓在肚子裡蓋廟設壇建醮，快餓昏了，等好人下樓，就有錢吃晚餐了。

上次姊弟見面，也是等。小弟在台上用眼神掃描，看到那他曾經熟悉的手微微高舉，對他揮手。手皺了，人老了。他沒想到大姊會來，冰冷眼神回應，那雙手放下，大姊身體縮回座位。他忙著說話簽名拍照，大姊坐在位置上靜靜等著。好久好久沒見了，大姊怎麼知道他寫了一本小說？

大姊來柏林好幾天了，兩人之間話語貧瘠，明明住同一棟房子，幾個階梯就能敲彼此的門，樓上樓下，員林柏林。

大廚一直沒問他，大姊是誰？除了大姊，還有誰？為什麼她忽然來柏林？大廚從來不詰問，靜靜等，像是烹調，急不得，他的餐廳不歡迎趕時間的客人，他是廚師，深知急促就像猛火烹煮肉，結果往往柴焦硬。

廚房慢慢煮，客人慢慢吃，慢慢談戀愛，慢慢拿出戒指，慢慢思考，先吃完盤中的牛排，才慢慢點頭。

他感激大廚的緩慢，等著他，不問他。或許，有一天，他會浮出水面，終於乾淨了，願意開口。

或許，他從來沒有浮出水面過。他記得水很髒，腳踏車沙發死狗死鴨肉圓阿嬤貓咪，他還是潛進去，在水底睜開眼，他想看清楚，水到底能有多髒，員林到底能有多髒，自己到底能有多髒，跳進去之前，他聽到大姊喊著：「不要！不要！」汙水衝擊他的臉，彩虹還在嗎？他奮力游，想去水底，想去另外一邊。他知道，大姊一直在岸上，端著泡麵等著。

實在是不該答應讓她來柏林。或許，再過幾天，她就會回員林了。各自回到原狀，繼續不開口。聽媽媽的話，一輩子當個好人，乖乖吃泡麵，緊閉嘴巴，不說，就沒有發生過。

但，那些威脅大姊的黑道怎麼辦？

接近午夜，大姊才剖開龍蝦肚子。

她並非一個人。

小弟跟綠眼大廚坐在樹下聊天，長長的餐桌，好多椅子，都快熱死了，竟然還點了一大堆蠟燭，不怕火燒厝嗎？他們皺眉瞇眼，眼眶擠出一堆問號，提醒她身旁有個人。啊，完蛋了，你怎麼跟我走回來了啦。走開啦。要死了，「走開」德文怎麼說？

藍眼睛查票員跟她去看了一場電影。

從大型電器行走出來，廣場上人浪怒濤，高大男人撞到她，繼續邁步，她整個身體離地，查票員接住她。哎喲，怎麼又是你？不是叫你走開，你怎麼還在？

查票員試圖解釋，語速放緩，上次罰款六十歐元，她丟了一百歐元鈔票給他，想不到今天在遊行隊伍裡看到她，不可能吧，柏林三百萬人口，怎麼會再遇到，於是想找錢給她，歸還四十歐元。

他記得那張臉，環狀線S Bahn的車廂裡，有一個熟睡的亞洲女乘客，頭靠著窗玻璃，車子晃動，頭撞玻璃，玻璃發出的聲響應該是在喊痛，但那位亞洲女乘客繼續睡，嘴微張，沒有醒來的跡象。突擊查票標準流程，他和同事對著整個車廂喊一聲「Fahrscheine, bitte!」接著出示查票員證件，快速逐一查核車廂裡的乘客，無有效票券者，罰款六十歐元。他搖晃熟睡亞洲女性的肩膀，沒醒，喉嚨聚攏人工咳嗽，咳咳咳，再搖一次，再猛烈咳一聲，還是沒醒，那深遠的睡眠是一顆煮熟的蛋，在車廂座位上緩緩滾動，自成圓滿宇宙。沒辦法了，他只好用力搖晃，加上跺地，提高音量，才成功敲開堅硬的蛋殼。女乘客驚醒，身體在座位上跳起，一臉疑惑，他忍住笑意，他想到家裡的貓，午覺幾小時醒來，眼神酒莊地窖，毛髮暴雨草原，像水裡撈出來的一團毛球，今天何年何月何日？夢境溫熱濕潤，就像是剛出爐的披薩，起司黏牙拉出長絲，夢與現實拉絲勾搭牽扯。我在哪裡？你是誰？我是誰？窗外是夕陽還是日出？飼料呢？

敲蛋成功，溝通失敗，她不配合查票，解釋半天，語言撞毀，德文在對方眉間割出兩道深溝，改說英文對方依然一臉風乾梅子，兩人手腳比劃宛如現代舞者，好不容易才拿出票券，卻是無效票，票面上實在是打票太多次了，無效，必須罰款。想不到對方跟小時候家裡的狗一樣，剛睡醒脾氣特別差，呲牙威脅，狂吠汪汪，不肯拿出證件，不肯跟他下車，拒絕繳罰款，從車廂吵到月台，音量爆衝，這麼瘦小的身體竟然能發出如此巨大的聲響，難道有內建麥克風？問題是他們到底在吵什麼？對方是不是根本沒聽懂？他只好繼續解釋，他英文也不好啊，硬著頭皮說幾句之前背的，很明顯對方根本不懂。忽然一張百元歐元鈔票甩到他臉上，亞洲女性溜進即將離站的列車。

他每天都會遇到逃票的乘客，月台叫囂追逐並不稀奇，肢體碰撞拉扯也發生過，但從來沒有一個乘客用那樣的眼神怒視他，一臉悲憤，彷彿被罰款是人生大辱，他下班之後一直想到那怪異的跑步姿勢。剛剛他在抗議人群中會注意到她，也是因為她那奇怪的跑動方式，四肢不協調，彷彿四周空氣是黏稠的果凍。兩方政治立場南北的抗議隊伍在街上對撞，雖然場面混亂，但他從小在街頭長大，很習慣這樣的柏林抗爭景象，人們的身體自有其獨特撞擊韻律，無論是鎮暴警察或者是失控人潮，大家身體都奔放張狂，追躲跑跳喊摔，都是他眼中的柏林日常，打一打叫一叫，待會大家解散去喝啤酒吃香腸，剛剛熱烈敵對，冰啤酒降溫，酣醉和解。但抗議隊伍裡有個小小的身體，女性，他無法用言語解釋，一看就知道不屬於柏林的奔放，群體裡的突兀，四肢閉鎖，神情慌張，明顯是意外被捲入街頭對抗，逆著周遭人浪韻律，摔倒爬起匍匐，歪嘴貼地的模樣有種奇妙的喜感，起身小跑步，依然不協調，好像隨時會摔倒，沿途有一臉凶猛刺青的男人對她喊出歧視語言，她竟然點頭尷尬微笑，還跟對方揮手，禮節周到。從背後看，那跑動的姿勢，那凌亂的髮型，確定是她沒錯。

一路跟她到了電器行，表明來意，遞上四十歐元，她一臉呆滯收下，又出現那剛睡醒的表情，眼裡起霧，盯著牆上幾百台電視，彷彿電視上的廚師、主持人是仇家。她對著他說了幾句話，SORRY，實在是聽不懂，越南文？中文？韓文？日文？她把四十歐元塞回他手心，又是那奇怪的小跑步節奏，又是那悲憤的背影。

他跟著她穿越廣場，她一路嘴巴喃喃，像是對身旁的他說話，但眼神穿透他的身體，四下張望，不斷回頭看，彷彿有人跟蹤。遊行隊伍已經散去，大街車流繁忙，她不斷往前走，有時忽然停下來，喘幾口氣，又繼續，奮力推開周遭黏稠的果凍，像是夢遊。

走到KINO INTERNATIONAL，蛋摔落地上，終於睡飽了，夢裂開隙縫，她撥開蛋殼爬出來，一臉初醒。

她英文再差，也讀得懂那個字：INTERNATIONAL，國際。

KINO，那短暫的德文系一遊，她沒記住幾個單字，但這個字她記得，當時在課堂上學到，就牢牢記住，中性名詞，Das Kino，電影院。

寬闊大街旁的獨棟建築，兩側有浮雕，正面兩層樓，大片落地玻璃，KINO INTERNATIONAL的字樣在陽光下金光閃爍，好大好大的手繪電影海報看板。

國際大戲院。

她抓住查票員的手臂，沒有其他人了，只能問他：「KINO INTERNATIONAL。不是拆掉了嗎？不是變成加油站了嗎？」

她快步繞著KINO INTERNATIONAL一圈，兩側跟背面都是浮雕，純白牆面凹凸切割如碎浪，抬頭瞇眼仔細看，浮雕碎浪裡有人影晃動，槍枝，機械，錨，線條剛硬。她最喜歡電影院背面那面浮雕，旁邊的大樓反射日光，映照在白色浮雕上，波光跳動，她瞇眼抬頭仔細看，有長頸鹿，猴子，圓滿的一家人。

明明身在柏林Karl Marx Allee。

卻回到員林中山路。

不見了，國際大戲院不見了。

她跑到員林鎮公所去問，才發現員林鎮也不見了，已經升格為員林市。什麼時候的事？為什麼沒有人告訴她？她站在公所前，發現自己被時空拋棄。

公所的工作人員說：「小姐，那拆很久了，很久很久了。」

很久，很久了。

她其實也死掉，很久，很久了。

公所的工作人員熱心調出史料，電影院建於一九三〇年，日治時期台中州員林郡的「員林舞台」，前身是「員樂座」，二層樓建築，是員林本地重要的表演藝術場所，歌舞興盛。戰後日本人走了，台灣電視開播，劇場無法跟電視比拚，營運無以為繼，一九七〇年轉型改為國際大戲院，播放電影，極盛時期票房鼎盛，一票難求，小姐看妳年紀，應該記得喔，以前我們員林有很多電影院啊，員東、文化、新生，還有員林綜合市場樓上那三家啊，日新、真善美、員林大戲院，後來還有黃金帝國啊，哎喲，誰知道黃金帝國會變成這樣啊，現在拆也不是，留下來也怪，走出火車站就會看到一棟爛爛的高樓，看了真的很礙眼。

二〇〇八年，國際大戲院拆除，改建成如今的加油站。

她去圖書館調資料，館員幫她影印了幾張老照片，還找到一本碩士論文《台灣戲院變遷——觀影空間文化形式探討》，裡面有一張員林國際大戲院的平面圖，長方形的建築，舞台在建築的最後方，那應該就是大銀幕放置的地方，兩邊有廁所，臨街有票房與辦公室。她看著畫質模糊的老照片跟平面圖發呆，是，兩層樓建築，建築正面有個突出的三角楣。老鼠電影院。

像，其實有點像。

柏林的國際大戲院，員林的國際大戲院。

後來她常常去那個加油站加油，試圖尋找任何電影院的蹤跡。怎麼會拆掉了？最近不是很愛吵什麼文化資產維護，什麼保存老建築嗎？怎麼這麼一大棟日治時期的老建築說拆就拆。啊，找到了，你還在這裡，電影院拆掉了，但你沒有拆掉。國際牛肉麵，路邊簡陋的小屋，瓦斯桶，爐子，陽春麵，餛飩麵，牛肉麵，因為就位於國際大戲院隔壁，店名就叫國際牛肉麵。她走進去吃麵，點陽春麵，味道跟童年滋味有異，是換老闆了？滋味變了？還是自己變了？或者記憶騙人，她根本記錯了。

沒記錯吧。裝潢跟記憶有點落差，但是是這裡沒錯，她跟小弟在國際大戲院看完電影，會來這裡吃一碗麵，牛肉麵太貴了，用母親或者好人給的零用錢，看完電影，只夠姊弟分食一碗陽春麵。有時候奢侈一點，請老闆加一顆滷蛋。要是小弟投稿《國語日報》收到稿費，書法比賽、鋼琴比賽得獎有獎金，就假裝是有錢人家小孩，老闆今天兩碗陽春麵，加兩顆滷蛋，再切一盤小菜。她吃很慢，一碗熱麵吃完，小弟能把一部電影演完，吃完麵，小弟好像又長高了。他們約好，有一天要來點最貴的牛肉麵。不過還沒有機會點到牛肉麵，小弟就搭上火車，走了。

那是他們在國際大戲院一起看的最後一部電影《新天堂樂園》。

那時候的國際大戲院會在建築正面懸掛大張的手繪電影海報看板，就跟柏林這家一樣，現在不是都數位列印？想不到柏林還有大型手繪電影看板。看哪一部？大姊總是沒意見，小弟給你選。今天有多少錢？夠不夠買零食？一包蜜餞？兩包鹹水雞？那時候哪有什麼可樂配爆米花，看季節，電影院外面的小販有時賣菱角，有時賣月見糖，是不是還有個檳榔攤？姊弟都喜歡月見糖，小小一個攤，白招牌紅字，一鍋金橙的蜜裹蕃薯，老闆的臉也曬得像是煮熟蕃薯，月見糖牽絲黏牙，電影還沒開場就已經吃光。買票進場，電影院視線昏暗，瞇眼找座位，哪一排哪一號啊？地上有很多不明物體，黑摸摸的也看不見，一定是工作人員沒有清場打掃，那時候的人看電影，邊吃邊丟，滿地菱角殼、雞骨頭，甚至還有人吐檳榔汁，難怪有老鼠家族在此安居，每天在觀眾席裡奔跑爭食。找到座位，先不要坐下來，要確定椅子上沒有口香糖，有好幾次看完電影，她的裙子上黏了口香糖，噁心死了，洗很久都洗不掉。有些座位特別噁心，椅子掀起來，椅背黏滿密密麻麻的口香糖。那時候電影院有空調嗎？她只記得空氣濃濁，還有人抽菸，吵吵鬧鬧，大呼小叫，幫派小流氓互毆，電影院後方的放映室趕緊打出一束光，整個大銀幕亮起來，全場立刻安靜，小流氓成影迷，回座專心看電影，散場再亮武士刀。

有一次他們沒跟母親說，偷偷跑來老鼠電影院看電影，電影放到一半，前面幾排有女人尖叫，他們一聽就知道是母親。那天地上雞骨頭、蜜餞果核特別多，老鼠奧林匹克百米競賽，母親坐的那排全都跳起來，人影波動，擋住投影的光束，遮住林青霞的眼淚。光裡，他們看到母親身旁有個好人。他們趕緊偷偷溜出電影院，那是唯一一次，他們沒把電影看完。

老鼠電影院不見了，變成加油站。原來跟小弟一樣，也搭上那班誤點的火車，離開員林，來到柏林了。

她想看電影。

KINO INTERNATIONAL此刻播放哪一部電影？抬頭看手繪電影海報看板，沒聽過，不認識，但海報上方角落畫有一隻熊，太好了，她最喜歡選海報上面有什麼熊、棕櫚、獅子的，得過這些獎的電影，一定都超難看，失眠特效藥。

掏錢包買票，旁邊的藍眼查票員趕緊拿出剛剛那幾張歐元鈔票，買了兩張票。走進去，上樓，好美的水晶吊燈，紅色的沙發，落地窗外是繁忙柏林大街。這電影院裝潢好特殊，天花板好高，不像是現代建築，員林的國際大戲院建於日治時期，柏林的國際大戲院哪個時代蓋的？查票員買了兩瓶啤酒，洋芋片，小熊軟糖。

她不知道。她什麼都不知道。為什麼自己會跟一個陌生人走進KINO INTERNATIONAL

看電影。為什麼這個查票員那天罰她錢，今天要塞錢給她，還買票請她看電影。她只知道，她現在好想看電影，但是她完全沒辦法一個人看電影，這是國際大戲院，一想到黑黑的電影院裡，她只有自己，不行，她會瓦解。這裡會不會有老鼠？手上的小熊軟糖會不會變成月見糖？

果然有得了什麼熊獎就是催眠，還是啤酒喝太快？小熊軟糖吃太多？電影播放了二十分鐘，她墜入深深的睡眠。電影音效突來巨響，打斷她的睡眠，她發現自己枕在查票員的肩膀，趕緊坐正，查票員笑了，眼睛在黑暗裡發出奇異的藍光。雙腳掃一下地板，沒有菱角雞骨老鼠不明黏液，確定在柏林。

她當然看不懂這部電影，音軌跟字幕都外星語，鏡頭緩慢，人臉悲傷，看著看著，身體深處有什麼被敲碎了，碎片是糟粕，慢慢往頭部聚集，最後擠到眼睛周圍，電影結束，工作人員字幕開始緩慢上升，那些糟粕衝出來，變成眼淚。

她哭了。

怎麼可以哭。旁邊有人怎麼可以哭。她好久好久沒有進電影院看電影了。她好久好久沒有在別人面前哭了。母親喪禮沒哭。被網路陌生人拒絕沒哭。被學生當面舉告沒哭。在那間書店發現自己被小弟寫成那樣沒哭。在黑衣人面前沒哭。她不知道自己此刻在哭什麼。有什麼好哭的。但那些碎片一直冒出來，她在座位上一直哭一直哭，該死的什麼得獎影片，片尾工作人員字幕特別長，她跟自己說，字幕跑完，燈亮起，就不哭了，但那字幕根本沒有底，一直不結束，所以她別無選擇，只能一直哭。

小時候在員林看電影，電影劇終，片尾工作人員名單開始在大銀幕上爬動，後方的光束就會收掉，沒人想看那些工作人員的名字，趕緊清場，下一場觀眾要進來了。那部他們參與拍攝的電影，後來在員林上映了，母親帶他們去看，想在電影裡找熟悉的蹤跡，片尾工作人員名單整個被切掉，母親說：「真沒水準，一點都不尊重辛苦的電影工作人員。」母親上樓去跟放映師吵，放映師抽菸嚼檳榔翹二郎腿，忽然打了一下母親的屁股，吐出一團煙霧說：「鐵枝路邊，算我免錢，我就放給妳看。」母親氣到全身發抖。但她這個大女兒不知道母親是在氣什麼，是氣被打屁股，還是氣沒等到片尾工作人員名單上的那個名字。

有毛毛的手臂搭上她的肩膀。毛毛的手臂，好蒼白，請問你是員林老鼠電影院那個解開褲頭的蒼白男人嗎？她轉頭看著那雙藍眼睛，那雙眼毫無惡意，慌亂，沒有安全帽，不是，這不是那個男人。她好想跟他說，我哭完就沒事了，我沒事，真的沒事，謝謝你，謝謝你陪我看電影。

電影院外哭著說Bye，查票員沒走，陪她搭車回F站。一路上兩人無言，她淚水收不住，柏林夜，地鐵車廂玻璃都變成了鏡子，她看到自己哭泣的模樣，醜死了，完蛋了，被看見了，繼續哭。

走出F車站，咖啡館老闆點頭打招呼，月光在石板路上跳舞，誰家燒柴火？空氣中有淡淡煙硝，用舌濕潤乾裂的唇，舌尖嚐到夏夜，苦苦的。眼淚終於停了。

打開掛有龍蝦海馬的大門，小弟跟大廚在樹下對飲，看著她，還有她身邊的陌生人。

她不想解釋，不要聊天，哭了好久，她好累，她想上樓洗澡。

Bye。

查票員點頭，轉身走進苦苦的夜。Bye，謝謝你。她關上大門，不理會樹下丟過來的凝視，進屋上樓。

整棟屋子燈火通明，樓梯間坐了幾個仍未離開的賓客，生理男性，女性打扮，濃妝紅唇，有酒意，見到她綻放艷麗笑容。

You must be the sister!

Welcome to Berlin!

How are you doing?

穿大蓬裙、高跟鞋的高壯男生走過來要抱她，她往後退一大步，一臉嫌惡，大喊：「變態！走開！」

小弟就站在她身後。

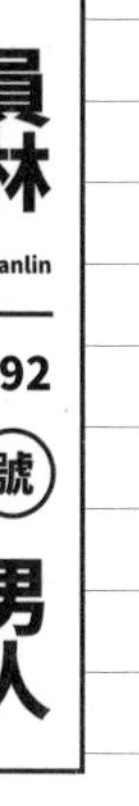

192號

噴泉。一次兩萬。

安全帽。白鬼。

一次兩萬？當時兩萬很多啊，一次可以賺這麼多？不可能吧。難怪母親說他們是好人。

母親有固定價碼嗎？每個好人都收一樣的價錢？不同人會有不同價格？怎麼談價錢？依照時間長短計算？依據服務內容會有不同計價？計時計分？每次收錢？還是月結？先算剪頭髮的錢，接著算上樓的錢？可以殺價嗎？

怎麼可能一次兩萬啦，好多。

但192號男人的確是有錢人。不，應該說，192號的父親是有錢人，在員林開了好幾家銀樓，小鎮有錢人不會花錢買體面服飾，拖鞋舊衣摩托車，有錢了怕鄰居親戚知道，錢放銀行怕銀行倒閉，那就買金飾，不起眼的獨棟住宅市值沒多少，但天花板裡藏金條金鍊，小偷撬開夾層會被金光閃瞎。員林銀樓與銀行春筍，192號的父親從原本的小銀樓店舖老闆變成連鎖銀樓富翁，火車站正對面的高樓案子也投資了不少，準備大賺一筆。但銀樓富翁不開心，因為獨生子是個怪胎，醫不好，個性閉鎖，娶不到老婆，怎麼生孫子，就算生了，萬一又是怪胎怎麼辦？

獨生子生下來就蒼白，毛髮灰，皮膚白，醫生說是白化症，什麼？可以治療嗎？吃藥打點滴手術能解決嗎？多曬太陽可以嗎？怎麼新生兒像個白老頭？銀樓老闆的老婆開美語補習班，請了兩個美國人來員林教英文，小鎮家長趕緊把孩子送來學英文，學鋼琴心算速讀不夠，一定還要跟美國人學ＡＢＣ，台灣本地英文老師招生困難，淡髮藍眼老師挽救員林英文補教，班班爆滿，得抽籤才能進入外籍老師班級。銀樓老闆看著白膚兒子，質疑老婆跟美國老師亂搞，說什麼加班，原來是吸美國大屌，難怪那麼鬆，還生下一個白子怪胎。

聽說銀樓老闆娘是上吊自殺。銀樓原本是她娘家經營，結婚後交給女婿，鄰居都說是招贅，娶對老婆少奮鬥二十年。產子之後，丈夫每天罵她不檢點，討美國客兄，聽說拿櫃子裡最粗最大的金條打她，打到金條都變成紅色的。銀樓老闆娘帶蒼白兒子回到連鎖銀樓的第一家原店，拿滿月金項鍊勒未滿週歲的兒子，接著拿金鎖鍊上吊。透過店家玻璃，鄰居看到銀樓老闆娘垂掛著，趕緊通知老闆來開門，聽說啊，大家都親眼看到了，銀樓老闆衝進來，老闆娘七孔噴出鮮血。

白化症獨子幸運活下來，外公外婆帶大，大家叫他小白。小白長大，父子疏離，父親終於在兒子的臉看到自己的輪廓，雖然慘白，但那鼻子嘴巴真的是自己的骨肉，悔恨想補償，於是零用錢寬裕，要多少給多少。兒子整天無所事事，騎摩托車到處亂晃，老往電影院跑，白成這樣怎麼娶老婆，女生看了就怕。

那時候員林人騎摩托車沒人戴安全帽，所以大家只要看到戴安全帽穿長袖的摩托車騎士，就知道那是銀樓兒子小白。小白畏光，騎車得戴上全罩安全帽，炎夏還是必須穿長袖長褲，否則陽光戳眼燒膚。他喜歡電影院，裡面好暗，他跟大家一起被黑暗吃掉，他不再是人群裡的怪胎。

她跟小弟去看電影，常會遇到人們口中的小白。太明顯了，誰會戴著全罩安全帽在售票口買票？在電影院裡找好座位，往後看，會看到最後一排有個戴安全帽的人，電影開始播放，安全帽才會摘下來。她和小弟有時會摳一下彼此的手心，那是暗號，先分心不看電影，歪頭偷偷透過椅子縫隙往後看，沒有安全帽的小白哥哥真的很白，在黑暗的電影院裡專心看電影，頭髮跟臉都發出奇異的光芒，像顆電燈泡。

有一次不知道為什麼，明明電影院沒什麼人，姊弟卻買到了最後一排的位置，電影開始放映不久，安全帽走進黑暗，也在最後一排坐下，離他們不遠，好像沒看到不遠處有兩個小孩。電影限制級，小孩不准進場，但售票口的小姐跟他們很熟了，還是會賣票給他們，老闆交代，生意難做，能賣票就是好事。大銀幕上出現性愛場面，那個年代的身體器官會被台北的電檢單位噴霧或者剪掉，畫面上好幾團霧。那是個無法好好清晰的年代，霧遮器官，感官晦澀，更惹人悸動，心跳失速，限制級電影票房通常不好賣，但人稱「不四鬼」的男子會買票進場，排片刻意排晚間時段，夜裡員林的不四鬼出動，票悄悄賣，有時還會賣出五成，不虧本還小賺。想不到小白哥哥也是不四鬼，看著銀幕上的霧，運動褲鬆緊帶往下拉，白色昂揚站立，用手靜靜規律上下滑動。她記得小白哥哥的手臂，多毛，白皙，在電影院裡發著銀光，就像是他家銀樓櫥窗擺放的銀飾發出的光芒。

金色筆記本裡面寫得沒錯，真的是噴泉。銀幕上的女主角胸部能噴霧處理，但音軌的呻吟沒有消音。呻吟興風作浪，小白的小小白噴出大量的銀白黏液。她以前都不懂，現在知道了，原來地上那些黏黏的是。

小白後來也成為樓上的好人。有一次放學回家，他們認出家門口的摩托車，原來小白哥哥也來當好人了。

她記得小白哥哥的白色手臂常會來入夢。毛茸茸的觸感，伸進她的睡眠，膚色幾乎透明，可見骨血，淡色毛髮在光裡擺動，像是魚缸裡的水草。小小白噴泉水柱澎湃，垂直往上衝，掀開電影院的屋頂，直達天空，夢境裡雲朵黏糊，電影院天花板破了一個大洞，銀光閃閃的世界。她不想醒來。

她沒跟小弟說，看到小小白噴泉那刻，她忽然內褲濕了。她慌了，那是什麼東西，難道小小白的噴泉威力如此之大，明明隔了好幾個位置，竟然把她的內褲都噴濕了。一路彆扭回家，才知道是血。同齡女生早就都發育了，終於輪到她。她期待自己像是鄰居姊姊那樣，胸玉山，屁股仙桃，有男生開車接送。

她放下金色筆記本，照鏡，胸連員林百果山都稱不上，屁股是壓扁的蜜餞。

美麗的女兒，不美麗。

小白哥哥真的一次給美麗兩萬嗎？

回想，算一下時間點，那時，美麗開始比較有錢了，家裡添購了新的洗髮椅、鏡子，還買了洗衣機，毛巾不用手洗了，交給洗衣機。原來是因為大方的小白哥哥嗎？

小白哥哥來剪頭髮，摩托車停在門口，人不下車，戴著安全帽，坐在摩托車上吃飯糰。一口一口慢慢吃，吃完才下車，確定店裡沒有其他客人，才肯走進來，脫掉安全帽，洗加剪謝謝。

有一次深夜，她睡不著，聽到母親走下樓開門，是大弟嗎？不可能，大弟有鑰匙，他跟一群廟裡認識的兄弟逃學，說要去賺大錢，好幾個禮拜沒回來了。樓梯咿呀，房門開關，薄牆洩漏身體細語，果然不是大弟。是哪個好人呢？隔天清晨天未亮，她房門刻意開縫，假睡，一道白影從母親房間飄出。

小白哥哥全裸，頭上卻戴著安全帽，跟母親揮手道別。

他整晚，都戴著安全帽嗎？

小弟摳了她手心。

他們都看到了戴著安全帽的白鬼。

美麗手指如花瓣盛開，指間有隱形的繩線，小小白是她手中的懸絲玩偶，快速站立昂揚，道別前再次噴發，銀亮泉水衝破房子薄弱的屋頂，直達天空，星辰月亮都被沖刷下來，掉到這間員林鐵路旁的爛房子裡。爛房子不再是爛房子，而是星輝閃亮的電影院，大銀幕開始播放最新賣座電影，男主角小白不愧是銀樓出身，全身金銀發亮，國際女明星美麗領銜主

08

柏林就是多餘

大姊在樓上躲了好幾天，不肯下樓。

實在是不該出門，出門百害。真的不該開口，開口蝗災。心裡的話為什麼要說出口呢？喉嚨真是險峻的人體器官，平時氣孔閉鎖，腦子心裡那些汙沙濁水乖乖悶在身體裡，忍著，假裝，不說話世界太平。但有時候，總是該閉嘴的時候，咽喉閘門忽然洞開，不該說的話鑽出口腔，字字毒牙，遠近人畜草木皆傷。

「變態。」

不是才來柏林幾天？怎麼覺得發生了好多事。在員林的時間遲滯，日日月月年年，計算學期的單位是光年，等退休，一直等不到退休，想離開，總是離不開。柏林時間似乎快很多，睡一覺老十歲，時間驅趕記憶，忘記自己來自何方，不知道自己要去哪裡，但這不能怪柏林吧，自己一向都不知道要去哪裡。短短幾天，腦子裡塞了一堆新面孔，嶄新的臉、陌生的語言聯手抹除老舊的記憶，想不起來同事、學生長什麼樣子，黑衣人的小指頭似乎也不那麼尖銳了，員林遙遠，島嶼第一大鎮，像睡前沒聽完整的古老神話。

為什麼我在柏林？

喝水的時候嗆到，忽然想到藍眼睛。煮泡麵的時候把一整包紅辣粉丟進鍋子，想到深膚男孩臉上的紅色河流。閉眼逼自己睡，一直聽到有人在她耳邊說德文，通通聽不懂，反正都是鬼故事。泡澡的時候最可怕，水面下不平靜，泡泡騷動，那幾個人妖浮上來。

她知道，她怎麼可能不知道，不可以說「人妖」，這詞彙有貶意，政治不正確。心裡想可以，無人知曉，但說出口就不行了。必須說「跨性別者」，不能說變態。被學生檢舉過好幾次了，她怎麼會不知道。她在課堂上說的話，下課後就會出現在社群網路，沒人讚眾人幹，所以現在她盡量不說，話語侷限在課本，不超過教科書的圍牆，一切安好。

前幾天在抗議隊伍裡摔倒，回家發現膝蓋瘀青，全身痠懶，躺下睡不著，站著腿喊累，坐著忽然腳抽筋，這裡顫麻那裡疲軟，活著怎麼這麼辛苦，死了會不會終於解脫，無痛無苦。但一想到母親入土，在那狹窄的棺木裡慢慢腐爛，那是所謂的自由嗎？算了算了，反正暫時還死不了，先賴活著。等退休再說。

棺木裡的母親，真美麗。遺體化妝師除去母親的皺紋，唇紅艷，膚粉蝶，髮烏黑，時光逆流至少二十年。美麗終於閉嘴了，微微笑著，乖乖入殮。

柏林讓她流失記憶，但只要讀金色筆記本，過去就會清晰高畫質。一直騙自己，忘了都忘了，想不起來。其實明明都記得，卻假裝想不起來，當初為什麼回員林？距離真有效，假裝更簡單。深夜睡不著，蹲在陽台吃泡麵，凝視無人的庭院與石板路街道，月亮孤星街燈橡樹，遠方似有狗吠，是走丟的那條狗嗎？汪汪求救，想回家嗎？什麼是回家？她沒有家可以回，員林公寓只是睡覺、堆雜物的地方，離開根本無牽掛，那不算家吧。熱麵吃成冷麵，母親騙人，她說：「泡麵吃完，就沒事了。」騙人，碗見底，辣粉疾速侵入她身體，從大腿內側浮出來，來柏林第一次畫世界地圖。什麼叫沒事。

大學畢業分發教職，大部分的同學都不想下鄉，誰想去邊陲鬼地方教書，台北學生素質高，輕鬆好教，她勤讀書拚打工，沒戀愛沒朋友沒社團，成績好，可以優先選志願，當然選了台北的男校高中，離員林很遠。首都孩子果真俐落精明，識破她的鄉野口音，譏笑她的扁豆身材，故意提出艱難的問題為難這個新老師。她有受騙之感，早知道選個偏鄉小學校，隨便教教，沒有升學壓力，師生放過彼此，我等退休你等畢業。首都男學生爭相詮釋她的髮型身材衣服鞋款，發明許多輕蔑外號，鬧個玩笑嘛，沒有惡意啦，拉近師生距離，所謂尊師重道。她每次背對學生寫黑板，耳邊就會出現高爾夫球桿揮動的威脅聲響，咻咻咻，幾百顆小白球瞄準她背影不斷發射，每顆球都是親暱的小綽號，飛機場，No九，馬老師，拖把公主，泡麵頭。她的確平胸飛機場，No九她一直聽不懂，綽號傳承了好幾屆，才有學生對她坦承，No九其實是「No Nine」，Nine音似「奶」，無奶啦。她長臉如馬所以馬老師，拖把跟泡麵都是針對她的髮型。當時年輕，外號戳刺身體，流出恥辱，後來老了，就只剩下老處女，乾扁老女人身體部位有什麼好揶揄的？學生開始攻擊她沒結婚沒孩子。有一次一位貌美的女同事產後發福，進入教室屁股撞到門框，從此就成了「卡門」，回辦公室表情煎熬，哭成一齣歌劇。她忽然輕鬆了不少，結婚有什麼用？生小孩有什麼用？最後還不是成了校園傳頌的卡門。那不如當個老處女。

台北男校教書那些年，總是下午時分，大約一點到兩點之間，她大腿內側會冒出紅疹，去廁所脫褲，蕁麻疹在皮膚上畫地圖，疹的形狀有時美洲大陸，有時歐洲大陸，都是她沒去過的遠方。癢啊痛啊，吃藥會想睡，藥膏無法抑制，醫生說這是壓力導致，建議換個環境。不然試試運動？瑜伽？什麼？你說什麼？換個環境？醫生你告訴我，我能去哪裡。

記得那天蕁麻疹特別嚴重，平時只有大腿，但那天整個背出疹，摸一下頸背，凹凸的板塊浮現，或許是非洲？幸好一頭泡麵垂放可遮疹，不然等一下進教室被那些滿嘴眼鏡蛇的學生看到，不知道又會被取什麼綽號。一通電話撥到台北男校，轉接了好幾次，終於轉到國文科，同事示意她接電話，她詫異，誰會打電話到學校來找我？

母親在電話上說，不小心從樓梯摔下來，石膏限制行動，怎麼辦啦？拐杖不會用，輪椅需要有人推，但兩個兒子都跑了，聽說大女兒在台北名校教書，對親生母親不理不睬，不知道其他同事聽了作何感想？名校國文老師拋棄母親？哎喲，開玩笑的啦，只是想知道女兒最近好不好。

已經好幾年沒有母親的消息，她靜靜聽母親說完演練過的獨白，說週末回員林一趟。醫生說得對。她在員林幾天，聽母親細碎叨叨，在房間裡感受地面震動，散步去吃肉圓，走去百果山買蜜餞，去第一市場買便當，很多面孔熟悉又陌生，賣四神湯的阿伯好像一直都沒老，豆花阿姨以前騎三輪車現在改開保時捷載薑汁，臭豆腐跟記憶中一樣臭，早餐一大碗爌肉飯，宵夜虱目魚粥，小鎮步調好慢，跟台北有時差速差，車輛徐徐，人語悠悠。明明是花了好大力氣才逃開的故鄉，明明是發誓再也不踏進的鐵路旁的爛房子，好久好久沒回來了，她卻感到閒暇，世界地圖留在台北，疹不見蹤影。瑜珈課去死，針灸去死，推拿去死，拔罐去死，返鄉短短幾天，肩膀裡的尖塔都塌了，穿刺感消失，滿嘴虱目魚粥配鹽酥雞最後木瓜牛奶，沒刷牙，魚腥鮮甜睡去。

調職換校並不簡單，但母親說交給她，打了幾通電話，好久不見這個議員那個校長，都是以前照顧我們的好人，聊天敘舊，故鄉高中就有了職缺。該下決定那天，幾個學生在她背後假咳，大力朝她揮擊了幾個新外號小白球，她躲到廁所裡去看世界地圖，好吧，該走了，大步離開首都，調回故鄉高中教書。

在台北名校，她是常被學生問倒的No九，不會教書，學生評價極差，但是回到故鄉，她竟然成為首都調來的名師，頭頂名校光環，學生眼裡有恐懼。還是有綽號，但她找到了回擊的音量，開始罵學生。師生一場，互相折磨，依然我等退休，但你們休想輕易畢業。

所以是自願回鄉，跟母親無關。後來每次跟母親大吵，母親總說：「是妳自己要回來的，別怪我，怪妳自己，我們家會變成這樣，兩個兒子都不見了，一個坐牢出獄坐牢出獄，一個根本不知道在哪一個國家，我能怪誰？我不怪誰，我有沒有怪過妳？沒有，從來沒有，我怪我自己。」

小弟，你讓我來柏林，罵你的跨性別朋友變態，你能怪誰？

我罵你的朋友變態，根本沒什麼吧。你把我寫成變態，我都沒說話了。

她平常怎麼可能會看報紙的藝文版，但那天在辦公室午餐，墊便當的報紙，小弟的臉。旅德學者第一本小說，影射台灣小鎮，揭露島嶼荒謬人臉，台灣唯一一場新書發表會，作者難得回台，將與讀者分享創作甘苦與故事祕辛。她查看新書發表會日期，今晚，如果立即請假出發去台北，一定能趕得上。小弟回來了，小弟回來了。

她沒跟母親說小弟回來了，捏造了出差小謊，趕緊搭火車北上。火車誤點，她許久沒回台北，沒注意到公車搭錯方向，一上車坐下就睡著，醒來已在陌生的城市邊陲地帶，眼看新書發表會就要開始了，她趕緊下車，站在路邊想攔計程車，但尖峰時段根本叫不到車，還差點被摩托車撞。

她趕到那家書店，新書發表會已經進行了一個多小時。一走進書店，就聽到了小弟的聲音，那聲音成熟了，她怎麼可能認不出。循聲穿越書店，幸好趕到了，不然一定見不到面。滿座，好多讀者站著聽小弟說，她一路跑過來，腿快斷了，沒辦法久站，看到觀眾席邊邊有個座位上放著包包，擠開人群朝空位去，包包主人皺眉看她，沒移開包包的意願，她釋放高中國文老師的凌厲眼神，對方不僅趕緊移開背包，還移位站立，差點沒鞠躬敬禮，把兩個座位都讓給她。她坐定喘氣，小弟說了一個笑話，全場哄堂，她沒聽到笑話，陪著乾笑，只是笑聲慢了好幾拍，全場已經靜下來了，她嘴巴還吐出乾乾的笑聲。小弟眼神在觀眾席中掃描找笑聲來源，看到了她。兩人眼神交集，她趕緊收掉笑聲，手舉起來向他揮手。小弟眼神生硬，她立刻把手放下。演講結束，觀眾發問，請問書中這個小鎮的靈感來自哪裡？請問把女主角寫成小鎮最後一個老處女，會不會擔心有性別歧視的嫌疑？請問書中那個大姊是否參考真人書寫？請問真實生活裡，真的有個大姊嗎？請問小說是不是具有自傳回憶性質？請問請問請問。

請問結束，讀者排隊請作者簽名。她趕緊抓了一本小弟的小說結帳，坐在位置上等小弟。她開始閱讀小說，簽名隊伍好慢，她亂翻頁，讀到小鎮火車站附近的鋼琴店，鎮長的女兒坐在鋼琴店前面等，忽然大雨炸小鎮，鞋子漂浮。

什麼。

這。

小弟你是不是寫我？

小弟你怎麼可以寫我。

又翻幾頁，老處女一個人去看電影，在電影院遇到毀棄婚約的男人，與另外一個男人，燈暗，偷吻。

終於簽完名，小弟走向她，在她身邊坐下，之間隔兩張椅子。兩人都不知道該說什麼，連客套也不會。小弟看著她手上的書說：「妳買了啊？我應該送妳一本的。」

書裡面這個討厭的女生，沒人要娶的女生，你說，是不是我？

出版社編輯過來打招呼，小弟起身，語氣踟躕：「這是……我大姊。」

「啊，大姊好！大姊有書了嗎？我們可以送大姊一本！啊你怎麼沒說大姊要來，我們可以幫忙安排好一點的位置。大姊要不要喝咖啡？喝茶？」

姊弟感謝多話的編輯，陌生人客套不難，丟一些應酬話，假裝喜相逢，社交小戲，以後相見機率低，你好我好大家好。但曾經親密的家人要客套卻很艱難，你知我知，我認識你的舊傷疤，你摸過我的老腫瘤，互丟應酬話，聽起來都是酸蝕髒話。

當年他們交換了手機通訊軟體帳號，在書店外道別。算是誠實，丟給彼此無意義的表情符號，沒約好下次見面，彼此知道，當年員林火車站送行，應該就是最後一次見面，之後所有的相逢都是多餘。

柏林就是多餘。她根本不該來。來了多說了一堆爛話。小說明明寫完了，可以收尾了，但某個角色不甘心，硬不肯退場，小說多了一章，贅言，該割除的發炎闌尾，結尾搞壞整本小說。

小說後來得了個什麼百萬文學大獎，一樣，也是報紙墊油膩便當，啃完的雞腿骨剛好放在小弟得獎的消息上。她傳了個訊息給小弟：「恭喜。」

但她不是真心的。小說她讀完了。她想說的話根本不是「恭喜」，她想問：「我到底哪裡得罪了你？你把我寫成這樣？」

真是不該得罪作家。那天她喊「變態」，小弟眼神暴風，把她吹到樓上去，關門避風，不敢下樓。那下一本，小弟會怎麼寫她？

她看到同事在讀小弟的小說，說什麼這本寫的應該就是員林吧？鑽石帝國就是黃金帝國吧？但作者簡介沒說他來自員林啊？但好像喔。另外一位老師說，不是，他覺得是寫彰化市，大家搭火車從彰化市走出來，會看到那棟爛爛的喬友大廈吧？另外一位喊，不是啦，台中吧，台中火車站出來，不是也有爛爛的大樓？那到底是寫哪裡？怎麼台灣很多火車站走出來都是一棟爛高樓，廢墟城市美學嗎？

她當然不敢加入討論，深怕被人認出，她就是書裡面那個嫁不出去的小鎮最後一個老處女。她哪敢發言，作家才有發言權，作家說了算，她就不會寫啊，只能被寫，沒辦法反駁。

她根本不會寫作文還要教學生寫作文，煩死了。

好癢，好悶，好熱。柏林什麼奇怪的地方，夏天熱成這樣，家裡沒裝一台冷氣。她從陽台看出去，附近人家的窗口陽台沒有任何一台冷氣，這麼熱，大家還活著嗎？低頭看自己的手，再三確認手是否變成透明的，小鎮最後一個老處女，有沒有變成鬼，還活著嗎？

真的受不了了，躲在屋子裡好幾天，她需要出門走走。看一下手錶，還早，街燈仍執勤，天色緩緩轉白，伸手到窗外，似有涼風。躡足下樓，整棟房子都還在睡，她不打算走多遠，就去附近繞一繞。

走到車站買咖啡，配巧克力可頌，邊走邊吃，走兩步可頌就沒了，走回去再買兩個，比每天自己煮的泡麵好吃一萬倍。路上遇到幾個似乎看過的面孔，對她微笑打招呼，每聲德文問安都在她耳邊敲鐘，她聽了全身僵凍，只好傻笑回應。這些石板街道走了幾次，她算是熟悉了，不需要拿起手機導航，就知道小弟家到Ｆ車站的路，那邊彎進去有幼稚園，與這條街平行的街上有兩家超市。走著走著，她又回到第一天的墓園。

這邊的墓園，有開放時間嗎？有個鐵灰大門，夜晚會關閉嗎？這麼早，墓園開了嗎？

她一走進去，就看到了小弟。

小弟回頭看了她一眼，繼續彎腰清理墓碑，換上剛買的鮮花。是綠眼德國人父親的墓。

墓園的確是個平行的空間，大樹、圍牆、死亡擋住炎夏，比外面的柏林涼多了。她在樹下的長椅坐下，看小弟擦拭墓碑，整個墓碑閃亮如新。咖啡仍燙，開蓋放涼，卡布奇諾的香氣在墓園飄蕩，亡魂似乎都被咖啡香喚醒，地面微微震了一下。

你自己的媽死了，沒回台灣，我這個倒楣的大姊一人處理，別人的爸，你倒是很殷勤嘛，一大早來清理墓碑。

小弟在她身旁坐下，盯著墓碑。她遞出卡布奇諾，小弟遲疑了一下，接過來喝，姊一口弟一口，杯子慢慢見底，兩人的鼻尖都沾了奶泡。

誰會先開口呢？

幸好有鳥、樹、風，爭相說話。小黃蝶從橡樹飛出，像花瓣落地。小弟鼻尖的奶泡慢慢消失，他的眼神渙散，意識去了很遠的地方。

大姊受不了了，先開口：「為什麼墓碑是書本的形狀？」

小弟沒想到大姊會先劃破寂靜，肩膀抖了一下。他低頭看著空的咖啡杯說：「以前是作家。妳看那個，鋼琴鍵盤的墓碑，生前是很有名的鋼琴家，家裡有他的CD，等一下回去放給妳聽。後面那個，一艘船，以前是水手，等一下，還是船長？這個是蝴蝶，車站旁邊那家咖啡館老闆他媽，我本來猜是動物學家，或者養蝴蝶的，但原來只是生前喜歡蝴蝶。」

「你……認識他爸？」

小弟搖頭說：「不認識，他過世二十五年了。我讀過他寫的小說，很多本，我都很喜歡。其實不算是有名作家吧，但，我會決定寫小說，就是因為讀了他的書。」

原來根本不認識人家，還來掃墓，你不覺得這很奇怪嗎？看了人家寫小說就決定寫小說，你有沒有在人家墳墓前擲筊？跋桮是基本禮節吧，問一下可不可以掃墓，人家有同意你這個陌生人來擦拭墓碑嗎？你就沒經過我的同意啊，把我寫成那樣不堪。

「二十五年啊。這麼久了，還可以埋在這裡喔，真好。媽好像十年就要撿骨，政府規定，我們台灣地不多啊，大家都要土葬，到處埋，到最後鬼比人還多。骨頭撿一撿，放進甕裡，再找個靈骨塔，還是哪一間廟，放進去。十年……好像快到了，很麻煩，聽說撿骨師很貴。靈骨塔更貴。」

啊，突然想到，其實她認識撿骨師。就那個。

等一下，要死。完蛋了。怎麼提到了母親。

最該避開的話題。怎麼她就是學不會閉嘴。

「沒有。其實，到期了。」

「到期？」

「二十五年了，到期了。依照規定，下個月，這個墓就要敲掉。當初的合約，就只有二十五年的期限。」

「喔，那跟台灣差不多。那是要請人家來撿骨嗎？像台灣那樣？應該也很貴吧？」

「不一樣。就是敲掉，打掉。」

「啊？沒有撿骨？不進靈骨塔？什麼都沒有？」

小弟搖頭。書本墓碑敲掉，墳墓挖掉，殘骸丟棄，每天都有新的死亡需要墳地。什麼都不留，只剩下那些文學小說。二十五年的死亡，到期了，屍骨徹底歸塵土，死亡終於死亡，沒留下任何痕跡，無可憑弔。

嗶嗶。

她口袋裡的手機忽然響了。

她滑開手機，啊，一串德文。她把手機交給小弟：「我看不懂，拜託幫我翻譯一下。」她猜是德國電信公司吧？每天都有奇怪的簡訊，煩死了。

小弟接過電話，通訊軟體裡的使用者名稱寫BVG，柏林捷運局。他快速翻譯訊息內容：「好嗎？一切OK？別忘了，我還欠妳大約二十歐元。」

「啊！要死了，是他喔。」她趕緊把手機搶過來。

在柏林國際大戲院看完電影，回家的路上，藍眼查票員拿她的手機弄了一下，她當時根本不想管他在幹麼，忙著哭，原來是加了她的通訊軟體。

「誰？那天晚上那個？」

「啊不是啦，沒有啦。我把他刪掉。要死了，怎麼刪啦？你會不會？幫我啦，手機好難用，快點啦，把他給刪了。」

小黃蝶飛來停在大姊手機上，好奇，也想讀訊息吧。

「妳不回嗎？」

「回什麼啦。不回不回。」

「但是，他問，妳有沒有空？不回不太好吧？」

「什麼？他說什麼？啊你幫我回，說我沒空啦。神經病。沒空沒空。」

小弟驚蝶，拿回手機，幫忙回了訊息。

手機又尖叫。

天哪，查票員這麼快回訊息，要死了。

不是。不是德文。

每一字，她都讀得懂。

小弟看著大姊驚恐的臉，彷彿有誰掐住她的脖子。

「林小姐，我們知道妳在哪裡喔。不要再躲了。快跟我們說，妳弟在哪裡。不然，妳負責匯款也可以。還錢就沒事了，林老師好人一世平安。」

101號

纖纖玉手。適合彈鋼琴的手。

好像女人的手。手很厲害。

堅持不脫衣服。也不脫褲子。

背包有傘。

對，她沒記錯，101號，一定是那個撿骨師。應該還活著吧？問題是怎麼找他，金色筆記本上沒有寫電話。母親寫這些樓上的好人，都不寫聯絡方式，這樣是怎麼跟客人聯絡啊？

母親有天忽然說：「你們三個明天都跟學校請假，後天要去掃墓。」

啊？掃墓？但後天不是清明節啊？掃誰的墓？

「你爸。」

說完母親就去外面招呼客人，「你爸」兩個字出拳，左勾拳右勾拳直拳，三個小孩臉上腫出一堆問號的小膿包。

誰的爸？

關於父親，從來沒人開口問過：「我的爸爸是誰？」「爸爸在哪裡？」「為什麼別人家有爸爸，我們家沒有？」父親是理所當然地缺席，沒有就沒有，有什麼好問的？一家人早就習慣不說真心話，大姊初經來潮沒說，大弟為什麼一臉瘀青沒人問，小弟為什麼忽然整天講英文西班牙文德文沒人想追究。已經被窮困折損多年，為什麼要說真心話？有錢人家才能負擔真心。不追問，放過彼此。

沒問過，但三個小孩都清楚，彼此長相差太多了，香蕉蘋果芭樂，不可能源自同一棵樹。忽然冒出「你爸」，誰的？

員林公墓在小鎮邊緣，往山上走，樓房消失，蔓草荒山無人煙，死亡大凶禁忌，當然要遠離社群。公墓入口一尊大大的土地公，頭頂員外帽，黃色壽衣，白眉白長鬚，右手持長杖，左手拿金元寶，臉上有詭異的笑，負責看守亡魂。她當時覺得這尊土地公好可怕，臉上的笑過分慈祥，回家後連夜噩夢，慈祥的白鬍土地公拿杖打她。當時是夏天，但是公墓溫度驟降，白煙繚繞，遠方的山丘，似乎一直傳來哭聲。所以她覺得柏林好奇怪，墓園就在社區裡面，活人死人共居，大家不怕嗎？

那天真的太怕了，她低頭不敢東看西看，掃墓的記憶模糊。但她記得幾件事。

不只他們這家人要掃墓，還有另外一家人，也是一個媽媽帶著三個小孩，大家跟著道士來到某個墳前，記得有些儀式，燒金紙，燃線香，唸咒語。

101號男人，就是撿骨師，喊了好幾次：「無禁無忌，破土大吉大利。」接著開始掘墳。挖啊挖，地上一個窟窿，終於來到開棺時刻。撿骨師從背包拿出一把雨傘，請家屬來觀看骨頭。傘在墳上撐開，母親跟另外一個媽媽來到傘下，彎身見骨，母親看了對方一眼，對方眼神落在墳墓裡，完全沒回敬眼神。

輪到孩子了。另外一個媽媽把三個小孩都帶到墳前，看一下骨頭，那三個小孩放聲大哭。不知道是因為跟她一樣，怕鬼怕死人，還是傷心？

母親把大弟往前推：「你爸。去看一下。」

啊，原來是你爸。大姊跟小弟相視偷笑，不是我爸也不是你爸啦，這次沒被選中，幸好幸好，不用看死人骨頭。

大弟身體殭屍，廟裡有幾個兄弟跟他說過，開棺撿骨，搞不好會遇到蔭屍喔，就是屍骨沒腐爛，有的肉還很完整，眼皮爛掉，但那雙眼睛睜得大大的，盯著你看，被蔭屍看一眼，一輩子倒楣，賭博必輸。一陣涼風像是爬蟲類緩緩逼近大弟，吹散他全身骨頭，膝關節灰飛，還沒走到傘下就撲倒，哭了。

骨頭挖出來，當初陪葬的金飾，該歸還給家屬。撿骨師用刷子清理骨頭，拔掉手指上的金戒指、脖子上的金鍊子，一串金光閃閃，這拿去小白哥哥他家銀樓賣，應該可以換得一年飯菜錢。

另外一個媽媽立刻把金飾全部收走。

後來她才懂，對方是元配，有婚姻，母親是外面的「媌」，妖精蕩婦，不配領取任何金飾。撿骨通知妖精來，不合情不合理，但終究外面生了一個兒子，撿骨師說要圓滿，不能有缺憾，後代才能大富大貴，所以才請他們來。誰知道那隻「媌」不僅把外面生的兒子帶來，還帶來另外兩個，竟然還有兩個，誰知道這隻「媌」還要參加幾場撿骨儀式。

後來母親晚年回憶那天，總是一臉憤恨，說對方無情，同樣都是女人，明明知道說謊的是男人，這邊騙說單身找伴組家庭，那邊騙說外地出差做生意，也沒隔幾條街，死男人坐擁大小老婆。母親總是指著大女兒說，那時候已經有妳了，他還願意抱著妳，餵牛奶，換尿布，我想說終於找到好男人了，誰知道兒子都生了還是不肯結婚，最後根本有老婆孩子，啊我怎麼辦，抱著兩個嬰兒去給火車撞喔？

但她不記得撿骨當天對方有什麼明顯的惡意，沒有言語或者肢體暴力，只是不理他們。當然，後來她懂了，完全冷淡，當作不存在，其實比當面甩巴掌更傷人。另外一個媽媽完全沒看他們這三個小孩一眼，墳墓那邊的另外三個小孩行前應該收到完整的命令，不准看對面那三個死小孩。

骨頭用紅線綁好，一一入甕，準備入塔。撿骨師拿起大榔頭，用力在墓碑上敲出缺角，儀式圓滿，此墳空出，歡迎下一位死者入住。一旁的小弟從口袋拿出醫生給的棒棒糖，跟大姊在一旁津津吃糖。大弟還坐在地上，骨頭被陰風吹散了，還沒重整，小弟塞一根棒棒糖到他嘴中，糖分入身體，逐漸喚醒膝關節。對面三個小孩忘記行前叮囑，跑過來跟小弟要糖。六個小孩就坐在土地公像下吃糖，另外一個媽媽的臉像是摔碎的瓷盤，低聲喝斥，但糖分侵入孩子身體，阻斷聽覺，此刻媽媽說什麼都聽不到。

撿骨儀式圓滿，過了一陣子，那個撿骨師忽然登門，說要剪頭髮。

洗加剪，母親的手在撿骨師的頭顱造浪，撿骨師忍不住發出呼嚕聲響，像貓。母親稱讚撿骨師的手，說不像男人的手，手指細長，指甲形狀好美，就是乾燥了一點。母親用粗鹽摩挲撿骨師的手，修葺指甲，刮除指甲周圍的硬皮與泥土，最後以乳霜按摩，手心又造浪，撿骨師的眼睛冒出火花。一看到那火花，幾個孩子就知道了，應該會成為好人。

撿骨師拿出一個小小的紅布袋，裡頭裝了兩個金戒指，一個給母親，一個給大弟。撿骨師對大弟說，你爸啊，生前是我的好朋友，我知道，他一定會希望你也留個紀念。原來那天他手腳俐落，另外一個媽媽全程盯場，竟然還是沒注意到。大弟拿了金戒指，馬上去找小白哥哥。

沒電話，要怎麼找到撿骨師呢？找101號來撿母親的骨，最合適了。

印象中，撿骨師說過，住在竹廣市。哪裡是竹廣市啊？用手機上網查一下，原來離員林火車站不遠，以前因為攤販屋頂為竹子搭建，所以俗稱「竹廣市」，難怪附近有很多店名稱就是竹廣，花生糖，早餐店。撿骨師好像有說過，家裡賣吃的？

101號很愛說話，上樓當個好人，就是一直跟媽媽聊天，她跟小弟會假裝出門，但溜到樓上，隔牆聽撿骨師說話，像聽廣播。

家裡賣吃的，但都不讓他碰，不准他幫忙，因為他每天都摸死人骨頭，死亡晦氣，嫌他手髒。但沒有這雙手，單單做吃的，幾個小孩能吃飽讀大學喔，這棟店面能買下來喔？這行也是正正當當啊。其實死人怎麼會要這個討那個，囉唆的貪心的吵架的，都是活著的人，死了就是死了，骨頭有沒有好好撿，儀式熱鬧與否，甕有沒有挑最貴的，靈骨塔方位跟樓層，根本都沒有關係，花再多錢，死人也不會活過來啊，就是活著的人最討厭，煩死人，永遠不滿足，所以才奢求「圓滿」。所以啊，活著計較什麼，死了就好。

101號撿骨時，口中不斷喃喃，說著許多他們幾個小孩完全聽不懂的術語與吉祥話。隔牆聆聽，原來師傅辦事，就是需要說口令，無論是公墓還是房間，口手並用，國語台語交雜，時常有押韻。

「死某換新衫，死尪換飯缸。老闆娘，要不要換新衫？我幫妳，來。」

「哈哈哈，我死尪，沒有死某啊！」

母親大笑，他們在牆另一邊完全聽不懂，但也跟著偷偷笑。

「老闆娘水噹噹，褲底破一空。」

他們隔牆聽到細微聲響，衣衫磨擦肌膚，拉鍊往下，鈕扣鬆開。

「師傅，我都褪光光，你呢？」

「未做衫，先做領，未嫁尪，先生子。」

此刻對照金色筆記，大姊終於懂了。原來撿骨師上樓當好人，不褪光光，他褪掉母親身上的衣衫，纖纖手指在母親身上彈鋼琴。

她記得母親發出的呼嚕聲。

她好羨慕。她的身體，從來沒有發出那樣的聲音。

09

滿地都是星星

她躺在床上凝視天花板的花紋裝飾，一直看一直看，很怕看到什麼，也怕錯過什麼。小弟說，這棟房子是百歲古蹟，二次世界大戰柏林整個被炸爛，這棟卻幾乎沒有損傷。百歲老人關節哭膝蓋鬧，難怪會發出怪聲音。這麼晚了，F車站沒有列車，無震源，但窗戶就是會忽然抖一下。根本沒有人走過，地板咿呀嘆息。耳朵偷偷親吻牆壁，屏息傾聽，水湧電流，似有人語，腳步雜遝，溪雨松風，船舶擺渡，蒸汽火車，百年老牆夾層藏著遺世的古老小鎮。

又是無眠夜，氣象預報終於有了一點好消息，熱浪威力稍減，接下來一週氣溫雖然還是超過30度，但午後有雷陣雨，夜晚舒適有涼意。夜間窗戶全開，涼風稍滅身體裡的火焰。有小蛾脫離街燈下的螺旋群舞，飛入她的臥室，暗夜獨舞，蛾你怎麼這麼不合群？

啊——

一聲淒厲的尖叫割裂靜靜的深夜，聲波驚蛾擾狗，蛾折翅，燈下群舞節拍大亂，誰家的狗喉嚨先擊發，附近人家的狗開始跟著嚎叫，仰天接力嗚咽。她起身往外探看，對街公寓好幾扇窗戶亮起，人影搖晃，開窗尋尖叫來源。

這聲尖叫質地粗糙，聲氣悠長，啊啊啊啊啊，長達數十秒不斷，如磚塊敲後腦杓，在腦部激發恐懼，睡眠中止，一夜甜夢變驚悚。她很久沒在夜半聽到尖叫了，母親過世前，時常在凌晨四點多忽然尖叫，有時叫幾聲，看到她就安靜，但更多時候尖叫不停，摔東西，踢打辱罵。現在想想，母親針對她的辱罵很像德文，深奧艱澀，時空跳躍：「妳這個清朝的賤人。」「後宮那麼多太監，就妳這個太監最噁心。」「鳥大便，羊咩咩，豬頭豬腦。」但有時辱罵又很清晰，透露了一輩子不肯說的那些事：「妳爸是水電工啦。死了啦，都死了啦，我剋夫啦，那個王大師都算不到，誰遇到我，誰倒楣去死。但誰知道生下妳這個倒楣鬼。」「幹，我當初把妳丟掉就好，醜死人。生下來幹什麼。幹。」「水電工啦，隨便幹一下，誰知道肚子變成百果山。變成百果山怎麼辦？不能讀大學了啦，被爸媽趕出門啦，丟死人了，吃大便啦。」「三個爸爸，就妳的最醜啦。胸部小不要怪我，去怪妳的水電工。醜八怪，生三個妳最醜，我要吃鹽酥雞啦。」

尖叫辱罵聽多聽久了，夢裡腦部被磚頭敲爛很多年了，準備好耳塞，反正門反鎖，母親出不去，東西摔一摔，張嘴吼一吼，總會累吧。但後來尖叫聲不單純，越來越豐富，夾帶壯闊波瀾。母親把房子裡所有的水龍頭都打開，家裡出現自然奇觀，湖泊河流，階梯瀑布，重現多年前的那場員林地下道大水災。水退去之後，母親不知道在哪個抽屜挖到了打火機，悄悄來到了她的床邊，忽然尖叫，朝她的床單點火。有一陣子母親說她是馬蓋先，啊？誰？想了很久才想起來，對，後來小時候家裡買了電視，週日晚間會有馬蓋先影集。馬蓋先附身，母親拿工具開始拆東西，電話、冷氣、電燈、電扇、電視、冰箱、熱水壺、單車、瓦斯爐、電鍋、吹風機、烘髮機全部分屍，電器零件擺滿地，對剛下班的大女兒兜售：「來看看喔！買到賺到，滿地都是星星！要不要買，很便宜喔。」所有零件的確閃閃發亮，佔據地板與階梯，像是美術館裡的現代藝術裝置，媒材為電器，作品名稱《鐵枝路邊的爛房子之一閃一閃亮晶晶》，藝術家美麗盡情揮灑，謳歌逝去的年代。母親看大女兒一臉潰堤，買家明顯沒購買意願，不買就收攤，把滿地碎片塞回去，單車輪子鏈子塞進冰箱，電扇馬達塞進衣櫥，輪胎塞冷氣，熱水壺裡擠滿各式各樣的把手、開關，用強力膠把螺絲黏滿電視螢幕。家裡原來有這麼多的吹風機，三十年前的老款式，到最近的日本新款，數一數將近百個，母親撕掉小弟小時候贏得的那些獎狀，把所有吹風機用膠帶黏在牆上，美髮師一生成果展示。滿屋碎片，母親責備她：「懶豬，都不打掃，家裡這麼亂，人醜就算了，還這麼髒，難怪嫁不出去。」母親接待過那麼多好人，用賺來的錢慢慢添購科技文明，努力升級這棟爛房，電視，冷氣，大冰箱，洗衣機，塗新油漆，裝新門窗，再多接待一些好人，說不定就能買大房子，離開鐵路。最後，她一手把點滴建立的房子拆毀，拿鐵鎚敲牆刮漆直到見磚，拿棍子敲爛吹風機電視洗衣機，蓋房拆房一人完成，滿地閃亮星辰碎片見證，母親有始有終。

尖叫又來，這次更近，判斷聲源，就在不遠處。她聽到倉促的腳步聲，開門關門，百年老房不得安眠。她起身穿過客廳，開窗走到陽台往下看，小弟跟綠眼德國人穿著睡衣睡袍衝出房子。

啊啊啊啊啊。

小弟跟綠眼德國人趕緊打開大門，女鬼還掛在鐵門上，不肯下來。小弟不斷說話，安撫她看到了。就是那晚她看到的白色女鬼，整個人掛在大門口的欄杆上，抓著海馬尖叫。女鬼，尖叫音量慢慢變小，轉成細碎的笑聲。

大姊穿上拖鞋，下樓查看，女鬼坐在草地上，身體搖晃。想起來了，是第一天在街上看到的那個穿浴袍的女人。女鬼原來不是鬼，小弟也看得到，呼，幸好。

綠眼德國人從屋子拿出托盤，一瓶水，杯子，麵包，起司，火腿，生菜沙拉。小弟撥開女鬼臉上的淩亂長髮，杯子湊上她的嘴巴，耐心等她喝下幾口水，用手把麵包撕成小塊，夾起司火腿生菜，一口一口餵食。小弟要綠眼德國人進屋拿濕毛巾跟一桶水，擦拭她骯髒的臉部與手，髒毛巾沾滿口紅藍眼影。

大姊看清女鬼模樣，白浴袍沾染青草與泥巴，浴袍下一件襤褸，頭髮目測好久沒洗了，好難懂，全身邋遢，臉上卻濃妝，五官移位紛亂，手跟腳指甲都艷紅，數一數，十指九趾，左腳少了一根腳趾，涼鞋鬆脫，腳跟硬皮肥厚，裂痕像是溪谷溝渠，腳底龜裂成陡峭的地形圖。那眼神像是敲碎的冰塊，尖銳冰冷，碎裂分散，很像母親最後那幾年的眼神。

白浴袍女鬼吃飽了，打了響亮的嗝，剛才的尖叫粗糙飢餓，此刻的嗝濕潤飽滿。女鬼拉住小弟的手臂往街道走，腳步急促，小弟拉好身上的睡袍，轉頭對大姊說：「要不要，跟我們去散步？」

「啊？散步？什麼意思？現在？啊我穿睡衣哩，你們等我一下，我去換衣服。」

「不用啦，我也穿睡衣啊，她也是啊。走吧，我們去附近走走。」

小弟跟綠眼德國人交換眼神跟微笑，德國人呵欠目送。

夜將辭行，天色橙紫，隔壁的鋼琴店門忽然打開，女子踏出門，幽暗的店裡忽然伸出手臂，拉住女子。女子甩開挽留的手臂，拉整衣衫，高跟鞋在石板路上演奏蕭邦離別曲。完了，這下子又要鬧一天一夜了。

散步似乎無目的，白袍女鬼有時快步，有時緩慢，有時忽然坐下看天，數星星，對著月亮唱歌。小弟跟隨，表情沉靜。女鬼踩進幾個水窪，路燈下汙水晶瑩四濺。小弟的皮質室內鞋髒了濕了，前幾天看他清洗墓碑，他明顯無法忍受髒汙，怎麼現在能忍受落葉泥巴青草寄生在他的睡袍上？他們已經走了幾條街，到底要去哪裡？

「我們要去哪裡啊？」

「散步，所以，隨意啊，跟著她走，不知道今天會去哪裡。」

「啊？就這樣一直跟著她走喔？啊你有沒有帶手機？我的放在樓上，這樣我們等一下找不到路怎麼辦？」

「大姊，妳不用擔心。她大概隔幾個禮拜就會這樣，我們陪她散步一下，走一走，就沒事了。妳不要想太多。」

她來柏林幾天了？時間混亂，但她確定，這是小弟第一次在柏林叫她大姊。明明是尋常親屬稱謂，太久沒啟用，過期受潮，菌絲入侵，說者滿嘴苦，聽者雙耳霉。

「但我們都穿睡衣哩……現在還早，街上沒人，但等一下怎麼辦？」大姊拉扯身上的睡衣，怕領口太低，怎麼辦啦，沒穿胸罩，廉價藍白拖鞋，左看右看，明明街道無人，總覺得有人窺看。

「妳不用擔心啦，在柏林，才不會有人管妳穿什麼。」

她回想這幾天在柏林看到的人們，的確，很多人絲毫不講究所謂的衣著品味，炎夏穿搭凌亂。一身混雜，卻一臉自在。

女鬼帶路，姊弟手腕上都沒錶，也沒攜帶通訊機器，失去時間精準刻度，只能憑天色判斷時間。女鬼專挑大姊沒走過的街道，四周毫無熟悉景色，身體羅盤亂序，天地南北皆陌生，腳步慌亂。他們走進公園，女鬼衝向水泥乒乓球桌，跳上去旋轉，浴袍敞開迴旋，乒乓球桌上跳蘇菲教派旋轉舞。舞到暈眩，女鬼趴在乒乓球桌上呵呵笑。小弟也跳上去，伸出手要拉大姊，大姊搖頭婉拒，小弟指遠方說：「上來，快日出了。」

三人在乒乓球桌上盤腿，打坐模樣，直視前方。公園面對一條寬廣的街道，太陽緩緩從街道底冒出來，照亮建築物的輪廓，金光快速覆蓋城市，公園裡的綠樹抖擻迎光。金光裡，大姊看清公園模樣，溜滑梯上有醜陋的噴漆塗鴉，乒乓球桌面上黏了許多乾掉的口香糖，地上很多碎掉的啤酒瓶，有些白白的塑膠套子，多看兩眼，哎喲，要死了，怎麼那麼多保險套。不遠處有一群年輕人被酒吧吐到街道上，所有人手上都是啤酒瓶，推打笑鬧，手機自拍上傳，頹唐夜生活還沒結束，爛醉是觀看世間最好的角度，晨光裡酒精霑灑，你我皆奪目皆燦爛。

女鬼笑著指指酒吧，小弟跳下乒乓球桌說：「大姊，妳要不要？」

「要什麼？」

小弟酒渦賊笑說：「不管，我買什麼，妳就喝什麼。」

不等大姊回覆，小弟快步衝進酒吧，買了三瓶冰啤酒。

「這麼早喝啤酒？你瘋了啊？」

「她想喝啊，我們陪人家一下嘛。啤酒而已，沒什麼，就跟果汁一樣。來，乾杯。」

啤酒瓶撞擊，聲響清脆，大姊想問，那家酒吧有沒有賣早餐，至少配個蛋餅或者燒餅，一大早空腹喝啤酒，神經病啊。女鬼仰頭大喝，酒溢出嘴角，脖子胸前幾道金褐色瀑布。小弟也灌了一口，看著大姊。

這樣漫無目的亂走，身體出汗，手心握冰涼啤酒，酒瓶滑過脖子、手臂，留下立即蒸發的清涼小溪。公園的群鳥朝大姊吼叫，催促她快喝快喝，不然啤酒就要被太陽煮成熱湯了。她從沒喝過啤酒，大家都說來德國要吃豬腳喝啤酒，豬腳還沒吃到，好吧，喝就喝，有什麼大不了。小弟幫她選的是清淡的皮爾森啤酒，入口微苦，口腔漱一下刷入喉，舌頭慢慢有甜甘。她總想說退休那天要喝酒，買一打，自己關起門來喝，想不到來柏林先喝到了。再喝一口，身體降溫，女鬼看著她笑，那癲狂的眼神忽然有了焦距。

拿著酒瓶邊走邊喝，酒精慢慢入侵大姊身體各個角落，眼前的城市線條微微歪曲，日光扭動，街道起伏，走路像搭電梯，身體上上下下，女鬼笑，她跟著笑。城市醒了，街道開始出現人影，麵包店開張，公車地鐵隆隆，咖啡香從人家的窗戶逃逸。三人坐在人行道上吃麵包，單車騎士經過，忽然煞車，對著大姊比大拇指。

小弟說：「他說妳睡衣很好看啦。」

大姊低頭看身上的睡衣，印滿伸懶腰的貓，笑著說：「跟他說，員林第一市場買的啦。」

員林第一市場，紅磚老建築，小弟小時候常跟大姊去那邊吃米苔目。市場還在嗎？沒拆掉嗎？

走進某個地鐵車站，通勤人潮上車下車，女鬼在月台上跳著很慢很慢的舞，沒人多看她兩眼。大姊覺得這實在太奇怪，如果員林火車站、或者任何台灣車站的月台上有一個穿浴袍的女人在那邊雲門舞集，一定會有人報警，站務人員會衝來制止，怎麼這裡沒人理她？

舞罷鞠躬謝幕，女鬼五官整齊多了，鼻子眼睛歸位。

走到車站外的空地，有一群青少年在練滑板，技術不成熟，身體不斷失衡，摔跤撞牆，青春不識痛，笑著繼續上滑板。一個滑板衝到大姊的腳邊，剛喝下的那整瓶啤酒都沉到她的雙腳，腳掌發酒瘋，穿著貓睡衣的台灣中年老處女高中老師忽然跳上滑板，腳蹬地面，重心壓低，睡衣上的貓全都弓背尖叫，要死了要死了。但老處女竟然沒失衡，輕鬆往前滑行了好幾公尺，縱身一躍，單腳落地，讓滑板自己滑向那群青少年，微弱掌聲響起，滿分十分，她忽然覺得自己也像個優雅舞者。

繼續走，琴音吸引女鬼走向社區小廣場。廣場上有街頭藝人彈奏鋼琴，流行曲調，大姊覺得好像在哪裡聽過。大姊看著鋼琴底部的輪子，小聲對小弟說：「喂，我好像看過這個人，前幾天搭車的時候。」是吧？那個壯碩女人，不確定，頭昏昏的，真不該喝啤酒。

小弟，你還彈鋼琴嗎？那時候我以為找不到你了，我猜你一定淹死了。我聽到鋼琴的聲音，才找到你。你當時彈奏的那首，到底是什麼曲子？我一直好想問你，但一直說不出口。這個街頭藝人彈得真爛，你去幫他啦。小弟從睡袍口袋拿出零錢，街頭藝人搖頭拒絕打賞。

氣象騙人，氣溫根本沒降幾度，天空無雲，陽光囂張。三人穿過小樹林，但封鎖線擋住去路，發生了什麼事？封鎖線在小樹林裡隔出一個異質空間，幾台卡車，大型吊車，攝影機架在地面的軌道上，開始滑動，有人拿著擴音器大喊，其中一台卡車灑出強大水柱，封鎖線外的柏林乾燥炎熱，封鎖線內的柏林忽然大雨。兩個穿著警察制服的男人狂奔過樹林，追逐推打，雨跟攝影機都瞄準他們，他們喊完幾句，拳頭揮舞，忽然脫掉上衣，開始親吻。

女鬼忍不住拍手。

大姊打呵欠，天哪，這看起來像是一部會得什麼熊什麼獅的難看電影，看了就想睡覺。

小弟，你記得吧？也曾經有導演跟明星，來員林拍電影。

忽來一陣風，雨轉向，灑到封鎖線外圍觀的三個民眾，睡衣浴袍全濕。

女鬼給了大姊跟小弟一個堅定的眼神，拉起封鎖線，走進雨中，導演見女鬼，大聲喊卡，三個闖入鏡頭的路人完全不理尖叫的劇組，堅定往前走，穿越柏林人造雨。這是姊弟第二次參加電影拍攝。

小弟懂那個堅定的眼神，表示今天散步到此為止，可以了，該回家了。他從來不知道穿白浴袍的女人住在哪裡，名叫什麼，他只知道，每隔一段時間，白浴袍女人會上門尖叫，拉著他出門去散步。總是走不同的街道，每次散步都會發掘陌生的柏林角落，一直走一直走，新的咖啡館新的溜滑梯新的塗鴉，直到某個點停住，然後快步回程，不需GPS導航，不需地圖，白袍女人一定能找到回F車站的路。

走到F車站，三人衣服都乾了，小弟買咖啡，白袍女人從浴袍口袋掏出紅色唇膏，站在路邊慢慢描唇，大姊目瞪口呆，女鬼完全不用鏡子，口紅穩穩塗抹，紅唇完整，技術高超。沒說再見，白浴袍女人大步離開。大姊慌了，趕緊跑進車站旁的小咖啡館，對小弟說：「那個，那個，哎喲，她叫什麼名字啦，不知道，她跑掉了。」

小弟從老闆手上接過咖啡，微笑說：「沒關係，每次都這樣。」

走回家的路上，大姊忍不住開始問：「那女的到底是誰？」

小弟聳肩答：「不知道。」

「什麼叫不知道？她拉著我們走了半天，什麼叫不知道？」

「就不知道啊。」

「你總知道人家住哪裡，叫什麼名字吧？」

「不知道。我猜應該就住附近吧，我幾年前剛搬來的時候，就常在路上遇到她。」

「什麼啦，什麼都不知道，然後就這樣跟人家到處亂走，最後還讓她自己跑掉？這附近應該有什麼機構，可以收容她吧？她有沒有家人？我們就這樣讓她自己走掉……」

小弟不知怎麼回答。怎麼挽留要離開的人？怎麼阻止已經啟動的列車？就讓她走吧。挽留徒勞，枉費精神，深呼吸，雪茄味逼近，聽，琴音紛亂，隔壁鋼琴店老闆開始演奏前妻變奏曲了。

「那個龍蝦跟海馬，妳知道龍蝦肚子裡面放備用鑰匙，另外，我每天都會在海馬肚子裡面放一張鈔票，給她的。」

啊。原來那是小弟放的，特地留給女鬼的。她第一天來柏林，其實就有發現海馬肚子裡面有鈔票。

「她剛剛叫完在那邊吵，說什麼找不到錢。但我明明有放啊，只好趕緊再塞給她。沒關係，她不定時會這樣，沒事了。」

小弟停步：「啊，他來了。我都忘了是今天。」

誰？

要死。好不容易送走女鬼，怎麼又來了。

怎麼是你。你來幹麼？

藍色。

大姊忽然意識到自己穿著藍白拖鞋，員林第一市場買的貓睡衣，領口太低了，沒穿胸罩，全身濕了又乾，頭髮美杜莎，眼睛腫成蓮蓬，眼屎多如蓮子，齒縫裡一卡車廚餘。想吐。大腿深處有個地形圖掙脫骨骼，紅疹撥開血肉，抵達皮膚表面。

藍眼查票員站在龍蝦跟海馬前，朝她揮手。

244號

油漆。電影海報。

她躺在浴缸裡讀金色筆記本，翻了很久，才找到244號男人。

剛剛真的好丟臉。她拉扯身上的睡衣，遮臉，不敢看藍眼查票員，對小弟低吼：「要死了，他怎麼來了啦？」

「那個……」

「你去叫他走開啦，我穿這樣，超丟臉的。」

「大姊，那個，是我叫他來的。」

「什麼！」

「他說要還妳錢啊。」小弟臉上的微笑不尋常，像是看好戲。她覺得自己是車禍現場，已經支離，四周眼光事不關己，盡情圍觀她的殘缺。那罐啤酒持續攪動她身體，手掌醉意濃，竟然幫我亂回訊息，讓人家看到我這麼邋遢的樣子，全身力氣匯集掌心，用力拍擊小弟的背：「你要死了，你到底寫了什麼東西？」

小弟喊痛，但臉上有強忍的笑意，那夜他注意到大姊目送這個男人，紅腫眼神蹊蹺，明顯剛哭完。是誰呢？為什麼哭？誰讓大姊哭了？她一個人出門，怎麼會有男人送她回家？這男人是誰？為何男人告別眼神塞滿問號？所以那天在墓園幫忙回訊息，他違背大姊囑咐。

「我這樣醜死了，你，你，你去叫他走開啦。」

「不行啦，人家不知道等多久了，至少請人家進來喝一杯咖啡吧？」

「你……你去死啦。」

她遮臉快跑，推開龍蝦與海馬，感覺那雙藍眼一直看著她身上可笑的貓睡衣，快步衝到樓上，打開水龍頭，水流撞擊浴缸，驅趕腦中所有羞恥吶喊。滿缸熱水泡泡，她把身體丟進水裡，捏鼻閉氣入水，深怕聽到樓下任何動靜。嘴巴一直不斷哼著曲調，也不知道是哪一首，哼著哼著才發現，啊，是剛剛廣場上那個街頭鋼琴藝人彈的曲子。哼累了，熱水鎮靜焦躁的身體，她終於靜下來，才發現自己還穿著睡衣，那些貓溺斃模樣。拉拉耳朵傾聽樓下，似乎有談話笑語。小弟真的有請他進門嗎？他進來了嗎？有坐下來喝咖啡嗎？小弟會問他什麼？他會跟小弟說什麼？他會不會跟小弟說，他們去國際大戲院看了一場電影？

金色筆記本就放在浴缸旁的小几，努力翻找，那個電影海報看板畫師，是幾號男人？

記得先是一通電話。

髮廊跟好人的生意穩定，母親開始添購電器用品，電風扇，電視機，收音機，裝了一台電話。母親怕三個小孩亂打電話，規定他們不准碰電話。電話剛裝好那幾天，三個小孩在電話旁托腮等待電話響起，誰會打第一通電話來呢？他們好期待可以拿起話筒，聽到遠方的聲音。真不敢相信，遠方的人聲，怎麼抵達員林呢？

等了幾天，托腮的小孩失去耐心，母親根本沒把電話號碼給任何人，電話怎麼可能會響，沉默的電話是很難玩的電器產品，興致全失。某天深夜，全家都已經上樓就寢，樓下忽然傳來不明的鈴聲，大家都沒聽過這樣的聲響，身體不知道該如何反應。忽然母親衝出房門，衝到樓下去接電話，但還沒接起話筒，鈴聲就消失了。

那晚母親就睡在電話旁，三個小孩才明白，一直等電話響的人，其實是母親。

母親在電話旁睡了好幾晚，某個深夜，終於等到鈴響。

「喂。」這聲「喂」，明顯排練很多次，但真正登台，「喂」怯場，音分岔。

三個小孩躲在樓梯間，偷聽母親講電話。未來科技已經抵達這棟爛房子，母親手中的話筒漏出嗶剝聲響，遠方有人冶煉，再也不需要依靠火車運送，而是透過神祕的管線，即時把他方的金屬物質傳遞到員林這端，話筒上面那些小洞擠出燒焙渣滓，鏗鏘細碎人語，似男又女。是誰呢？母親在等誰的電話？

「真的嗎？那，你會不會來看我？」

他們看不到母親，一盞燈把母親影子打到牆面上，他們只能透過影子的姿態猜測。影子手指牽弄電話管線，有夜車嗎？牆面跟影子都微微顫抖。

「這支電話號碼，只有你知道。」

他們沒聽過這麼柔軟的母親。母親有強大的變形能力，面對不同的好人，能快速判斷自己該硬石撞擊、漁網捕撈、香花待嗅、熱火捕蛾、夜蛾撲燈、冰塊冷敷、女妖吟唱、洞穴收容、還是溫泉暖身，型態溫度密度百變，伸展彎曲蹲踞都難不倒鐵枝路邊的髮廊老闆娘。但那晚說電話的母親，語氣囁嚅，像是春天剛冒出來的小草，細嫩絲絨。那聲音雙膝跪地，腔調懇求。

小鎮市場還沒有開始傳遞訊息，報紙地方版面還沒刊出新聞，鐵枝路旁的髮廊三個小孩就知道了。母親跟他們說，有大明星要來員林拍電影了，噓，不可以說出去。三個小孩遵照母命，嘴巴緊縫，但不到幾天，他們就在學校其他孩子的口中聽到這個天大的祕密，來源是母親每天都去的肉販攤。

母親有個固定好人，聽說是油漆工。母親請他估價，這棟房子樓下這一層樓牆面全部重新粉刷，要價大概多少？樓上就算了，樓上壁癌嚴重，磚塊裸露，濕氣滲透歲月侵蝕，隔壁夫妻的吵架聲每日撞擊，磚塊掙脫牆面，當初根本糨糊亂蓋，反正樓上不開大燈，客人看不見就好。隔天那個油漆工好人就來家裡開始粉刷牆壁，聽到大姊跟小弟討論等一下要去國際大戲院，還是員林大戲院？看哪一部呢？有貼著電影看板海報的小卡車在員林大街小巷穿梭，宣傳最新上映的新片，廣播喧鬧，擾人午覺。油漆好人指著卡車上的電影看板說：「那都是我畫的喔。」

房子小，油漆工作幾天就完成了，嶄新白漆讓幽暗的房子亮起來，母親好滿意，訂做了幾件新洋裝，每天都用心打扮，像是等著貴客上門。

油漆工帶大姊跟小弟去參觀他的畫室，外觀破敗的廠房，走進去，滿地顏料畫筆，有好幾幅正在進行的大看板，海報上的國際巨星臉只完成一半。原來這個好人根本不是什麼油漆工，是個畫家，員林每一家電影院外面的手繪看板都是他畫的。工廠裡有個角落，存放許多以前放映過的電影看板海報，他說電影一下片，海報就會拆下來丟掉，真的好可惜，比較滿意的幾個作品，他就會拿回來這邊放著，也不知道要幹麼，明明很佔空間，就覺得想留。

小弟忽然問：「請問畫家伯伯，我可以來幫你畫嗎？」

畫家笑著摸他的頭：「來陪我畫畫可以，但不能幫忙啦，畫壞了，要全部重來，很麻煩。我有幾個助手，懶死了，功夫差，我自己來比較快。」

他們第二次來到畫室，小弟帶來他自製的畫冊《老鼠電影院》給畫家看。鉛筆、毛筆、彩色筆，老鼠媽媽帶著三個小老鼠住在電影院的天花板裡，等待電影散場。觀眾看電影吃零食，滿地雞骨頭、鴨脖子、糖果、月見糖，老鼠媽媽叮嚀三個小孩，要抓緊時機，趁工作人員進來清場之前，規劃好路線，趕緊跑進座位下方，叼到食物就快跑。結果清場人員進來了，拿掃把追趕老鼠，天花板裡有個老鼠小鎮，各大鼠族集結出動，人鼠宣戰，最後一頁是大銀幕上爬滿了密密麻麻的老鼠，鼠輩大勝。畫家讀到大笑說：「好，小弟弟，但我沒有錢給你薪水喔。」小弟搖搖頭，心裡想，沒關係，你是媽媽的好人，你有給媽媽錢就好。

小鎮謠言成真，報紙報導大導演要帶巨星來員林拍電影了，第一市場會封鎖起來喔，聽說會去大排水溝拍戲，好像還會在火車站的月台上取景。小鎮沸騰迎接明星，電影在小鎮開拍，大批熱情民眾圍觀，嚴重影響電影拍攝，導演發飆對群眾大喊，最後只能拉封鎖線，阻止民眾推擠入鏡。

畫家好人問，要不要跟他去拍電影？

有一場戲就以國際大戲院為背景，導演希望電影院外牆的看板能「表現時間的逝去」，請畫家好人到拍攝現場調整看板顏色，早上的戲男女主角青春，電影看板濃艷，下午男女主角白髮老妝，看板斑駁。看板用吊車搬上搬下，畫家現場繪製，大姊在旁邊遞顏料畫筆，小弟已經可以幫忙上色。

他們一身七彩顏料回到家，髮廊有個新客人。

時髦墨鏡，西裝外套，皮鞋閃亮，一看就知道來自台北，站或坐，清脆俐落，好像報紙影劇版上的明星。美麗那天特別美麗，一直看著這位閃亮新客人，手發抖。

新客人好高，西裝口袋插著一支金色鋼筆，摸了摸小弟的頭。

前幾年大姊在街上看到海報，員林古早手繪電影看板典藏特展。展場入口一幅大大的成龍，她怎麼可能忘記這幅，當時，她就站在一旁，看小弟跟畫家伯伯在成龍的鼻子上畫陰影。海報竟然都留下來了，保存完整，不知道畫家本人還活著嗎？

走到展場最底，她聽到其他人低語說：「這些海報，好奇怪喔，畫的人是喝醉了喔？怎麼林青霞臉這麼歪？〇〇七的手上拿的是槍還是菜刀啊？」「這是誰啊？畫得好像殭屍。」

10

吃飯不是劈柴

又是笨拙的早餐，滿桌食物，三人嘴巴貧困，說不出丁點富饒。

綠眼德國人播放黑膠唱片，試圖以綿軟的爵士鋼琴化解早餐困局。桌上堆滿各式德國麵包，色澤深，質地粗，健康有機，切開見木紋，入口果真有木頭滋味，齒當石磨，碾碎飽滿的穀粒堅果。米其林大廚想做各種傳統德式麵包給大姊品嚐，昨晚就捏好許多麵團，黑麥、葵花籽、南瓜籽、小麥、葛縷子、斯佩耳特小麥、燕麥、大麥、核桃、海鹽、亞麻籽、奇亞籽、羅勒、芫荽、熊蔥，有的酸，有的甜，有的偏乾，有的濕潤，傳統加創意，桌上無任何鬆軟，不見法式羽毛可頌，也沒有日式雲架麵包。

他無法得知，這些備受美食評論家盛讚的麵包在大姊眼中都是一塊一塊木頭，她心裡想，是誰一大早出去伐木砍柴？

大姊咀嚼木頭，口腔森林。應該要問，但嘴巴裡的樹木架起拒馬，阻擋所有問號。查票員有進來喝咖啡嗎？你們聊了什麼？他待了多久？他說了什麼？你為什麼叫他來？你到底在我的手機上寫了什麼？你跟他說了什麼？

客廳桌上一台筆記型電腦，螢幕上一堆字如蟻，一疊手稿，小弟的筆跡，幾本書。

你在寫什麼？又在寫小說了喔？

是不是又在寫我？

桌上一盤生絞肉，大姊納悶，為什麼生肉不拿去煎一煎，放在桌上好奇怪，猜想大概是什麼奇怪的德國早餐傳統，避邪？想不到德國人拿刀刮下一大團生肉，抹在麵包上，撒上洋蔥切片、胡椒、海鹽，入口。

大姊問小弟：「這是什麼肉啊？」

「豬肉。」

「要死了，豬肉？他這樣生吃喔？」

德國人答：「啊，我真是，對不起，我忘了。大姊一定不敢吃這個，對不起，對不起。」他趕緊把這盤生豬肉挪開，放到他自己面前。

驚嘆號撐開大姊嘴巴，闔不起來，趕緊按摩兩頰，怕又落下頷：「豬肉可以這樣生吃？」

小弟說：「這叫做Mett，我剛來德國的時候也覺得這個東西很恐怖，會拿去煎一煎，當漢堡肉。但現在我也敢吃了，其實還不錯。妳要不要試試看？」小弟拿刀在生豬肉盤子上刮下一團肉，那一團肉在大姊眼睛裡壯大成一顆籃球，瞄準她的嘴巴。投籃，三分球，球撞籃框彈開，幸好沒得分。完蛋了，有點想吐。

電話尖叫，德國人接聽，眉頭海溝。電話掛上，小弟跟德國人語氣沉重。

大姊忍不住問：「怎麼了？」跟我有關嗎？應該不是黑衣人吧？他們沒那麼厲害吧？

「他媽。安養院說，不肯吃飯，已經有幾餐不吃了，再不吃，就要送去醫院。」

「哎呀，那怎麼辦？」

「他今天早上要去錄影，沒辦法臨時請假，我去看看。」

啊，那個烹飪節目。

「要不要我去幫忙？反正我在這裡也沒事。」

夏日早晨慵懶，高溫像貓，輕輕跳到人們的身上磨蹭。姊弟手拿咖啡，快步走過石板路。這麼熱，竟然還在車站的小咖啡館買熱咖啡，但兩手空洞，嘴巴就得說話。明明幾口就喝完了，繼續假裝啜飲，避免開口。

療養院多了許多電風扇，葉片嗡嗡轉動，擾動室內遲緩的時間，分秒厚重，氧氣瓶挽留垂危，輪椅承載彌留，髮蒼蒼視茫茫，苦等遲到的死亡。大姊以前曾考慮帶母親參觀療養院，但母親一到療養院，神智忽然清晰，指甲陷入大女兒的手臂說：「妳敢把我送到這裡試試看。我把所有的保險受益人都改成妳弟。」

德國人的母親依然優雅，坐在沙發上凝視遠方，身上套裝潔淨，鞋款看起來很高級，霜髮梳髻，聽到小弟的聲音，嘴角微揚。

大姊當然聽不懂他們之間的對話，只能憑語氣推測，小弟像是哄嬰孩，老母親語氣嚶嚶，聽起來的確像是小孩鬧脾氣。小弟從背包拿出一本書，朗讀給老母親聽。大姊記得書封面上的那個作者名，書本墓碑，二十五年。老母親靜靜聽朗讀，臉上的皺紋似乎有些變化，水紋波動。

照護人員端來一盤食物，老母親一臉嫌惡，細瘦的手臂力氣驚人，用力揮開食物。大姊看掉落地上的食物，木頭麵包夾起司火腿蔬菜，魚排，水煮青花菜，小黃瓜沙拉，稠狀布丁，果汁，一整盤看起來都像木頭，吃飯不是劈柴啊，難怪拒吃。她又想到早餐那盤生豬肉，這家療養院看起來很昂貴，應該沒這麼黑心，餵老人吃這麼恐怖的東西吧？

老母親的視線轉移到大姊身上，小弟介紹，這是我姊姊。老母親伸出手，好長的手指，好美的戒指，應該是結婚鑽戒，鑽不大，但切工設計雋永優雅。

大姊趕緊伸手回握，老母親對她說了一串話，都聽不懂，但那些字詞在熱天入耳攪動，拉出一團棉花糖，鬆軟慈愛。大姊眼光飄向小弟，索求翻譯，小弟聳肩說：「我也聽不懂，沒有人聽得懂。她的語言亂了，妳要不要試試看，用中文回她，台語也可以，我試過，其實可以。」

大姊遲疑了，不知道要說什麼，但老母親一直看著她，握緊她的手，不肯放。

「妳好，我是大姊，ich……哎喲，我，我從台灣來……」老母親笑了，嘴巴吐出更多棉花糖。

「我來找小弟，住幾天，不好意思打擾了。」老母親笑了，繼續說話，兩人開始聊天。

「對啊，我也覺得好熱喔，我以為德國會很冷，誰知道熱成這樣。我好想去剪頭髮喔，妳頭髮好好看喔，我以後老了，不知道頭髮會不會掉光光，妳都去哪裡剪頭髮啊？療養院會安排人來剪頭髮嗎？我頭髮以前都我媽剪的，她死了之後，我頭髮就，哎喲，妳看啦，我已經放棄了，反正怎麼剪都會被學生笑。

「妳衣服哪裡買的？好好看喔，對啊，我也想去買衣服，學生都會笑我沒有品味，但我不知道怎麼買衣服啦。嗯，我也覺得很難吃，看起來就很難吃，難怪妳不吃。拜託，跟妳說，德國人竟然吃生豬肉！超噁心的。

「哈哈，我都忘了妳也是德國人，但你們的啤酒其實不錯，我昨天晚上從冰箱拿了一罐，咕嚕咕嚕，竟然喝掉了，也不知道是什麼啤酒，反正很好喝，小弟買的。我看超市裡，啤酒竟然比礦泉水還便宜，你們德國人也太奇怪了吧。

「哈哈，妳太瘦了，跟我一樣，吃不胖喔。但我看妳肚子扁扁的啊，身材這麼好，妳看妳看，我這麼瘦，肚子還是有一圈肉，很煩。」

彼此的語言毫不相干，沒有邏輯，各自表述，問答皆不成立，卻一來一往，似乎嘘寒好像問暖，遠看像是老友敘舊。

大姊覺得那一年的德文系原來沒有白費，誰去找來那個當掉她的女教授，妳看妳看，我跟德國人聊天。妳看妳看，竟然有人跟我聊天。好久好久，她真的好久沒跟人聊天了。聊天真好，一直說話，排放廢氣，身體輕盈一些。

她轉向小弟說：「我們泡泡麵給她吃，好不好？」

「啊？泡麵？」

「哎喲，你看他們準備的東西啦，沒什麼顏色，生生冷冷的，看起來就很難吃，難怪她不肯吃。我背包裡面有台灣的杯麵，要不要試試看？他們這裡一定有熱水。」

泡麵吃完，就沒事了。

掀開泡麵杯蓋，肉燥菠菜風味，撕開調味粉、油包，煮水壺嗶嗶，沸水倒入，立刻有濃烈的香氣，等三分鐘。這對姊弟通常沒耐心，才等一分多鐘，麵條還沒吸飽熱水，還未鬆軟，就開蓋動筷狂吃。但這碗要給老人家，必須等滿三分鐘。三分鐘，三世紀，一旁的電風扇傳遞杯蓋洩漏的肉燥香氣，這間位於柏林西南方的失智老人療養院，被台灣泡麵香氣佔據，許多老人家伸長脖子，尋找香味來源。

開蓋，叉子攪動湯，肉燥油香噴出，撬開了老母親的嘴巴。大姊吹氣，把麵條吹涼，老母親張嘴，吸進了麵條。一口麵，一口湯，慢慢吃，杯麵見底，老母親吃到滿頭汗粒，一嘴油，擤鼻涕，喝下了一杯果汁，乖乖吞下藥丸，滿足微笑。

看她吃泡麵，明明早餐的德國木柴還在胃裡燒，但姊弟此刻都餓了。

「就跟你說吧，不要怪人家不肯吃東西，根本是這裡伙食太差。」

泡麵分明是低階的廉價乾燥食品，背負不健康的名聲，防腐劑殺人，調味粉致癌，味精化學人工，油包危害人體。但只要沸水加入，粉包油包全加入，短短幾秒，簡樸的麵條立即油潤，湯頭放肆不知節制，入口奢靡，全身瑰麗，熱湯燙死寂寞。孤單一人的深夜，颱風淹水的日子，異國清冷的早晨，死亡，慶典，新生，分手，求婚，離去，重逢，興盛，衰敗，祭拜，蓋高樓，拆高樓，不渴望山珍海味，只思念一碗泡麵。沒沸水無妨，麵條也可乾吃，清脆鹹香，拯救受潮的靈魂。

「媽最後那段日子，也是好愛吃泡麵，但醫生說不可以吃啊，糖尿病要控制啊。怎麼辦，聽到醫生說不可以，她越想吃。」

小弟看著老母親一臉滿意，用手機傳訊息給德國人，進食了，不用擔心，錄影記得微笑。他苦笑，德國人精心烹調米其林美食，老母親嘴一定緊閉，遇到台灣泡麵，竟然。

他的台北大一生活，也是幾乎每天吃泡麵。班上所有同學都大他快十歲，大家都很照顧他，但課後衝夜店，機車聯誼，露營迎新，社團舞會，他這個神童跳級生都不能參加。他每天自己回到那棟台北的公寓，桌上有打掃阿姨準備的菜，總是過於豐盛，他會把飯菜都放到陽台去，等待附近的流浪貓。不想吃豐盛，有熱水就好，不同口味的泡麵，肉燥，海鮮，牛肉，素食，最喜歡肉骨茶口味，吃泡麵，摸貓，最喜歡一隻只有三隻腳的貓。有時候貓不來，他一個人在陽台上吃泡麵，泡麵的湯慢慢湧出保麗龍碗，淹沒陽台，淹沒這個社區，淹沒眼前的台北，想跳進水中。泡麵洪水退了之後，留下油膩的麵條殘羹，牆上黏滿調味包的乾燥蔬菜，綠紅橙，像彩虹。

他想把彩虹刷掉，找到打掃阿姨的刷子拖把消毒劑，開始打掃。從那一天開始，他沒有停止刷洗。

彩虹一直都在，要繼續努力清洗。

老母親清喉嚨，輕咳，站立，嘴微張，開始唱歌。油香泡麵有潤喉開嗓神效，歌聲清亮，氣息悠長，那歌聲來自遙遠的舊時代，穿越時空，來到此時此刻。唱到副歌，幾個醫護人員開始跟著唱。

走出療養院，天空烏雲密佈，遠方有悶雷。

小弟說：「她以前是有名的歌手，有好幾首暢銷的歌，某個世代的德國人應該都會唱。」

「原來，難怪我看大家都會唱。剛剛那一首，歌詞講什麼啊？」

「媽媽，唱給過世的媽媽。她失智還沒這麼嚴重的時候，偷偷跟我說，大家都以為這首歌是懷念媽媽，其實根本是控訴媽媽。她說，小時候被哥哥性侵，媽媽知道了，只叫她住嘴，不准跟別人說。」

噓，不准跟別人說。

姊弟走進療養院旁的公園，找了長椅坐下，噴火龍溜滑梯，鞦韆，彈跳床，放暑假的孩子笑著鬧著。忽然所有的孩子都安靜，眼光投向台灣來的姊弟。

啊？為什麼盯著我們看？

姊弟往後看，一隻狗站在他們後方。

不，不是狗。

尖耳，尾巴蓬鬆。那尾巴不可能是狗。

小弟輕聲說：「狐狸。注意看，後面的樹叢還有一隻。」

狐狸毛色橘紅，並不怕人，探看人類，耳朵抖動，眼神好奇，肥厚的尾巴在草地上輕輕擺動。忽然一聲驚雷，狐狸輕巧跳進樹叢。

大姊驚呼：「什麼啦，太誇張了，這不是狗吧？」

「狐狸。」

「怎麼可能啦，我們不是在市區嗎？怎麼會有狐狸？人養的嗎？」

「野生的，柏林市區其實有不少，會出來翻找食物。我們家前面的花園，有時候也會出現狐狸。」

怎麼可能？員林市區的野生動物，除了流浪貓狗，就是蟑螂了吧。這裡狐狸根本不怕人，眼神無懼。

小弟說：「那個……要跟妳說對不起。」

「啊？」

「我亂回簡訊。」

「喔，那個喔。沒關係啦。」

「他把要還給妳的錢留給我了，等一下回家拿給妳。」

小弟回想查票員那天驚訝的表情。請他進門喝杯咖啡，他看到知名柏林大廚迎接，泡咖啡、切蛋糕，嘴巴闔不上。

雨滴砸下，公園孩子尖叫躲雨，來自台灣的姊弟卻沒移動。雷雨趕跑了孩子，樹葉在地上迴旋嬉鬧，風排隊等了好久，終於可以盡情盪鞦韆。風雨有什麼好躲的？該濕的一定會濕，該吹跑的，不會留下。

「他說，你們去看了一場電影。」

完蛋了，他跟你說了什麼？

「拜託你不要寫進去。」

完蛋了，又沒辦法閉嘴了。

「啊？」

「拜託你不要寫進去，求求你。我早上看到你在寫小說，拜託你不要把我寫進去。我們根本沒怎樣，只是去看了一場電影。拜託。」

小時候那本《老鼠電影院》，其中有一隻小老鼠特別笨拙，跑一跑就摔倒，搶不到雞骨頭，還會被人類抓到。大姊一看就知道那是她。小弟正在寫的小說，是不是有個女人，在電影院裡睡著，然後大哭？查票員到底跟小弟說了什麼？

「我沒有寫妳。」

「你那本寫員林的小說，寫的不就是我？」

落雷擊到附近的建築物，感覺很近。

小弟的眼睛裡也有雷電：「不是。我不是寫員林。那也不是妳。」

「拜託，我求求你，不要再寫我了。」

小弟站起來，從背包拿出一個方盒子：「我上網買了這個，給妳。」

「你到底有沒有聽到我說的？拜託不要再寫我了。」

小弟嘴巴竄出雷電：「妳聽不懂人話是不是？那不是妳。」

201號

豬頭。保時捷。

噓，不准跟別人說。

舊時代沒有網路，沒有手機，想要傳遞訊息，總不能交給飛鴿，託付給風注定消逝。最可靠的就是豬頭。

金色筆記本裡這頁的「保時捷」，墨水顏色跟「豬頭」不同，她推測應該是母親後來加上去的。算一下時間，保時捷的確是後來的事，一開始豬頭根本買不起車，只有一台爛爛的三輪車。

姓朱，又剛好是豬肉攤販，人稱豬頭，年過四十未娶，在小鎮的傳統市場裡是有名的羅漢跤仔。女人不婚當然是小鎮奇觀，鄰人親戚耳語探看，是醜還是肥，臉上痘瘡還是肢體殘缺，問題到底出在哪裡，怎麼會淪落成老姑婆。男人不婚其實也罕見，親友催促，媒婆帶著厚厚的相簿登門，是不是陰柔查某體，偷偷打聽是不是變態「坩仔」。豬頭並不陰柔，每天清晨兩點豬肉送來，開始分切，六點攤位就開張，新鮮豬肉上市。他動刀的姿勢陽剛，豬血噴濺身上的白汗衫，喊價凶狠，鄰人確定他並不陰柔，稍微放心。後來聽說他會去鐵枝路邊的髮廊剪頭髮，大家鬆一口氣，感謝髮廊美麗老闆娘認證，豬頭幹女人，以後可以安心跟他買豬肉，不然跟幹男人的肉販買豬肉，吃了跟著一起變態。

豬頭做早市，六點賣到中午收攤，通常趁下午三個小孩還沒放學之前來到髮廊。大姊記得，豬頭叔叔很愛說話，問他們學校的瑣事，跟他們說市場的糾紛，那家攤販跟這家攤販吵架，這攤內衣跟對面水果討客兄，賣魚丸的兩個兄弟爭產鬧分家，肉圓阿嬤名下財產千萬搞不好上億，噓，不准跟別人說。喔，忘了說，你們那個臉上有胎記的老師啊，聽說啊，有人看到，不是我說的喔，是別人說的喔，噓，鎮長夫人不是剛開了一家叫做「米蘭台北」的婚紗店？什麼米蘭啦，叫做宜蘭我以後結婚就去那裡拍結婚照，哎喲反正就是有人看見他深夜走進婚紗店，最後上了鎮長夫人的車。

豬頭叔叔攤位上很多銀色掛鉤，豬隻被他快速解體，不同部位掛上掛鉤，等客人上門。她很喜歡一大早幫母親去跟豬頭叔叔買肉，市場朝氣生動，油條酥炸，小籠包蒸籠噴出白霧，叫賣聲如求救，嗓子越破碎生意越熱烈。豬頭叔叔時常一條迷彩短褲，臀部昂揚，拿屠刀在砧板上快速剁肉，冬夏晴雨都是短白汗衫，她猜豬頭叔叔可能會拿刀砍自己手臂，剁出分明的肌肉線條。大家都很喜歡跟豬頭叔叔聊天，買三層肉附贈小鎮最新情報，聽說大明星要來拍電影了，聽說誰家小孩沒考上台大醫科鬧自殺，聽說木瓜牛奶那攤夫婦拚了幾年都生不出來考慮領養，聽說火車站對面要蓋高樓。豬頭叔叔不僅刀工一流，傳遞情報也是專長，魚蝦說成龍虎，小盆栽在他話語裡長成巍峨千年老樹。

母親發現豬頭的散播能力，想讓小鎮快速知道的，她交付給豬頭，大概一到兩個工作天，非常有效率，小鎮皆知。小弟是神童的消息，就是靠豬頭傳遞，聽說沒人教就會講英文，學校老師拿高年級的課本考卷給他根本考不倒，鋼琴隨便學隨便第一名，畫畫不是才得了什麼全縣第一名？母親很滿意豬頭好人的效率，鄰居上門恭喜，有記者要來採訪員林神童，所以豬頭剪頭髮不用錢，上樓當好人打折。

肉販工時長，利潤高，很快，買了國產轎車取代三輪車。鐵枝路邊的髮廊終於裝了冷氣，天哪這麼貴，老闆娘怎麼買得起啊？美麗只是笑說，存了好久，電器行老闆打折，願意讓她分期付款，不然夏天客人來洗頭，全身汗濕，真不好意思。豬頭很會說別人家的事，但自己到底為何遲遲不結婚，買冷氣送給美麗老闆娘，絕對不會說。

大姊記得小弟喜歡轉述雜誌上的各國奇聞軼事，德國某個小村莊裡，要是男人過了四十還沒娶老婆，就得騎上驢子，而且必須反坐，繞村而行。可惜員林沒有驢子，她只能想像豬頭叔叔反坐在驢子上，從火車站出發，繞過市場，經過電影院，爬上百果山。她幻想自己終於長大，可以當豬頭叔叔的老婆了，豬頭叔叔終於不用騎驢子。她好喜歡偷偷看豬頭叔叔的屁股。

那件事發生之後，神童離開員林去台北讀大學，大姊還來不及長大，豬頭就跳下驢子，買進口名車，結婚了。

媒婆介紹的，安安靜靜的女人，不太說話，也是過了四十單身，見面幾次就結婚了，婚禮倉促，但豬頭買了德國賓士大車迎娶，算是隆重。

沒有人知道，其實是美麗勸他結婚。美麗跟他說，趕快結婚生小孩，當爸爸很累啊，忙死了，很累很忙就不會多想，腦子沒有空間去想那一晚的風雨。

傳統市場裡的最後一個羅漢跤仔終於結婚了，以為可以就此讓眾人住嘴，不再追問。但結婚無法讓大家閉嘴，大家追問何時生小孩。生小孩還是不夠，生女兒是不錯啦，但什麼時候生兒子？連續五胎女兒，求神問卜吃中藥找西醫，超齡產婦身體難負荷，但大家都說怎麼可以不生兒子，女兒以後嫁人怎麼繼承豬肉攤，紛紛遞上祖傳祕方，這帖藥回去煎一煎，老婆三餐吞服，體位女上男下，包生男。

後來大家都說，怎麼可能啊，不是剛買一台保時捷？

那時候員林街頭開始出現保時捷，不知道是不是幾個富豪相約，一起訂十台，可以有折扣？豬頭靠剁肉也變成了富翁，每天血裡來血裡去，所以大家都不意外，他選了一台紅色保時捷。大弟說那是Carrera 911，他也想買，但他不想去剁豬肉，他會自己賺大錢，以後一定會買一台載大姊兜風。豬頭每天穿著沾血的白汗衫，開著紅色保時捷運載豬肉。大家都沒在他車上看過老婆女兒，只有看過整隻剛離開屠宰場的豬，豬頭剛好卡在儀表板上。聽說這台保時捷時速可以每小時三百公里，但豬頭的保時捷只在屠宰場跟市場之間來去，時速不超過三十。

所以後來紅色保時捷撞進大排水溝，大家都說豬頭就是生不到兒子，聽說老婆流產好幾次了，精神壓力太大，已經有好幾個月都不說話了。怎麼可能啊，怎麼捨得啊，那麼貴的車，老婆女兒怎麼辦？

大姊一聽到消息就趕緊騎單車去大排水溝看，警方出動大吊車，把紅色保時捷從排水溝的爛泥巴撈出來，就像是豬肉攤上的一大塊鮮紅豬肉，掛在銀色掛鉤上，隨風晃動。她沒看到豬頭叔叔，但有看到車子裡面塞了好幾隻死豬。大排水溝裡面也有幾隻死豬，是本來就在排水溝裡面漂流的豬，還是搭乘保時捷兜風的豬呢？目擊者說，車子忽然加速，像閃電一樣刷過去，大家一輩子沒看過開這麼快的車，這台保時捷終於發揮了性能，德國車真的好厲害啊，把鎮長剛做好的水泥護欄撞出一個大洞。鎮長一臉哀愁，但其實心裡廟會，又可以發包工程囉。

圍觀的員林人都搖頭嘆息，不懂啊，怎麼可能，不是每天都一臉笑嘻嘻，不可能是自殺，一定是意外。

現場只有大姊知道，這不是意外。

其實豬頭根本不是因為生不到兒子自殺。

而是豬頭腦子裡，那晚的風雨一直沒停。

11

都是梅莉·史翠普

為什麼她胸脯上有肥貓？她根本不喜歡貓。穿貓睡衣，不代表喜歡貓啊。睡衣上的貓洗了幾百遍了，不會掉毛不會大便不會生病。她身上這隻貓好肥，花色駁雜，醜貓臭貓。是誰的貓？這裡是哪裡？還是柏林嗎？

都是梅莉·史翠普。

雷陣雨傾瀉，小弟背影盛怒，大步走出公園，又一次，她被留在原地。她想追上那背影，但她知道自己追不上。她想回家，泡澡睡覺，但那是小弟的家，不是她的家。

雷雨很快就停了，陽光渴，迅速吸乾鞦韆上的雨滴，她脫鞋踩濕草地，尋找狐狸的足印。跟著足印走，能找到狐狸的家嗎？狐狸會收留她嗎？

走出公園，決定先不回小弟家，沒有目的，就是想走一走。腳步跟隨人聲，走進繁忙的街，好多咖啡館，年輕人在人行道抽菸喝咖啡聊天，笑語如蜂嗡嗡，螫傷她的耳膜。大家都在聊天，沒有人要跟她聊天，她感到過於具體的寂寞，像是有人在她體內不斷摔碗盤，小碎片刺穿所有體內器官，X光照不出來，醫生無法診斷，但她確定自己在淌血。她一直以為自己不怕孤單，一個人又怎樣？沒伴侶沒朋友又怎樣？孤單會致命嗎？那她怎麼還沒死？死不了根本最慘。

她覺得柏林排斥她，這條街的所有招牌都是她無法拆解的符號，路上的人們說著她腦筋無法負荷的語言，她是個唐突的侵入者，沒有一杯咖啡、一塊蛋糕屬於她，沒有一張桌子願意收留她。

她開始在陌生街道飄蕩，像鬼。好多怪店，不合理。她走進一家娃娃店，架上塞滿千百個裸身洋娃娃，全無鞋衣，瞇眼仔細看，全部都不是芭比，都是肯尼。什麼鬼，為什麼會有一家店只賣裸體肯尼娃娃？媽啊，原來老闆長得好像肯尼，而且也沒穿衣服。

隔壁是電影海報店，有許多老電影海報，珍稀版有導演或者明星親筆簽名，標價昂貴。收銀台後一整面牆全部都是梅莉．史翠普的電影海報，《遠離非洲》、《麥迪遜之橋》、《法國中尉的女人》，很多部電影她叫不出名字，應該都看過吧，但沒有《蘇菲亞的選擇》。幸好沒有。她在244號男人的電影看板典藏特展裡看過《蘇菲亞的選擇》海報，梅莉．史翠普在海報中央，眼神驚懼，右邊小女孩，左邊小男孩。

對街一間小印刷店，販賣賀卡、書籤、明信片，整間店紙香如浪。現場卡片手工印刷裁切，每張都很精美，她選了幾張結帳。這樣的店怎麼還沒倒閉？現代人還願意買紙嗎？還有人用筆寫卡片嗎？小弟知道這家店嗎？

樂器行？一個白髮老人在窗邊刨木，眼神專注，櫥窗擺著小提琴跟雙簧管。老人看了她一眼，微笑。那微笑嚇到她，鬼被人發現了，趕緊跑開。

懸絲玩偶店，鈕扣店，噴漆店，黃色小鴨店，破爛皮草店，古籍舊報紙店，黑膠唱片行，音樂盒店，浴袍店。她覺得自己意外闖進了什麼奇異的平行時空，哪來這麼多顏色癲狂的浴袍？那個浴袍瘋女人是這間店的常客嗎？大熱天試穿連身貂皮大衣，剛剛公園裡看到的狐狸被殺了，製成她頭上這頂帽子。背包裡多了孔雀造型的鈕扣，買了一雙她不可能會穿的紅色高跟鞋，在冰淇淋店裡亂點亂指，綠綠的，以為是奇異果或者薄荷，用手機查詢口中這綠綠的奇妙冰涼滋味，竟然是大麻，左看右看，確定附近沒有她的學生，這裡不是員林，趕緊多點三球。古董店裡，她找到鵜鶘鋼筆，筆身有刮痕，頂端的鵜鶘折翼。也買了木製音樂盒，盒身雕花精細，轉動發條，是那首，小弟當年在淹水地下道彈的那首，有了音樂盒，她或許就能問小弟，當年你在地下道彈的那首曲子，叫什麼名字？

她蹲在路邊吃大麻冰淇淋，滑手機，這幾天黑衣人一直傳威脅訊息，剛剛又來一則，說如果她不匯款，就會打斷大弟的腿。打啊，如果你們找得到他，就打啊，根本就找不到嘛，所以才來威脅我。翻看這幾天她在柏林拍的照片，便宜爛手機，焦距糊色調亂，全部都可刪除。忽然看到一張有點像自己的照片，啊？誰拍的？不可能是自拍，她根本不會自拍。

照片裡的那個女人，坐在柏林地鐵車廂裡，看著鏡頭，眼腫，哭過，哭著，淡笑，像她，不像她。

腿痠，想睡，還是不想回小弟家，能去哪裡睡覺？決定隨意搭乘地鐵，不管方向車班，買票打票上車坐定一秒入睡。她不知道自己睡了多久，醒來列車緩緩開入冷清車站，月台上，梅莉．史翠普等著她。

怎麼又是妳？應該是新上映的電影？沒聽過片名。月台中央的廣告看板上，梅莉．史翠普直視著她。她下車與電影海報對望，嗨，妳好，妳也來柏林了嗎？

車站外又一排梅莉．史翠普，海報貼滿整面牆，全部盯著她。怎麼今天一直遇到梅莉．史翠普？哪一家電影院有放這部新電影？她想看，但她還是沒辦法一個人走進電影院，身體裡還有摔盤聲。

打開手機，繼續凝視那張照片。

她很怕拍照，鏡頭對她來說就是仙人掌，千百小刺都針對她，怎麼拍都是彆扭，護照裡的大頭照就是一部恐怖片。但這張照片裡的她，臉上線條卻不執拗，當然稱不上美麗，但她第一次覺得自己長相至少不礙眼，似乎承接了母親某些輪廓。照片裡的女人，眼裡有信任，不怕哭，一直哭，仙人掌鏡頭的刺掉光光。為什麼？明明拍照者是個陌生人。

她決定傳訊息給拍照者。

不會寫德文，就傳個表情符號，笑臉。

才幾秒，對方就回傳個笑臉。接著是一隻魚。

魚？

她回傳問號。對方回傳一張照片，湖，還是河？釣竿？雨鞋。她拍梅莉·史翠普，回敬他的釣魚照片。

互丟表情符號，照片往來，沒有任何文字。指縫流淌大痲冰淇淋，籃子裡一隻魚，大熱天穿皮草大衣的老闆娘，雨鞋旁黑麵包幾罐啤酒，長得很像梅莉·史翠普的電影海報店老闆，曬紅的白皙毛手臂，手工卡片上的藍海，孤單的釣竿，手心裡的黃色小鴨。

車站旁的小廣場，人潮迅速聚集。彩虹旗飄揚，標語上的文字吼叫，記者攝影機，扮裝皇后對著麥克風聲嘶，忽然，廣場上所有人開始親吻，男與男，女與女，女與男，不知道是女還是男與不知道是男還是女，唇舌攀纏。

查票員傳來幾張照片，地鐵站，一棵大樹，鮮紅可樂廣告看板，開滿黃花的樹叢，泥巴小徑，鐵軌，湖。照片是邀請，尋寶圖，指路。小廣場上大家還在親，沒有人親她。她打開手機地圖，輸入照片上的地鐵站名稱，周遭的親吻過分熱烈，她身體裡的盤子太響亮，她必須離開這裡。

列車緩慢，拋開市區樓房，駛入鄉村景緻，小屋，老樹，廢棄廠房，這班車似乎無盡頭，她覺得自己跨越了好幾個時區。比對照片，確認站名無誤，終於抵達照片裡的那站，荒涼，無城市氣息。繞著車站走，找到那棵大樹，可樂廣告，比對黃花樹叢模樣，小徑帶她穿越樹林，踏過廢棄鐵軌，路盡視線開闊，太突然了，她沒想到是這樣的湖，像海，看不到對岸，湖水沖進她的雙眼，怎麼又想哭，不准哭。

員林曾經也有個湖。

湖邊零星釣客，她找到那個背影，怕認錯，但其實她記得，看屁股形狀就知道。她腳步放輕，在查票員身邊坐下。地上微濕，湖靜，水鳥啁啾，岸邊釣客皆無語，都一人行動，刻意孤單，魚上不上鉤都好，只要不用說話就好。

她看湖，不看身邊的查票員。一罐啤酒遞過來，模樣笨拙的巧克力餅乾，過鹹的洋芋片，粗黑的麵包夾酸黃瓜。

他們在湖邊等了多久？沒魚上鉤，幾罐啤酒見底，視線裡湖景天色離亂扭動，兩人無語，真好。金色筆記本在陽光下閃耀，隨意翻頁，還是找不到鵜鶘。鵜鶘男人，你到底是幾號？鵜鶘在筆記本裡嗎？

她打開背包，掏出剛剛亂買的戰利品，像擺地攤。小時候跟小弟在家門口賣過不少東西，過年賣春聯，中秋賣月餅柚子，中元節賣供品，元宵節賣燈籠。想到這個身體裡又怒火，那本小說裡的大姊就是在街上擺攤賣東西，竟然說不是我。

查票員玩賞她攤位上的物件，穿比基尼的大胸部黃色小鴨，裸體肯尼，鞋跟是多刺仙人掌的高跟鞋，他藍眼冒問號。他拿起小弟在公園塞給她的盒子，以微笑詢問，她聳肩，誰知道那是什麼東西。查票員拆開塑膠膜，盒子裡一個黑色小長方形的機器，掌心大小，按下開關，閱讀說明書，機器說話了。

「妳好嗎？」

真是喝太多啤酒了，怎麼面前的查票員忽然會說中文？

查票員對掌中的小機器說：「Wie geht's dir?」

小機器立刻說：「妳好嗎？」

查票員伸手把機器遞到她嘴巴，等她開口。

我好嗎？這題太難了，怎麼回答，你要我說實話，說我很不好？晚上睡不著，有人要追殺我，所以我逃到柏林來了，但柏林根本不歡迎我，小弟竟然要結婚了，我根本不想參加婚禮，我應該要馬上確認回程機位回員林，但是。

我想回家，我不想回家，我根本沒有家。

「我很好。」說謊是上策。

小機器吸收她的謊話，立即吐出：「Mir geht's gut.」

原來是台翻譯機。科技果然已經拋棄她，竟然已經進展到此地步，小小一台掌心機器就能立即翻譯她的謊話。幸好科技還不能穿刺人心，無法把她心裡真實獨白翻譯出來。

我很好，來自台灣，來柏林拜訪弟弟，我是個高中老師，那天謝謝你，陪我看電影，你好嗎？釣魚原來很好玩，我本來以為釣魚很無聊，這裡景色很美，柏林好熱。

不客氣，那天的電影不好看，我看不懂，但妳好像很喜歡，我很好，釣魚是我的嗜好，這是我最喜歡的啤酒，喜不喜歡喝啤酒？

翻譯機快速翻譯場面話，溝通無礙。只是，場面話很快說盡，不知道該丟什麼話語給翻譯機。剛剛兩人不言不語，其實自在，現在兩人之間有台翻譯機，語言通暢，反而窘迫。

收釣竿，走過泥巴小徑，樹林裡的廢棄鐵軌上有野兔蹦跳，剛在市區看到過狐狸，現在獅子狒狒都嚇不了她。回到車站，應該回小弟家，應該使用手中的翻譯機道別，應該此後再也不見，應該明天飛回台灣。所有的應該都失效，她看著查票員，藍眼和善，月台上的車快開了。

醒來，胸前一隻貓。

公寓離湖不遠，一棟灰醜大樓，員林每次有新建案，建商都會強調「歐風」，反正歐洲就是高級。但她此刻的確在歐洲，四下卻根本沒所謂的「歐風」，這棟公寓外觀簡直破敗，噴漆塗鴉像藤蔓爬滿整棟大樓，查票員住七樓，電梯卻壞了，翻譯機很殘忍，精準翻譯「電梯壞兩年了」。

她記得昨晚有點緊張，進入陌生男人的公寓，誰知道他是不是殺人魔。查票員沒邀請，是她不肯上車，是她跟著人家走，是她無家可歸。一進入公寓，她無法解釋，她就是想躺下，睡意洶洶。藉口當然是啤酒喝太多，但其實是公寓內部讓她安心，簡單廉價的家具，一台老單車，看不到一本書，窄窄小小的，算乾淨整潔，沒有女人的痕跡，孤單的氣味，卻不悲傷，不闊綽，但也不寒酸，坦然模樣。廚房有烹煮的氣味，麵包，蔬菜，咖啡渣，爐子有油漬，生活的真實模樣，不是家具行型錄。她走到客廳，老沙發立即收容了她的疲累，沒聽到查票員問她要喝咖啡還是啤酒。

原來他養了一隻貓。臥房門關著，查票員鼾聲穿門，小客廳裡時鐘滴答，早上六點多。尿意在膀胱裡跆拳道，只能起身驚貓。貓跳到地板上伸懶腰，覺得眼熟，真像她睡衣上的貓。清晨天色灰暗，手觸浴室電燈開關，啊，幸好，不像小弟家什麼鬼聲控，這裡只要用手就可以開燈。尿洩洪，屁柏林愛樂，趕緊沖馬桶。小公寓沖馬桶就是敲鐘，人貓皆醒。當然她不可能知道，也不會想知道，是屁聲吵醒了查票員。

回到龍蝦與海馬，已經是隔天中午。

住樓下的女人坐在屋子前面的階梯哭，怎麼她也在哭啊，柏林到底是什麼鬼地方，怎麼這麼多人哭。

她在階梯坐下，陪樓下的女人哭。剛剛忍了好久，現在有人陪她哭，真好。

樓下的女人開口了，不怕不怕，她手中握有翻譯機，不怕德文會話期末考了。我的狗走失了，怎麼找都找不到，怎麼辦，好擔心，狗可能死了。沒有植入晶片嗎？動物收容所？有沒有人看到尋狗廣告打電話來？狗幾歲了？

翻譯機無法處理人類複雜的情緒，每一句翻譯都像是開商務會議，哭著說走失的狗，透過翻譯機像是簽訂停戰宣言。今天早餐對話就像開會，貓名煎蛋咖啡果醬起司火腿。查票員說，她一進門就睡著了，所以昨天釣到的那隻魚只能自己吃，要不要我陪妳回去？我等一下必須去工作。

對話跟空氣一樣乾燥，她皮膚起屑，指尖抓一抓，手臂積雪。她盤子裡竟然有那個叫做Mett的鬼東西，她似乎聽到豬隻嚎叫，想趕快開爐煎肉，熟了，豬就不叫了。

貓跳到查票員肩膀上，貓跟人毛髮皆亂，男人整夜汗，像是從湖裡被撈出來。

想哭，忍住，不知道為什麼，就是想哭。

臭貓，臭男人，你們可不可以，拜託，不要看著我。為什麼你們看得到我？我一直很努力隱形。

樓下的女人擤鼻涕，繼續哭。狗找不到怎麼辦？婚禮即將舉行，我做了一套好可愛的衣服給狗穿，妳會留下來參加婚禮吧？我以前不知道他有家人，不用擔心要穿禮服，婚禮很輕鬆，我們以前也是在這裡結婚，婚禮很嚴肅，花了很多錢，那時候我穿了一件好貴的禮服，最後還不是離婚。

妳以前也在這裡結婚？

對，妳不知道嗎？我是他前妻，我們以前就在這棵樹下結婚，好久好久以前，我知道妳可能覺得很奇怪，但我們離婚以後，他住樓上我住樓下，我們終於不吵架了，變成了好朋友，所以我沒有搬家，他們要結婚了，真好，妳一定也很開心吧？

雪茄味，凌亂琴音。

妳是綠眼德國人的前妻。我小弟要跟綠眼德國人結婚。你們通通住在同一棟房子裡。她想起來了。今天早餐想哭，是因為查票員肩膀上的貓。

當年小弟跳進水中，因為看到水裡有貓。花色一模一樣，虎斑，四隻腳純白，像穿白襪，胸前一塊倒三角形白，像領巾。當年員林的貓，跑來柏林了。

大雨停，颱風把天上的雲都吹跑了，員林大停電，黑暗吞噬小鎮，天空出現了好多好多星星，員林湖慢慢消失，鋼琴浮出水面。

小弟肩膀上一隻白腳蹄野貓，開始彈鋼琴。

278號

一條路。三顆星。

八折。純聊天。

刺青

是你。

小黑警察。

是你把小弟從鋼琴椅子上抱起來，對他說：「弟弟乖，不要怕，我是小黑叔叔，吃麵了。」

以為忘了，都是臭貓臭男人，通通想起來了。

她以前一直讀不懂母親寫的一條路三顆星，想起那隻白腳蹄貓，她終於懂了，那意思是「一線三星」，基層警察階級識別徽章。軍警剪髮或者上樓當好人，一律八折。

年輕人，第一次來，穿著警察制服，剛下班，臉上戴著口罩，皮膚黑，大眼驚慌。美麗問他，想怎麼剪？警察小聲說隨便。美麗想摘口罩，警察搖頭拒絕。美麗給警察一個堅定的眼神：「沒關係，警察先生你放輕鬆，你下班了，我們也快打烊了，這裡沒有別的客人。」

口罩下青春痘群星，山岳鼻，黑炭眉，晶礦眼，水草睫毛。母親無視紅腫雙頰，十指蚯蚓，深入崎嶇頭皮土壤，鬆土透氣，緊繃的眼神弛緩，凹凸艱險的青春痘平坦了一些。這是母親的魔法，洗加剪時刻，美髮師與客人自創浩瀚宇宙，吹風機撩動髮絲星塵，鋒利剪刀剪碎堅硬的星球，星系隨泡沫崩解，痱子粉造雪，造型美髮品噴出濃霧，看不見過去未來，只剩此時此刻。一定是細碎的髮絲扎眼，幾滴肥滿的眼淚卡在警察濃厚的睫毛上。

大姊跟小弟喚他小黑警察叔叔，總是戴口罩上門，打烊前來到，確認他是唯一客人，才脫口罩，捏三個小孩的臉。原來是多話的年輕人，聲音細薄，語速飛快，舌頭是菜刀，急著剁碎小鎮瑣事。大概執勤時無法盡情說話，下班來當樓上的好人，開口江河，執勤軼事奔流。

公墓有人盜墓，挖出陪葬的金子，笨賊，要賣拜託拿去外縣市賣，在員林當鋪賣，查一查就找到了嘛。那家汽車旅館不是剛開幕？我根本是開幕嘉賓，去了好幾次了，都是去抓猴，不要以為都是老婆報警，其實也是有很多先生來報警啊，真奇怪，要偷情怎麼不去外地，選員林汽車旅館，是不怕遇到鄰居喔，但後來我發現，其實有些人真的就是故意想被抓姦啦，有一個老婆，穿白紗禮服去抓姦喔，結婚穿的那種，裙子好蓬，塞滿整個電梯，還跟我說是「米蘭台北」租來的禮服，結果那房間的門竟然開著，老婆衝進去，看到老公跟另外一個女人在玩撲克牌，老公看到老婆，一臉輕鬆，還問我要不要加入，這樣四個人可以打麻將啦。還有那個大議員，媳婦生兒子，不是滿月酒還辦桌？結果議長夫人跟媳婦打起來，說什麼要告對方傷害，兩個女人在那邊拉頭髮尖叫，我根本拉不開啊，那個婆婆就在那邊叫說媳婦勾引公公，搞大肚子，大議員跟兒子在旁邊喝酒看她們打架喔，打一打，外面說要敬酒了，頭髮整理一下，補口紅，還是出去跟鄉親敬酒，選舉年啦，大議員跟兒子都要投入選戰，拜託鄉親一票支持員林子弟。賣蛋黃酥的買了保時捷，隔壁賣豆花的買了蓮花，吵一吵說什麼要比賽，要比賽怎麼不出國比，就是要比給鄉親看啦，結果還沒加速就對撞，蓮花變豆花，兩台車都爛，全身裹石膏，回去乖乖做月餅豆花。賣肉圓的阿嬤心臟病發，打電話來警察局，說幾個兒子都不肯送她去醫院，只希望她趕快死，她絕對不肯死，活到一百歲還是要繼續做肉圓，我衝去肉圓攤，幾個兒子忙著看電視，阿嬤一手抓心臟，一手繼續做肉圓喔，還問我食飽未。

透過小黑警察的嘴巴，員林更立體，偷情凶殺賄賂群架飆車搶劫，小鎮聲光畫影流麗，大姊和小弟闔上書，關掉收音機，專心聽警察說故事。是真的來聊天，母親說過，真是個好人，付錢來說話，衣衫完整，坐下來就開始說，講好兩小時打八折，講完馬上付錢走人，奉公守法，完全不佔便宜。

警察一開始只說別人的事，但那個夏天真的太熱了，無風無雨，限水限耕，高溫讓小鎮慵懶，伸個懶腰全身汗珠飛瀑，沒人有力氣殺人搶劫打架偷情，流言還未成形就蒸發，他來髮廊吹冷氣，還是想說話，只好開始說自己。

養父母連生好幾個女兒，苦等不到兒子，乾脆領養。警察七歲告別窮困的原生山林，來到員林，養父母家竟然有四層樓，餐桌上總是有吃不完的飯菜，叫陌生人爸媽姊姊，衣食不乏，卻時常想到簡陋的山上小屋小溪小蛇大樹，躲在房間裡偷哭。最近養父母不斷逼婚要孫，質問怎麼不交女朋友，拿出一本記帳本，從小收養栽培花費明細，浪費多少錢，還不趕快生個大孫。鄰人碎語，說是不是不喜歡女生，從小看就覺得怪怪的，以為吃平地人的飯菜皮膚就會變白，結果長大一樣黑，沒男子氣概，愛哭，說話小聲，畢竟沒血緣，怎麼知道山上那邊什麼奇怪的基因。

他聽長官閒聊鐵枝路邊的美麗，決定來這裡剪頭髮，而且故意穿制服，眼神閃爍，姿態曖昧，果然第二天就傳到養父母耳中，鄰居蜚語迅速轉向，原來是喜歡年紀大的，「娶某大姊，坐金交椅」，開始幫他安排年紀大的對象。

大姊用鵝鶥鋼筆在金色筆記本上多寫了兩字：刺青。

自己腦子真的有問題，明明後來有遇見，怎麼沒認出來。

第一次，她剛回員林教書，車剛開出加油站，阿伯騎摩托車闖紅燈，撞上她的車。小事故，上警局做筆錄，看路口監視器拍攝的事故影片。她覺得有點眼熟，但不確定，想不起來。有個警察雙頰好多凹洞，不肯看她。

第二次，她剛加入教會不久，有個教友分享性向翻轉治療的美好體驗，她選了最後面的位置，講台上的男子說以前放蕩，放假就離開員林去找陌生男人，還去刺青，流連風月場所，跟好多網友見面，現在認識了上帝，找到未婚妻，下禮拜要結婚了，年紀這麼大，終於可以報答養父母恩情。超無聊的演講，講超久，她聽說演講之後有免費火鍋才來，其他人熱淚，她聽到睡著。演講後聚會，教友鬧說要看刺青，男子手伸入襯衫，露出肩膀，大家拿出手機拍刺青。她也好奇，一嘴貢丸探頭看刺青，男子看到她，見鬼，跑出教會。後來聽說婚禮取消，新郎離開員林了。

當時怎麼沒想到？

肩膀上，貓刺青。

那晚警察把小弟抱回髮廊，所有人擠在小房子裡吃泡麵，白腳蹄貓在小黑警察大腿上睡著了，散會道別，警察問小弟：「弟弟，小黑叔叔把貓帶回去養好不好？」大姊清晰記得，小黑警察吹涼手上那碗麵，餵小弟。

想起來了，全部都想起來了。小弟離開員林那天，小黑警察有來火車站送行。他肩膀上一隻貓，沒有入鏡拍團體照。

那晚，泡麵香氣造霧，鐵枝路邊的爛房子裡塞滿辛香辣味，誰把紅辣油全部丟進那一鍋，大家吃到鼻涕眼淚急喘，視線溶糊。美麗開始一一交代，像是母親叮囑孩子，要乖，要聽話，吃完泡麵，就沒事了。

美麗對小黑警察說：「答應我，不要再戴口罩了。」

12

來柏林大顯神威

又夢到剪刀。

好久沒夢到剪刀了。一樣的境地，窄小室內空間，牆上掛滿他的畫作，畫裡都是水體，湖或河或海或水庫或水溝，灰或黑或藍。呢喃該剪頭髮了，巨大剪刀穿牆而來，截斷髮絲，也剪碎他的身體。紅色河流，痱子粉在頸背種薄荷，雙腳陷入黏稠髮膠流沙，新剪下的細碎頭髮在皮膚上踢踏舞，好想洗澡，把牆上畫作裡的水都傾倒出來，有個聲音一直對他說：「你好髒。」

夢裡說那句話的人，總是哥哥。

那年搭火車離開員林之後，他從來沒有夢過母親。母親形象鮮艷，清醒時刻隨時召喚，不入夢。他卻忘了哥哥的臉，或者應該說，他控制自己的記憶，拿菜瓜布伸進腦子裡，暴力擦除哥哥的臉孔聲音。只是一入睡，他失去腦子運作的主控權，夢裡哥哥無臉無形體，但他總清楚知道，哥哥，在那裡。

剛到台北讀大學那年，他每晚都會夢到哥哥，只好不睡覺，把教授指定的整學期讀本都塞進腦子，太想睡就洗冷水澡，瘋狂刷洗那棟冰冷的公寓。總覺得公寓很髒，食物很髒，想洗掉紫葡萄外皮的那層白霧，裹胡椒的堅果用沸水沖洗，看到香蕉長黑斑馬上發高燒，吃草莓削皮，想洗掉周遭所有的斑點，日夜擦拭室內盆栽，灰塵含劇毒，黴菌藏利刃。周遭物件都洗淨了，才發現長斑發霉的是自己。

有次掃地阿姨看他頭髮長了，說弟弟我幫你剪頭髮好不好？掃地阿姨手拙，只會長截短，剪不出任何心神氣息。母親總說，髮型是人的第二張臉，好的髮型有自己的呼吸系統，神志昂揚。掃地阿姨剪出來的髮型氣餒，但她跟母親有一樣的習慣，剪完頭髮之後，拿出痱子粉灑上頸背，細白粉末薄荷馨香，在皮膚上吹涼風，舒緩刺痛。聞到痱子粉，已經好幾天不眠的他終於閉眼打盹。掃地阿姨把他抱到床上，嘴巴碎唸，真夭壽，才幾歲就去上大學，自己住這麼大的公寓，爸爸沒來過幾次，這樣怎麼長大啦，不知道有沒有媽媽，報紙上寫什麼神童，都沒來這裡看看，一個這麼小的孩子沒人顧。他意識跟睡意拉扯，掃地阿姨說的話他都聽見了。爸爸？他從沒叫過那位高大的先生爸爸。

剛開學，幾個記者來採訪他上課的模樣，但神童新聞其實不生猛，小孩智力高又怎樣，神童面對麥克風安靜不說話，很快就被人們淡忘。不久後，他就讀的科系又再度擠滿記者，但不是為了他。是那個高個子的傲慢男生，換過好幾個女朋友，筆記靠女同學，考試作弊，說話大聲，笑聲精心排練，籃球足球，未來明星，眾人愛戴，從不看他這個跳級的小孩一眼，有一次在廁所裡用力推了他去撞牆說：「神童個屁，侏儒啦。」冷笑走開。他看報紙才知道，高大的同學在春假回到校園，夜裡爬到學校宿舍頂樓，往地上的杜鵑花叢跳，早上被路過的同學發現，已經沒有氣息。記者引述目擊的同學說，鮮血從盛開的杜鵑花叢流出，路過的人才發現屍體。記者做了一系列追蹤報導，備受師生愛戴的俊帥學生一路就讀明星學府，到底為什麼會尋短，以這麼激烈的方式離開？

他也不知道那個同學為何選擇離開，但他終於理解死亡的強悍力量。死亡根本不是小說的最後一句，不是電影劇終，不是樂章最後一個音符。家長來學校招魂，記者閃光燈，週刊封面，系主任開記者會，同學痛哭，女朋友當眾昏厥，盛大追思會，知名歌手以此寫了一首暢銷歌曲，輿論檢討吃人升學體制。死亡還能干擾天氣，根本沒見過這位男同學的人眼睛下大雨，濺血的校園角落霧氣蒸騰，春假結束，新鮮的鬼故事在師生耳裡催寒意。死亡不只肉身染紅白杜鵑，還牽連建築，住過的宿舍成凶宅，讀過的系所背負惡名，人屋花草樹鋼筋水泥，都是凶手，從此不吉不利。

他很快就離開這個凶兆籠罩的系所大樓。那個襯衫口袋插鋼筆的高大男人說，你的天份在台灣會被埋沒，要不要出國讀書？那個男人當時剛在國際影展得了大獎，手上抓金熊獎座，出現在所有報紙的頭版。

這幾天又持續夢到剪刀。覺得自己好髒，每天洗好幾次澡，清理房子內外，除草掃落葉。刷洗完自己住的這層樓，上樓，明知道大姊不在，還是敲門。大姊最近時常沒回來，在查票員那邊過夜。他沒過問，查票員先生偶而會主動傳訊息來，幾句平淡，他就回個謝謝。他受不了大姊衣物亂丟亂掛，穿過的衣服堆成塚，發出淡淡異味。洗晾燙，窗簾地毯送洗，撢去牆上畫作積塵，盆栽施肥鬆土，掃去窗邊蛾屍，大姊的貓睡衣燙好摺好放進櫥櫃，一切回復純白模樣。

他記得剛來柏林那幾年，每天都想洗柏林，到處都是色塊紊亂的塗鴉，穿刺他眼睛。這幾年他放鬆不少，視線接納了塗鴉跟那些醜建築，寫了不少塗鴉政治美學論文。但他還是受不了街上的狗大便，時常一大早戴手套出門去撿拾狗大便。他以前牽Lotte出門散步，不僅處理Lotte的排泄物，還會沿途到處撿大便。他有個學生的學期作品以柏林街頭的狗大便為媒材，製作小旗幟小標語，一看到有狗大便就在上面插旗，拍照上傳網路相簿，詳述街名地景，標語上都是政治標語，呼喊氣候變遷，抵制排外仇恨。作品非常有創意，但他被迫凝視柏林千百坨狗屎，精神幾乎潰散，只好親自粉刷這棟百年老屋外牆，心神才稍微平靜。

身邊的德國人，怎麼能忍受他的怪，還想跟他結婚？怎麼可能有人愛他？在一起這些年，怎麼可能沒發現他很髒？

初識，綠眼德國人很快洞悉這個寡言台灣作家的習性，上餐館點完餐點，立即上洗手間洗手，回座後開始擦拭消毒餐盤刀叉。食物放上超市結帳輸送帶，一定先放罐頭，接著是蔬菜肉類，最後是雞蛋優格，付錢時才能依序由硬到軟分類放入購物袋。身體歡愉碰撞之後，他用力掙脫德國人的挽留，趕緊奔去浴室洗浴。燙床單，驅灰塵，每日洗衣，夜夜剪指甲，一週理髮一次，一天洗手八萬次，隨身攜帶牙刷，一定要穿乾淨芳香的睡衣否則無法入睡，照鏡看到鼻毛露出彷彿目睹核電廠爆裂，旅行時行李箱裡有吸塵器跟乾淨床單。德國人從不干涉他的潔癖，外出慢跑回來，把白色球鞋放在玄關，隔天一定潔白嶄新模樣置回鞋櫃，在廚房展露功夫之後，台灣來的作家會快速驅逐菜渣油漬，餐盤鍋具歸位。只有一次，他忍不住介入那些獨特的清潔儀式，台灣作家對著室內盆栽說話，刷洗葉面，朗讀里爾克詩作，彈奏德布西，唱舒伯特，澆水施肥向陽，怎麼葉片依然無光澤，頹喪萎靡？德國大廚決定冒險，刮除臉上蓄鬍，把鬍子放進盆栽跟土壤混合，一臉笑，說這是父親傳授的祕訣。台灣作家看他把刮下來的鬍渣放進土壤裡翻攪，雙眼放映希區考克，握拳，用盡全身力氣阻止尖叫竄出喉嚨。但此舉果真奏效，鬍子釋放微量氮，讓植物生長更順暢，盆栽翠綠鮮美，原來根本不缺德布西。此後大廚不上理髮廳，只給台灣作家剪髮刮鬍，不是為了上電視好看，功能是施肥。台灣作家好喜歡幫他刮鬍子，順便刮胸毛，刮掉了，全身清爽，完全不像猩猩。

怎麼會答應搬進這棟房子呢？德國人前妻就住在樓下，養了一隻專咬純白皮質沙發的狗，長毛好臭好髒，極討厭洗澡，卻乖乖給台灣來的作家教授洗。花園朋友聚會，人群歡鬧

體深處空手道，一路摔打器官骨骼，踢開喉嚨跟嘴巴。掙脫身體的響嗝繼續在公寓裡伸展拳腳，鮮花凋，牆上畫作裡的藍海轉墨黑。她趴在廚房冰涼地板上，忍不住伸舌舔，磁磚好乾淨，涼涼甜甜的。

「妳還好吧？要不要我泡茶給妳？」

「茶？誰要喝茶啦，我要喝酒。你樓下一定很多酒喔？一定都很高級喔？大廚師一定有很多私藏，開個幾瓶來給你姊喝。」

小弟煮水，櫥櫃裡只有義大利買回來的柑橘茶，不知是否能醒酒。

「西西里島的柑橘茶，好不好？」

「西西里島？啊，你一定去過喔？我好想去喔，你帶我去好不好？好多地方我都想去。等一下，我想起來了，你小時候是不是答應過我，說要帶我去？」

大姊從地板爬起來，打翻了茶，純白瓷杯墜地碎裂。

「哎喲，對不起啦，完蛋了。呵呵，哎喲拜託你不要這樣看我好不好？我知道杯子一定很貴對不對？西西里島買的對不對？你們家什麼都好高級，我知道啦。你放心啦，我會賠錢啦，來，錢給你，不夠再說。」她從口袋撈出幾張歐元鈔票，丟向小弟。

「我去樓下拿掃把。」

「不用啦，你留在這裡陪我聊天，你看我來這裡多久了？我們都沒有好好說話。你叫樓下那個德國人來掃一掃啦，他很厲害，我第一天狂吐，他清得乾乾淨淨。來啦，我們來聊天。」

德國人沒跟他說大姊狂吐。大姊跳過一地白瓷碎片地雷，朝臥室走去：「算了算了，明天再聊，我不行了，今天真的喝太多了，我要去躺一下。跟你講，我們去安全島上面曬太陽喔，就大街上，神經病啦，誰要去安全島上面躺著曬太陽？但你們柏林真的很多神經病，一堆人在那邊脫光光曬太陽烤肉，有一個小小的噴泉，我還跳進去喔，呵呵。」

她一走進臥室，床鋪好乾淨，衣服都洗好了，完蛋了，小弟有沒有發現金色筆記本？

「誰准你碰我的東西？我有叫你幫我打掃嗎？」

小弟撿拾地上的碎片，沒抬頭。

「你裝什麼啦，拜託，我你親生大姊哩，你的底細我不知道喔？你的出身我不知道喔？現在住這麼高級的大房子很跩喔？了不起喔？嫌我髒是不是？嫌我亂？誰准你洗我的衣服？亂碰女生的內衣，你有病喔？」

小弟拳頭握緊，手心裡瓷杯碎片鯊魚。

大姊知道自己停不下來了，沒辦法住嘴了。這些年她總是想罵人，在學校不能罵學生，回到家罵電視罵牆壁根本沒有用，那就去網路上罵人。她實在是不太會用網路，但她會留言，去各大新聞網站留言區噴髒話，去明星社群頁面上罵女明星太胖太瘦太醜整型鬼，罵男明星變態同性戀吃大便雞雞小，誰上傳影片買了新房就詛咒地震來了一定立即垮，政治人物唱歌就說人家歌聲滅國，風災火災地震說死人活該。反正都是沒有照片的假帳號，網路匿名罵人真是療癒，詆毀讓她稍微好眠。但此刻不是網路，她不用在手機或者電腦上打字，她超討厭打字，慢吞吞，真麻煩，現在可以直接開口，多方便。她要一次罵個夠。原來這是她酒醉模樣，不會說謊，不想閉嘴，想罵人。

「要死了，你把我的睡衣燙成這樣，都鬆了，你看這些貓都被你燙死了啦。你亂碰女生的睡衣，怎麼這麼沒家教啦？哎喲，等一下，我都忘了，我們都是美麗生的小孩，我們怎麼可能會有家教。」

「我不想跟妳吵架。」

「是啦，你現在很高級啦，不想跟我這種低級人吵架啦，住這麼大的房子，歐風大豪宅，喔，好厲害喔。媽看到你這樣，一定會很欣慰啦，小兒子這麼厲害，果然是員林神童，來柏林大顯神威。超厲害的，竟然還要結婚，結婚啦。但是啊，媽要是知道你現在要跟樓下那個男人結婚，我看她當年就不會把你送到台北去跳級考試，讀什麼大學，誰知道你長大之後會變成……」

鯊魚掙脫小弟的手心，在磁磚上發出清脆的撞擊聲。小弟語氣冰冷：「會變成什麼？」

「我不想跟你吵，我要去睡覺了。」

「會變成什麼？妳說啊。」

她真的累了，乾淨的床鋪召喚她。她剛說了些什麼？小弟說什麼？誰在亂彈鋼琴？剛剛不該喝這麼多，酒真好喝，那個菸草吸進身體，天哪，難怪在台灣是違法的，真的會升天。

「我好累，你饒了我吧。我要去睡覺了。」

「妳不用說，我幫妳說。妳一定沒想到，我長大後，會變成，變態。」

「我沒有說變態。你知道我的意思。」

「不。我，不，知，道，妳，的，意，思。」

有臭味。像是柏林那些古籍書店，古書很久很久沒被翻開了，紙發霉，印刷老朽，灰沉積，墨臭瀰漫。他們的過去就是一本塵封的古籍，塞進圖書館的死角，說好不准見天日，忘了就好。如今誰把古籍從架上取下，忽然翻開書，灰塵沙塵暴，紙頁碎裂，臭味衝鼻。多說一句話，就是撕下一書頁，揉爛彼此的過往，約好不准再讀的那頁，原來彼此都會背誦，一字不漏。

「妳什麼時候回員林？」

「幹麼？要下逐客令了啊？我回去被那些黑衣人殺了，你最爽了喔？媽死了，你一定有開香檳喔？哈哈，被我猜到了喔！跟樓下那個德國人跟那個前妻一起開香檳喔？怎麼我這個大姊還活著，怎麼還沒死，還來這裡煩你。好，你不用擔心，我今天就走。反正你這間房子有夠奇怪，什麼聲控，有夠白痴，前妻？拜託，他前妻就住在樓下，然後你要跟他結婚？神經病啊！」

「對啊，因為我是變態。」

大姊踢開大行李箱，把衣物塞進去，刻意把摺好的衣服弄皺。「我跟你講啦，人家說要去海邊度假，問我要不要去啦，我本來還想說跟你的婚禮撞期，真的沒辦法去，沒關係，現在你要我滾，我就滾。幹麼？你不要用那種奇怪的眼神看我喔，我不需要跟你交代什麼吧？真奇怪，不是你偷偷幫我回訊息，要我去跟他認識嗎？」

「妳做什麼，要去哪裡，都不用跟我交代。」小弟的語氣跟地上的碎片一樣尖銳。

「不用跟你交代，意思是，不關你的事？啊，等一下，我懂了。你偷偷幫我回訊息，就是想把我往外推啦。哎喲，你怎麼不早說。恭喜你啦，計謀成功，我現在滾出去，以後就沒有人弄亂你這美麗的歐風大豪宅。我現在就走，反正我根本不想參加你的什麼鬼婚禮。」

你裝什麼啦，別裝了。一把大剪刀穿牆破窗，瞄準他身體。地板震動，14:37朝北列車進站。大姊嘴巴不斷吐出酒瓶，朝他投擲。手心紅色小河。全身長出斑點。漂白水，熱水，肥皂。好髒，大姊知道他很髒。地板持續震動，裂開，他往下墜。斑點還沒洗掉。美麗拿起畫筆，花團錦簇。美麗拿起剪刀，剪裁他的員林童年。

別裝了。

367號

吸塵器。保單。漂白水。

300。

小弟的潔癖，是不是跟367號男人學的啊？那個其他客人介紹的保險專員。

美麗收入穩定了，有了銀行存款，大家都說該保險，買個心安，就怕萬一。保險專員準備了許多保險規劃來到髮廊，低保費高保障，不怕意外病痛，人生風雨難測，保險公司會照顧全家。推銷完保險，男人看髮廊滿地的頭髮，皺眉，開始推銷吸塵器。

他當天就搬一台吸塵器來髮廊示範，機器果然跟他說得一樣神奇，美國原裝進口，美國家家戶戶都有這一台喔，主婦再也不用辛苦拿掃把，雞毛撢子丟掉，有了這一台，家裡從此無塵，髮廊乾淨如新。大姊記得那台吸塵器體積不小，裡面藏了什麼暴躁怪獸，按下開關後大聲喊餓，一條管子連接機器，瞬速吃掉髮廊一地的髮絲。機器裡有集塵袋，滿了就丟掉，美國最新款，保險專員說鎮長昨天才下訂單，一次買了一百台要送給工程廠商，美麗老闆，這一批貨不多，我偷偷留一台給妳，折扣比鎮長還優惠，要不要考慮一下？

美麗當天就簽下了保單，順便買了一台吸塵器。

保險專員什麼都賣，俄羅斯極地長生保健藥丸，美國洗衣機，德國菜刀鍋具，日本去痘洗面乳，韓國人蔘，都是舶來品，坐飛機搭船來到台灣，數量稀少，很多台北人要買也買不到，保險專員為了回饋鄉親愛戴，把珍稀的進口好東西都留給員林。渡海而來的珍品聞起來果真有海味，上面寫滿密密麻麻的外文，看不懂最好，那就是高級。員林要大富大貴了，人口暴增，南彰化經濟中心，人們口袋鬧錢滿盈，擁有美國來的各種家電機器，口服進口藥丸，對於遙遠帝國的工業資本想像就更加鮮艷，覺得自己立足員林放眼全球。

當然沒有人知道，很多保險專員賣的東西，例如洗面乳、面霜、維他命，都是Made in員林，自產自銷。位於百果山上的鐵皮屋工廠日夜辛苦趕工，商標上的外文是保險專員新創的神祕語言，全世界沒有一本字典能破解。

美麗跟保險專員買了好多東西，各式各樣的女性私密保養用品塞滿櫃子，保證緊實如新，幾大盒壯陽催情膠囊，美麗與客人鐵定都滿意。或許賣了那麼多產品給美麗，想自己親身試試效果，保險專員終於也上樓當好人。客人上樓當好人，都會顯露出另外面目，樓下寡言，上樓滔滔，剪髮害羞，上床吼叫。美麗說，要知道男人的真實樣貌，上樓就知道了。保險專員原來有潔癖，一走上樓，嫌亂嫌髒，立即走人。幾天後帶了刷子拖把上門剪髮，吸塵器搬到樓上，把樓上的每個角落灰塵都吸乾淨，接著用漂白水刷洗地板，床單全部換新，戴上潔白手套摸窗緣刷牆角，確認肉眼不見塵，才肯進房關門。走出美麗房門，直奔浴室，熱水肥皂搓洗。孩子放學回家，聞到刺鼻的漂白水味，就知道保險專員剛來過。

大姊清楚記得保險專員教她使用吸塵器的嚴肅模樣，要她推開毛巾櫥櫃，底下竟然有沉積好幾年的髮絲，每天都有不同的客人上門，怎麼知道他們頭髮有多髒，一定要每天徹底吸地，集塵袋滿了立即換，用完了再跟他訂購就好。大弟、小弟覺得這吸塵怪獸很好玩，也想學吸地，但保險專員不准他們碰，說這是女生該做的事，男生不用學。小弟問他：「叔叔，你也是男生吧？」

保險專員關掉吸塵器，打開漂白水的瓶蓋，鼻子湊上去，深吸一口氣說：「叔叔有毛病，沒辦法。不要跟叔叔學。」那罐漂白水的瓶口慢慢擴張成一口井，保險專員身體傾斜，一臉痴迷，要不是大姊跟小弟喚他叔叔叔叔，他就跳進去了。

300，這應該是母親後來補上去的吧？

那間店叫做「300妹」。她當然沒機會走進去，只知道老闆是保險專員。店面無對外窗，外牆請畫電影海報看板的師傅來作畫，桃紅鮮綠橙黃底色，三個穿著暴露的大胸少女，嘟嘴，挑眉，眨眼，妖嬈招客。晚間桃紅燈泡點亮三少女，紅唇更鮮艷，胸部更誘人。

保險專員來找母親合夥，美麗妳自己能做幾年？要長久，就要做生意，他負責打點警察，美麗妳負責找妹妹，我們不走高價路線，就叫300妹，一次三百，但當然要把這些妹妹訓練好，讓客人以為進門只要三百塊，出門卻花了三萬。店面他想好了，不能在鬧區，這樣客人不敢來，要有寬闊的停車場，荒涼一點沒關係，桃紅色燈光打上去，色鬼自己會上門。

美麗拒絕了。她從沒想過會走進這一行，客人上樓，是髮廊外快，要是真的要投入300妹，她就真的是妓女了，不，根本是老鴇。她不是不是不是不是妓女。拜託，她可是有讀過大學，只是笨，暑假回來員林，搞一搞就懷孕了，家裡斷絕關係，只好休學。她還一直幻想，能不能有一天回去把大學讀完？

300妹開張之後，迅速影響母親的好人生意。聽說保險專員好厲害，真的找了好幾個香噴噴的妹妹，剪髮不靈光，按摩沒什麼力氣，但陪喝酒唱歌划酒拳，給三百塊，胸罩就會脫下來三秒鐘。

她這幾年開車偶而會經過300妹，聽說店裡酒客為了妹妹吵架，提了汽油桶來縱火，外牆上三個大胸少女只有一位躲過祝融，模樣還算完整，桃色電燈泡永久熄滅。燒爛的房子從沒重建，烏黑頹敗，燒死人的酒家，沒人敢碰，燒爛的房子看久了就習慣，成為小鎮日常風景。

她一直猜想367號男人早就死於那場火災，報紙上說，負責人與幾位舞小姐吸入過多濃煙。直到前幾年母親過世，她在鐵枝路邊的爛房子佈置了一個小靈堂，她才發現保險專員原來還活著。

員林不是全國第一大鎮嗎？不是升級成市嗎？獨立辦理母親後事，她才知道員林原來根本沒有殯儀館，她沒力氣去外地治喪，只好跟葬儀社訂了冰箱，讓美麗回家，清簡靈堂無誦經，除了線香金紙，沒有任何宗教儀式。想想也是，殯儀館要蓋在哪裡啊？員林公墓那邊應該還有空地，但當地居民絕對會掛白布條抗議，誰都想跟死亡劃清界線，明明自己家裡辦喪事誦經吵翻天，但絕對會嫌棄殯儀館治喪吵，看到別人家靈車就是觸霉頭，空地可以蓋運動公園啊，蓋成停屍間就是擾民。所以柏林人真的好奇怪，墓園就在社區裡，窗景面對死亡的房子怎麼可能有人願意住？

家裡靈堂太簡單，鄰居說這個大女兒怎麼這麼不孝順，不肯好好送美麗一程。她不理會閒言，辦完喪事，她就要搬家，再也不回來這棟房子。老房東死了，幾個兒子為了繼承權告來告去，這排鐵路旁的老房子應該很快就會拆光光，變成商場。她處理美麗買的各種保單，幫大兒子跟小兒子買壽險，幫自己買儲蓄險，所有保單受益人都是大弟，沒有一張保單跟大女兒有關聯。大弟每次回來哭窮，母親就會想辦法用這些保單借錢，東借西借，借到保單一文不值，債務全留給她這個大女兒。

快出殯前，大弟終於現身，她有很多治喪程序得跑，把靈堂留給大弟留守。回到家之後，大弟不見人影，但整個靈堂多了鮮花，窗戶、地板好乾淨，濃濃的漂白水味。如同那一晚，水淹地下道的那晚，漂白水住進這棟爛房子的每個隙縫角落，好幾個月，那個味道都沒消散。那晚，保險專員打開吸塵器，到處噴灑漂白水。

原來367號沒死，趁她不在，上香跟美麗道別，她想像那雙戴著白手套的手在桌上留下白包，裡頭一疊厚厚的現金。真是個好人。

清理母親遺物，她在母親床下找到很多袋狀物，她一直不敢碰，打算就讓那些袋子留在那裡，搬走就忘了。美麗入土，治喪完畢，在這棟爛房子的最後一晚，她終於鼓起勇氣，從床底下拉出那些袋子。

天哪。美麗留這些幹什麼啦，神經病，不是都丟掉了嗎？床底下堆滿幾百個集塵袋，胖嘟嘟的，觸感軟爛。

她用美工刀割開集塵袋，果然，都是這些年美麗剪下的客人髮絲，黑白棕。

妳留這些給我幹什麼。

這就是妳留給我的遺產嗎？

我不要。妳留給我的，我通通都不要。

她打開電風扇，風量調到最強，割開所有床下的集塵袋，放在電風扇前，囚禁多年的髮絲乘風噴飛，爛房子裡捲起黑髮沙塵暴。她遮口鼻撥開沙塵暴，能見度極低，幾乎無法呼吸。髮絲在電風扇的煽動下變成咬人蚊蟲，針戳她的皮膚，鼻孔嘴巴裡塞滿員林好人的頭髮，有好濃好濃的漂白水味。她走出這棟房子，身上黏滿黑色髮絲，皮膚刺痛，噴嚏嗆咳，齒縫舌頭都是頭髮。好久沒下雨了，但那晚員林天空忽然決定對她慈悲，下了一場大雨。地微微震動，車站廣播，今晚最後一班北上列車即將進站。反正沒傘，慢慢走，不回頭，淋雨走去公寓新家，仰頭接雨漱口。酸臭，但不知道是雨是髮還是她的口腔。雨洗刷她皮膚上的髮絲，沿路留下一道黑色的小溪。美麗死了，再也不用清理滿地頭髮了，皮膚上沒有頭髮了，漂白水味道淡去。終於。

13

身體裡鋪鐵軌

終於，她甩門了。

電影裡常出現。美麗的專長。

終於，她今天也學會了。

她踢倒站立的行李箱，快速把護照、手機、金色筆記本、皮夾、翻譯機掃進背包，腳還嫌不過癮，把摔倒的行李箱扶直，剛才是右腳踢，現在換左腳踢。但行李箱這次沒倒，輪子快速滑動，撞擊床頭櫃，謀殺花瓶，一地花屍。該死，怎麼摔一下就破了，看起來好貴的樣子，誰叫你，沒事在房間擺一瓶鮮花幹什麼？沒差，反正小弟不是最愛打掃？愛掃就給他東西掃啊。

她大步走出房門，百年老屋承受她的沉重步伐，地板呻吟。她朝小弟的背影喊叫：「再見！」用力甩門，地板牆壁抖動，她終於懂了，為什麼母親那麼愛甩門。日常居家，甩門是憤怒的極致表現，不用破牆跳窗摔瓶，甩門就能創造戲劇聲響與畫面，暴力關門就是阻隔，切斷門裡門外。

母親晚年好喜歡甩門，大弟回來要錢，投資失敗，跳票，被朋友騙，酒醉亂簽支票，追到美女想結婚對方要聘金，每次回家就多一筆新賭債，說這次真的完蛋了啦，錢湊不出來會被人斷手掌啦。母親逼她交出存摺：「妳當老師這麼多年，也沒看妳花什麼錢，一定有存款，自己的弟弟，難道見死不救？」母親拿不到大女兒的存摺，上樓甩門。甩一次不夠，看到大女兒的臉就甩一次。

來到柏林，她終於嚐到甩門滋味，原來如此過癮。只是，甩門有時不是單純截斷聯繫，而是希望有人能打開關上的門，追上來，延續戲劇場面。她甩完門，站在樓梯間，一直等不到小弟開門。有好多人打開美麗甩上的門。從來沒有人想打開她關上的門。

此刻她躺在飯店浴室磁磚地板上，好熱啊，怎麼這間飯店沒冷氣，等一下一定上網給爛評價，什麼鬼飯店，這麼熱怎麼睡啦。泛紅皮膚貼著冰涼磁磚，是曬傷還是喝太多了?查票員到底給她喝什麼酒，額頭刮龍捲風。她查看手機，還是沒有小弟的訊息。她好氣，怎麼這麼多年了，她還是跟當年一樣，一直等小弟的電話。

當年小弟去台北，母親要他把家裡的電話號碼背起來，要是有任何狀況，一定要打電話回家。員林火車站送行，母親問小弟的最後一句話是：「家裡的電話有背起來喔？」她這個大姊在一旁覺得美麗真的是搞不清楚狀況，小弟腦子裡裝了五大洋七大洲，那組號碼看一眼絕對不會忘記。

她想不起來當年在火車站跟小弟說了什麼話，也許什麼話都沒說，但她記得每天都在等小弟的電話。但電話一直沉默，後來她在報紙上讀到員林神童通過智力測驗與跳級考試，才知道小弟上大學了。怎麼考上大學沒打電話回家？她腦子差，連員林都裝不進去，算一下時間，等她可以去台北讀大學，小弟已經大學畢業了。怎麼辦，小弟你可不可以等我一下？我沒辦法跳級啊。

終於，某個深夜，她用吸塵器吸光地板上的頭髮，電話忽然尖叫。她一拿起話筒就開始哭，她有好多話想跟小弟說，但什麼話都說不出來，小弟沒說話，聽她哭。最後小弟只說：「姊，我明天要出國了。」小弟果然沒等她。

沒關係，沒有小弟，她自己還不是找到了飯店，用網路跟台灣的旅行社聯絡，順利訂到了回台灣機位。大行李怎麼辦？她真的不想回去那棟百年老屋，反正都是一堆舊衣服。

飯店牆薄，隔壁房間的人語穿牆而來，水聲，喘息，笑鬧，推打，聲響被牆過濾，無需任何畫面，入耳就拍成一部電影。她閉眼，眼前大銀幕亮起，燥熱夏夜，皮膚碰撞，情慾河流蜿蜒，鬍鬚賁張如刺，鏡頭特寫堅硬的柔軟的，硬齒咬軟耳，指甲刮過汗濕的臀，腳趾遇上濕潤的舌，喉嚨敲鐘，聲聲炊煮，滿室雲霧繚繞，加上拉鍊扯下、汗水撞擊地板磁磚的音效，配樂是忽緩忽急的鋼琴。

卡。

她截斷自導自演的電影，耳朵湊上浴室牆壁，沒錯，她剛剛沒聽錯，腦中拍的電影選角也沒選錯。

隔壁房是兩個男的。

怎麼這麼多變態。

她想換房間。不行，萬一櫃檯說要多加錢怎麼辦，房價已經很貴了。叫隔壁住嘴？不行，其實她想繼續聽，他們的喊叫夾帶了她根本聽不懂的動詞，聽不懂卻充滿畫面，驅趕一個人住陌生飯店的恐懼。她剛進房前先用力敲門，應該有嚇跑裡面的鬼吧？但進來以後，覺得窗簾後有影子，衣櫥裡有怪聲，不敢看床底，覺得床下一定有鬼。但現在知道隔壁有兩個男的，忽然覺得安心一些。

她從小聽過太多美麗與各路好人的聲響，但真的沒聽過兩個男人的撞擊。小弟跟那個綠眼大廚也會發出這樣的聲響嗎？隔壁房持續震動，她推測其中一男的身體貼在浴室牆上，跟她的耳朵不到一公分的距離，她幾乎可以聞到對方的口氣，牆壁顫動，她身體也跟著起伏。她不想對自己承認，但她真的好希望小弟就在身邊，就像小時候那樣，小耳朵貼上牆壁，偷聽隔壁演的電影。要是小弟在這裡，就可以把隔壁兩男的叫喊翻譯給她聽。

她的學生沒說錯，她真的是老處女。她不想活成美麗那個樣子，等男人上門，等男人上樓，跟男人爭吵，甩門等男人來敲門，等鵜鶘飛累了在員林降落，等大弟回家。一輩子，時時刻刻，都是男人男人男人。為什麼需要男人？為什麼這麼怕孤單？

但她的學生卻一定沒猜到，她這些年來，曾經好幾次試圖破處。或許是賭氣，破處有什麼難的，網路交友這麼簡單，她隨便查一下就知道哪些軟體可以讓她認識附近的男人。在員林打開這些交友軟體，在上面看到了好幾個學生，賣碗粿的阿伯，加油站小弟，牛肉麵老闆，太可怕了，怎麼賣早餐的爺爺放上煎蛋餅的照片？大家都在找什麼？

她不敢在員林使用這些軟體，只好等寒暑假參加旅行團，東京，首爾，北海道，新加坡，曼谷，晚間回到飯店，才在房間裡打開交友軟體，放上一張模糊的照片，畫素不佳，反正看得出來是個女的。她不太懂這些交友軟體的遊戲規則，但手指在手機上胡亂出航，沒有特定方向，不諳當地語言，總會收到震動回應。一開始她常會嚇到掉手機，怎麼一堆男人連招呼都不打，忽然就寄來雞雞照？後來她學會了封鎖功能，寄來生殖器特寫照的，一律封鎖。新加坡，她難得睡意濃，已經躺下，手機震動，照片上誠懇模樣，寫了一串英文，她胡亂打英文回覆，東聊西聊，似懂非懂，原來都在同一間飯店裡，睡意消散，她決定走出房門，去敲那扇跟她隔三層樓的房門。真人如照片，一直說話，倒飲料，開零食，他說，她聽，根本聽不懂。就這樣，忽然天亮，禮貌道別。難道這就是網路約會？也太無聊了吧。香港，男人一看到她，說聲SORRY，立即關上房門。首爾，對方傳來位置，是對街的飯店，一見到她就開始用手抽動下體，她正在想自己是不是要有什麼肢體回應，對方忽然轉身，一地白亮液體，她趕緊道別，在那間房裡待不到二十秒，一走出房門，立刻就吐了。東京，她跟著手機上的地圖定位來到飯店附近的尋常公寓，她當時有預感，就是今晚了，試了那麼多次，絕對是今晚了，身體裡有什麼鑽動著，想不到是雜物堆積的公寓，比她員林的家還髒亂，白淨的日本男人，她也不知道是喜歡還是不喜歡，至少順眼，五官整齊，但男人說幾句話就哭了，一直用生硬的口音對她說：「台灣，台灣，我去台灣。小籠包，台灣。」男人給她看某女孩的照片，說了一堆話，抱著她哭，哭到睡著。那刻她就覺得算了，幫日本男人蓋被子，關上門，在東京月光下，刪除手機上所有的交友軟體。

她的確不是美麗。美麗不需要任何交友軟體，男人會自己上門。她手機安裝了各式各樣的交友軟體，依然名副其實，員林最後一個老處女。

隔壁房的兩男喊叫越來越急促，身體持續摩擦牆壁，那道牆越來越薄，越來越軟，逐漸變成了一塊布幕，她在這端看皮影戲，剪影熱烈，布幕浪潮。地板微微震動，飯店附近也有車站嗎？她聽著隔壁兩男聲音重疊，身體裡鋪鐵軌，列車在骨骼肌肉臟器裡滑行，隔壁兩男的律動抵達頂點，列車脫軌衝破她的喉嚨。她沒聽過自己發出這樣的聲響。她想穿牆。十指飢腸，想抓取。蕁痲疹浮現。想看見人類。不想一個人。無法一個人。想見查票員。窗外柏林夏夜燃燒，飯店房間好暗，一定有鬼。馬桶裡的水滾動，她不敢看，那裡面一定有很多藥丸。總覺得房間裡每個角落都是監視器，鏡頭瞄準她。打開電視，要死了，怎麼剛好又是綠眼大廚的節目。

她以為，小弟會問她，這幾天去了哪些地方？做了什麼事？

她好想跟小弟說，但他沒問。

好多好多話，能對誰說？

他們去釣魚，運氣不太好，只有幾隻瘦扁魚上鉤。湖邊有釣客一絲不掛曬太陽，她忍不住拿起手機拍，全裸釣客站起來，擺各種姿勢讓她拍。

查票員說自己太白了，想去日光浴，她以為要去游泳池，想不到是大街中央的安全島，鋪了毛巾草蓆，脫了上衣就開始曬，兩旁車流喧鬧。

圓環中央大噴泉，查票員跳進去，她不敢，但好多人脫了衣服跳進去，這些柏林人也太瘋了。她喝了好幾罐啤酒，終於鼓起勇氣，踏進冰涼的噴泉。水好冰，她忍不住尖叫。小弟，我跳進去了。小弟，你在水裡嗎？

查票員捲菸，問她要不要吸一口？她說不，手卻把菸接過來。她不是笨蛋，知道這是什麼，回台灣就抽不到了。反正柏林沒有人認識她這個老處女，多吸幾口。

用翻譯機問查票員，你沒有朋友嗎？

搖頭。

你沒有女朋友嗎？

哈哈，用力搖頭，哈哈。我長這樣，沒有錢，哪一個女人會看我？

一起去KINO INTERNATIONAL，看了梅莉・史翠普的新電影。竟然是德文配音，通通看不懂。兩人都看到睡著，啤酒掙脫她手心，滾過整個電影院。散場，其他觀眾啜泣，只有他們倆接力呵欠。她覺得腳好癢，剛剛夢到老鼠。走進地鐵站前，她一直回頭看電影院。每次回頭，她都覺得電影院外牆的那些白色浮雕慢慢模糊，整棟建築快要消失了。

參加了好幾個遊行，她當然都不知道大家在抗議什麼，就跟著查票員舉標語，亂吼亂叫。其實這跟她在台灣參加反同性戀遊行一樣，她根本不懂訴求，但跟著群眾吼叫，她覺得很療癒，叫一叫，看看身邊那些身體狂野的柏林人，很想笑。

路邊有個電話亭，這個時代誰還需要公共電話啊？怎麼會有電話亭？上面寫Teledisko，迪斯可？什麼鬼。查票員投幣，選歌，兩人擠進去，關上門，舞曲放肆，鏡球折射七彩碎光，電話亭舞廳。她怎麼可能會跳舞，但她真的忍不住，跟查票員擠在電話亭裡扭動。

小弟，跟你說，我們真的沒有怎樣。我只是去他家睡覺，他睡他的床，我睡沙發，貓睡我身上。我也不知道為什麼，在你家我就是睡不好睡不久，大半夜驚醒，他家好簡陋，沙發被貓抓爛了，根本一點都不舒服，你家的名牌沙發比較舒服，但我在他家就是能好好睡覺。我也不知道為什麼他願意讓我去他家。我也不知道為什麼我想去他家。但我們真的沒有怎麼樣。其實我想問你，是不是他對我沒興趣？但這問句好奇怪，因為，我自己也不知道，自己是不是對他有興趣。他應該知道我很快就會離開柏林了，以後我們不可能再聯絡了，語言根本不通，總不可能一直用你給我的翻譯機吧。但他讓我安心，我說你們柏林人神經病，其實我才有病，沒事就會忽然大哭，他就是讓我哭，等我哭完，給我一罐啤酒。

小弟，我想見他。我現在就想見他。

她在手機上打了一大堆字要寄給小弟。沒送出。全部刪除。

地鐵帶著她穿越柏林夏夜，車廂裡有一群年輕人切蛋糕開香檳，她分到了一塊蛋糕。車廂所有乘客大唱德文版的生日快樂歌，她卻只聽見飯店房間隔壁的兩男聲響。雷雨猛敲車窗，街頭塗鴉瑩瑩扭動發光，車廂悶煮人味，蛋糕糖分在她身體裡吼叫。

今晚。不是員林。不是東京。不是香港。

原來是柏林。

就是今晚了。

她一身濕的來到查票員的公寓。按下電鈴。電梯竟然修好了。上樓。門開。啤酒遞到她面前。

她推開啤酒。手抓住查票員的下部。

267號

軟趴趴大好人。電燈泡。

大好人 大好人 大好人。

有人教母親嗎?天生?後天?軟的硬的,母親都會。

母親常罵她:「妳真的很笨,怎麼教都不會,真是不像我生的。」

真的,她就是不會。她抓住查票員下部,怎麼辦,好軟,手中一團濕泥。金色筆記本裡一堆暗號,攤開記憶地圖索驥,拆解母親字跡密碼,依然學不到任何招數。她心裡讀秒,期待手中濕泥會變成硬土。這是她第一次碰觸男性下部,沒有,就是沒有,手汗漲潮,地上的貓伸懶腰,窗外雷雨停了,查票員喝了幾口啤酒,手心裡的器官依然鬆軟,她放開手,怎麼辦,母親說得對,她就是不會。

267號男人上門,頭頂禿,大姊跟小弟好想摸看看,但不敢開口。禿頭來髮廊幹麼?美麗完全沒問,輕聲招呼,如常洗髮程序,手指在頭皮上敲打,或輕或重,禿頭客人嘴巴發出類似木琴的嘹亮聲響。客人後腦勺還有些許雜亂的頭髮,母親拿小剪刀慢慢修葺。頭顱無毛,鼻毛眉毛卻張狂,美麗的小剪刀變成蝸牛觸角,溫柔伸進鼻腔,除去卷曲雜毛。照鏡,鏡中人瞳孔軟糖,當然還是禿,但臉色紅潤,頭皮燈泡,高瓦數白熾,點亮黯淡的髮廊,一直說感恩。

鄰居說,光頭外號叫「禿鷹」,員林地方法院的法官。在小鎮要閃躲流言,安穩生活,最好就是身體無特徵,作風不突出。對街那個女孩在青春期忽然長到一百八十公分,人笑「女巨人」,父母帶著她四處求醫,求變矮祕方,這樣以後怎麼嫁人?只好送她去深山佛寺剃度，反正山上多得是比她高的樹。銀行門口雇用了大胖子當警衛，一身高貴的婦人跟銀行投訴，門口可不可以請體面一點的警衛？看了就覺得想吐，銀行隔壁的英文補習班老師規定小朋友經過銀行，就要對大胖子警衛大喊一聲Elephant或者Pig。市場裡賣木瓜牛奶的老闆娘胸部突出，穿得再寬鬆還是會被男人以手肘撞擊胸部，買一杯木瓜牛奶丟下千元鈔票說別找了，但可不可以摸一下？攤位招牌換了很多次，總是在夜裡被塗改成「木瓜人奶」。美麗就是太美了，美到令人起疑，誰敢娶長這樣的人，面相薄命，一定剋夫。小白哥哥太白了，小黑警察太黑了。不可以太胖太醜太瘦太大太美太白太黑，只要跟眾人有些許不同，無法歸類者，都是異類，不正常。法官年紀輕輕竟然禿頭，每遇年節，總是收到許多生髮祕方，擦的吃的噴的，沒頭髮真的太奇怪了，難怪娶不到老婆。

所有人見到法官，眼神都會忍不住往他頭上飄移，只有美麗，初次見到他，眼神沒有一絲抖動，端上一杯茶，開始幫他洗頭。禿頭還洗什麼頭啊？他每次在雜貨店買洗髮精，老闆都會憋笑結帳。但美麗懂，手指滑過他的頭皮，解開了腦子裡許多死結，泡沫雲絮，香味薄霧，第一次，他不覺得無髮是缺憾，美麗的手完全接受了這片無樹無草的土地，這是他的原貌，無需更動。

想到禿頭法官，大姊心暖。母親寫得沒錯，真是個大好人大好人大好人。因為好到不真實，所以要重複三次。

法官發現大姊的衣服不合身，帶她去買衣服，她從來不知道什麼叫做「買衣服」，從小穿舊衣，身體發育了就穿母親的衣服。添購新衣新鞋新內衣，服飾店的老闆說：「妳爸爸對妳真好。」她跑回試衣間，想哭也想吐，難道，這就是所謂的父親？陪她去逛街，吃肉圓，看她雙眼霞紅，輕聲問一句：「怎麼了？不喜歡這些衣服嗎？」

大弟跟地方混混群架糾紛，美麗求法官私下協助調解。大弟有了法官當靠山，小身體壯大聲勢，很多高大的小混混尊稱他為大哥。

法官很快就發現小弟的學習能力，說這孩子一定要好好栽培，訂購了許多英文教學錄音帶，跟小弟一起朗誦英文讀本。

法官過世之前，幾乎每晚都睡在髮廊。三個孩子都不知道法官生病了，只覺得他變得好瘦，走幾步路就必須停下來喘。美麗為了法官，推掉許多好人的約，讓法官上樓睡覺。睡前，法官跟三個孩子說晚安。從來沒有人跟他們說過「晚安」，睡覺就睡覺，怎麼需要問安祝福。孩子們當然裝睡，耳朵醒著，傾聽隔壁房的悄悄話。

「對不起。」

「幹麼突然說對不起？」

「睡這張床的男人，都是硬梆梆，只有我軟趴趴。」

「神經病。快睡啦。」

「捨不得睡。好怕睡了就醒不來了。我睡著了，你們怎麼辦？」

所以需要說晚安，祝福安眠，健康醒來。那天晚上法官跟他們說完晚安，陷入昏迷，母親搖醒大弟，要他跑去按棒棒糖醫生家的電鈴。大姊記得那晚員林無風無雨，氣溫舒適，一家人站在街邊看法官被抬進救護車，擔架上的光頭比街燈還要閃亮。那是最後一次晚安。燈泡在醫院裡躺了幾天，永遠熄滅了。

她整理母親遺物，才知道，原來，法官的確曾經成為她的父親。

推算結婚證書上的日期，大概是小弟去台北前一年。美麗，妳怎麼什麼都沒說？我們曾經短暫擁有父親，正式，法律承認，白紙黑字。就算只有短短幾天，有證書為憑，我們有爸爸。讀到金色筆記本這一頁，大姊好憤怒。父不詳，她被多少同學譏笑，學校老師特別關心，沒爸爸，不正常，需要特別輔導。要是美麗讓他們知道就好了，她就可以大聲對應那些訕笑，大喊：「我爸死了。」對，她有爸爸，只是死了。死掉的爸爸說不定會觸發憐憫，人生缺憾，但是父不詳就是大缺陷，永遠不完整。鎮長兒子在學校對她說：「花錢就可以幹妳媽，我爸也幹妳媽，說不定我爸就是妳爸，快，叫我一聲哥哥。不肯叫？沒關係，那我也花錢去幹妳媽，到時候妳就叫我爸爸，看我對妳多好，這樣妳就有爸爸啦。」是啊，有爸爸的話，說不定就什麼都好了。同學說她媽是妓女，噁心，髒，說坐她附近會被傳染性病，以後長大也會變成妓女。要是電燈泡亮久一點，說不定美麗就不用當妓女了。說不定同學看到她就不會躲開。說不定地下道就不會淹水。說不定誰都不需要離開。

她不知道法官過世前跟母親去登記結婚。她只知道，法官留了一筆錢給美麗。

就是那筆錢。美麗把那筆錢交給大弟。大弟說，他有管道，可以把這筆遺產乘以二乘以三，這樣就可以去外地買一棟新房子，搬離員林，那裡，沒有人認識我們，從頭開始。以後就不用剪頭髮了。以後再也不需要好人了。

晚安德文怎麼說？

她記得。

不需要翻譯機。她發音一定很爛。但她鬆開手了，試過了，手伸出去了，抓住了，可以了，現在可以放手了，柏林再見。應該跟查票員道歉，但德文的「對不起」太難了，記得是一大串字，學不起來。晚安比較簡單。晚安就是道別。

Gute Nacht。

14

就像是忽然離水的兩尾泥鰍

她很想笑。看喜劇電影，主角深陷荒謬情境，跌跤醜怪，出糗的不是自己，失火的不是我家，所以放肆狂笑。但這次主角是自己，醜的怪的毀的壞的都是自己，她卻更想笑。身體深處裡的那些集塵袋被割破了，細小髮絲傾巢噴出，髮搔她的神經骨骼血肉，真的好癢，忍不住了，必須釋放笑聲，才能平息身體裡的黑髮沙塵暴。

割破了。不再是老處女了。

窗戶全開，雷雨讓柏林降溫，遠近人家燈火星光，誰在陽台上喝酒唱歌，嗓破如摔杯，誰在深夜烤肉，焦香在肚子擊定音鼓，誰笑誰哭誰舞，夏夜騷亂，柏林集體失眠。七樓這戶公寓也不平靜，一男一女躺在沙發兩端，一笑就停不下來，笑聲驚擾樓下大聲播放音樂的鄰居，不用翻譯機，誰都聽得懂鄰居吼出的那幾句有多汙穢。

不是道晚安了？不是轉身要離開了？怎麼現在兩人衣衫敞開，你的肥肚，我的垮乳。還在笑，老沙發跟著咿呀抖動，地上的貓瞇眼不解。只好怪罪夏天，高溫教唆歪斜，脫衣合理，交纏正當。

說了Gute Nacht，她轉身，他說話。她背對著他，似懂非懂，不想翻找背包裡的翻譯機。她回話。各說各話。

Hallo, mein Name ist Carsten. Wie heißt du?

哈囉，你好。

Hallo.

我很好。你呢？騙你的，其實我不好。我一直都不好。

Wie heißt du?

問我的名字嗎？我，我，我叫做美麗。美，麗。

Mei? Li? Ich bin Carsten.

卡？斯？哎喲，很難唸，什麼鬼名字。對不起，我剛剛亂抓，真沒禮貌，我應該是瘋了，不好意思。

Ist das wirklich, was du willst?

各說各話，沒有翻譯，不需翻譯。聽不懂，卻，懂了。

他拉起她的手，走向沙發，藍眼直視著她。那雙藍眼伸出燈芯，邀她點火。剛剛撒的謊生效，她此刻是美麗，不是大姊。美麗來柏林了，接過燈芯，點燃藍眼。

正式擺脫員林最後一個老處女的外號時刻，她想到泥鰍。

小時候哪個好人送來一桶泥鰍，說是剛在田裡抓的。母親把桶子的水倒光，抓了一大把粗鹽灑到泥鰍身上，泥鰍遇鹽瘋狂抖動，母親手伸進桶子裡搓揉泥鰍，泥鰍抖動幾秒之後就靜止了。母親說，鹽巴會逼泥鰍吐出髒東西，再過一下清水，就可以開始料理。

Carsten跟美麗，就像是忽然離水的兩尾泥鰍，呼吸急促，拉鍊鈕扣鞋襪內褲胸罩，忽然遇鹽，兩人劇烈拍打沙發，還來不及親吻，沒想到前奏序曲，剛剛在手心裡鬆軟的此時甦醒堅挺，請進，來不及想，沒時間想，幾秒的事，燈芯燃起，燭火點亮，摩擦生熱，風來，堅硬的快速攻頂，兩尾泥鰍停止拍動，靜止等待入鍋。

原來這就是破處。幾秒的事。十秒？五秒？痛嗎？爽嗎？不知道。美麗從她身上褪去，她這隻垂死泥鰍回到大姊身份。至少達標了，終於破處了，沒有等到退休。

短短幾秒泥鰍拍打，不見煙火，說不上歡愉。兩人躺在沙發兩端，呼吸逐漸平穩，心跳減速。客廳天花板一盞無力的燈，窗外雷雨停了，一隻飛蛾入窗。七樓啊，這隻小蛾好勤勞，可能為了躲雨吧。燈幽暗，兩人凝視彼此的身體。那端多毛，肚隆小山，剛剛在她身體裡的器官回復鬆軟，陰毛比器官還長。這端又瘦又肥，乳房扁瘦，肚子卻擠出好幾個肥麵團，陰毛稀疏，腋下濕苔。

看著彼此，都沒說話。眼睛洩漏問號。

你是誰？

Wer bist du?

我在高中教國文，幾秒鐘前終於擺脫了老處女的外號。你一定沒有聽過員林吧？我不知道怎麼自我介紹，我貧瘠無趣，又老又醜。你看過我弟，我知道你一定想，怎麼可能是姊弟？根本一點都不像。我小弟好帥，跟你講，他智商超高，世紀難得一見的鬼才，在大學當教授，很厲害。我現在很想打電話給他，我想跟他說話。但沒辦法。他一定不願意跟我說話了。我猜他已經把樓上打掃乾淨，把我的大行李箱拿去回收了。

對不起。我該說對不起嗎？我不知道。我根本沒多少性經驗。妳看我長這個樣子，住這什麼爛公寓，樓下鄰居每天大聲播放前東德國歌，這個沙發是我在路邊撿的，查票能賺多少錢。我知道我尺寸不大。我知道我一下子就來了。但妳真的好奇怪。妳好像不介意？怎麼可能不介意。我留不住女人。就只有這隻貓留下來。上個女人留給我的。她說會回來把貓接走，幸好，她沒回來過。妳到底是誰呢？被我罰錢的外國人，怎麼現在會躺在這個沙發上，為什麼妳看起來很想笑？

她不忍了，開始大笑。怎麼自己這麼醜？在根本不熟的男人面前敞露身體，這麼醜的身體，鬆垮不緊實，怎麼這麼厚臉皮，完全沒有羞恥感？查票員看她大笑，也跟著笑，肚子抖動，胸毛搖晃，皺紋從眼角開始蔓延，一路延伸到頸脖。她這時才注意到他肥肚上有疤，開刀？疤躲在毛髮下，被笑聲撥開，她忍不住伸手觸摸。順便，她摸了查票員的光頭。滑，油。

原來這就是性。等一下，這就是性嗎？身體幾秒連結，進入，往前後退，癱軟鬆垮，好累喔，懶得遮掩，不用裝美，不想收肚，我不介意你的疤，你不在乎我的老朽。他放了個屁，微臭。她聞著屁，感到前所未有的鬆弛。沒人需要為了屁聲道歉，沒人需要為了鬆垮道歉。她其實想開口叫查票員翻身，她想看他的屁股，剛剛泥鰍交纏抖動幾秒，她好像有抓到，手中還留有一點觸感，毛毛的，粗粗的，肉肉的。她覺得這就是原諒吧，原諒彼此的坍塌，反正語言不通，毋需交代過往，為何身體會走到這一步，外人覺得難堪，但今夜，兩人都寬恕彼此，今晚，別裝了，別遮了，不堪的，破爛的，都算了。夜越來越濃，失眠的柏林終於有了睡意，再次說Gute Nacht，查票員回去他的臥室睡，她留在沙發上睡。也是幾秒而已，兩人分別墜入深沉的睡眠。

不意外，睡前謊稱自己名叫美麗，母親當然入夢。

美麗闖入她睡眠的姿態總是新舊交替，一樣的場景，鐵枝路旁的爛屋，走下樓梯年輕容貌，拿吸塵器吸髮衰老駝背，開門迎接客人花裙青春，走到街上年邁渙散，新的美麗，舊的美麗，一直不斷切換。炎夏午後，舊的美麗走到街上，想吃一碗對街的意麵，還要配菜肉湯。醫生說要少量多餐，才能控制糖分，但舊的美麗怎麼可能聽醫生，其實當然也聽不懂，想吃就是想吃，她會點好幾碗的意麵，時常忘記付錢，麵攤老闆不會追究，等美麗的大女兒下班，再去要錢就好。吃完意麵，美麗坐在街邊，一直看著地下道，車流湍急，火車在地下道上方的鐵軌來來去去，美麗眼神離不開地下道，彷彿那地底會冒出什麼。美麗忽然又年輕，快步走去火車站，等某一班不存在的列車，把小弟帶回員林。

夢太真實了。想過街吃麵的美麗，被一台白色Toyota撞上。車主沒有行車記錄器，這條街也剛好沒有裝設監視器，什麼都沒拍到。但她夢裡會出現那個畫面，母親的身體迎向那台白色車輛。車主好年輕，在醫院急診室一臉驚懼，一直說：「小姐，對不起，對不起，對不起。我沒有喝酒啦，我車子從地下道開出來，我真的沒有看到……」車主的嘴巴噴出潮濕木頭的味道，她不知道要回什麼話，只想叫車主轉身，她想看他的屁股。

蛋殼撞平底鍋緣，熱油炊煙，沸水流淌咖啡粉。她醒了，但還不想起身。有什麼不一樣嗎？不再是處女，身體有什麼變化嗎？晨光照亮踢被的身體，沒有任何痕跡，目測無任何變化。但她自己知道。這樣就好。

早餐，兩人既熟悉又生疏，靜靜吃掉盤中的木柴麵包。她吃完才發現，自己拿刀切下一大塊Mett，抹在麵包上，吃光光。好可怕，生豬肉哩。但其實好吃。不錯。那個硬實麵包嚼一嚼，好好吃喔，口腔靜謐雪松森林，樹木揮發芬多精，滿口馨香。完蛋了，是不是破處之後味覺改變？餿水變山珍。

翻譯機執勤。之前隨意聊天提過，Carsten放假，要去海邊，北邊，波羅的海，坐火車大約三小時，今天提早出發，露營，釣魚。她聽翻譯機的生硬翻譯，一直點頭，她不用打包，就這樣，一個背包。

Carsten整理釣具，她蹲著看貓吃飼料，反正都還沒洗澡，又泥鰍了一次。這次就在地上，地板磁磚冰涼，背好痛，手肘撞地好痛，膝蓋撞地好痛，她皺眉，他也皺眉，算了算了，泥鰍癱軟，我去洗澡，你繼續整理釣竿。

七樓水壓不穩，蓮蓬頭噴出的水酷暑嚴冬交替，她用肥皂洗刷身體，又冷又熱。美麗會怎麼說呢？一定會罵她笨，有這麼難嗎？美麗對她說過很多嚴厲的話，最傷她的是：「我有時候實在忍不住懷疑，妳到底是不是我生的啊？難怪，人家不選妳。」對，沒選我，所以害了大家。

美麗沒有什麼所謂技巧或手腕，就是一雙清澈大眼專注看人，彷彿世界荒蕪只剩前方一人。她這個大女兒眼睛這麼小，照鏡子都不敢看自己，怎麼看人？她聽過美麗嘴巴發出的各種聲響，頻率分貝緩急，都是真心，不是虛假迎合。從小隔薄牆聽到大，怎麼她就是學不會。

Carsten敲門，遞上乾淨毛巾。老舊毛巾，洗過千百次了，模樣頹朽，散發洗衣精的人工香味。

昨天我騙你，我的名字不是美麗。

我不美，我不會。但我現在想摸你的屁股。

我們再試一次。好不好？

毛巾不擦身，鋪地。身體滴水，顫抖。我不會，我不認識你，你不認識我，但我想好好看著你。我不美，但你可不可以專心看著我。來，在我身體挖地下道。怪手掘地，深入地底，地下道上方有火車軌道，火車開過去，汽車鑽進來，都來，手指，舌頭，下部，都來，慢慢來，都進來。

忘記該出門趕火車。就要錯過火車了。但兩尾泥鰍都忘了火車。潮汐開始漲，粗鹽從天撒下，藍眼炯炯，她不是美麗，叫不出什麼聲音，但嘴巴開始張大。她兩手緊緊抓住毛茸茸的屁股，鬆垮又緊繃，前進又後退，指尖陷入屁股肉挖掘地下道。你挖我，我挖你。

滿出來了。身體裡有什麼神祕的東西，快要滿出來了。

馬桶裡的水滿出來，裡面滿滿都是藥丸，多彩繽紛，阻塞馬桶。美麗不肯吃藥，把所有的藥都倒進馬桶，膠囊藥丸溢出馬桶。美麗抓起那些沾了馬桶水的藥丸，狂笑著，朝大女兒丟：「妳是誰？為什麼逼我吃藥？為什麼在我家？我兩個兒子就快要回家了，妳現在快滾，不然他們會，不然他們會，會……滾！出去！」

身體裡的蛋糕滿出來。醫生說美麗要控制飲食，要避開所有高糖份加工食品，不然要是病情失控，最壞可能要截肢。但美麗想吃蛋糕，趁她不在，買了一個大蛋糕，又買了一桶炸雞，她下班回家，滿地雞骨頭，牆上塗滿鮮奶油。只好控制美麗的金錢，不給她任何現金，就無法買蛋糕炸雞月見糖。只好從外面上鎖，不讓美麗出門。美麗餓，從二樓窗戶跳下，骨折，還是去買蛋糕。她也好喜歡吃蛋糕，但她只能忍。感謝白色Toyota。搬去新家後，她時常買一大桶炸雞，配一大塊蛋糕吃。都是我的，盡情吃，不用躲美麗。

滿了，糖分滿到喉嚨，身體浪濤翻滾，她忍不住，嘴巴張大。眼前兩團藍火，柏林消失了，員林不見了，地下道不見了。地下道真的不見了，她來柏林之前才發現，那些地下道都填平了，鐵軌也不見了。員林的鐵軌整個高架化，火車站不再是以前的模樣，火車鐵軌移到天上，地上的震動消失了。很多老房子都不見了，鐵軌高架橋創造了一個全新的陰涼空間，橋下有老人搬躺椅午覺，高中生練舞，遊民鋪睡袋，腳踏車停車場，夾娃娃機，販賣機。她一直避開火車站這一區，好久好久沒回來這裡看，怎麼一切都變了。這不是她的員林。地下道呢？街道平坦，她找不到任何通往地下的通道。完蛋了，員林怎麼不見了？她好想拉住身旁的陌生人問，記不記得，這裡曾經有地下道？火車鐵軌下面有個地下道？記不記得，以前火車鐵軌在地上？有聽過那個恐怖的颱風嗎？地下道淹水，那些德國名車浮在水面上？

泥鰍交纏，來到頂點。原來是這種感覺。身體裡列車衝撞，誰在耳邊飛快彈鋼琴，她覺得自己要解體了，頭顱跟身體分開，四肢如火箭噴射，手抵達火星，腳聽說在冥王星。泥鰍入鍋，老薑蔥花紅椒胡椒大蒜，大火拌炒。樓下鄰居又大聲播放歌曲，她當然不知道那是前東德的國歌《從廢墟中崛起》（Auferstanden aus Ruinen），但曲式威武，完美搭配她此刻身體的韻律，她張大嘴，身體飛昇，這棟醜陋的塗鴉公寓在腳下瓦解，她身體往上衝，迎向燦爛陽光。

抵達了。

明亮的夏天。溫熱雷雨。浪濤海潮。紅色河流。

小弟，我想跟你說。我一直都不敢跟你說。

完蛋了。落下頷。

最頂點的那一刻，她發現嘴巴閉不起來了。卡住了。

身旁的手機忽然尖叫。

藍火還在她身體裡，光頭在她的胸口震動，頭皮汗水暴雨，慢慢疲軟。兩人大口吸氣，都覺得瀕臨死亡。

她歪頭看地上的手機，通訊軟體一直不斷尖叫。

大弟。

她嘴巴闔不上，跟著手機的鈴聲，無聲尖叫。

完蛋了。大弟出現了。

133號

刀疤。合唱團。婦女會。

團長。指揮。名牌包。香奈兒。

粽香端午婦女聯誼

暨兒童英文演講比賽。

混蛋王八蛋蠢蛋。

柏林往北的火車塞滿度假人潮，他們的車票不包含座位，只好席地。火車搖晃，她睡睡醒醒，站起來看窗外，舉目疏離，蒼白日光，田野，大樹，湖泊，河流，好大隻的水鳥，牛，羊，兩隻小鹿看著火車，一整排靜止不動的風力發電機，滿是塗鴉的橋墩，還看不到海。抬頭紋五線譜，汗珠音符滾動，高溫逼時間遲緩，節拍緩慢，一首慢板樂曲不成調。她手上的金色筆記本閃閃發亮，身旁躺在地上的女孩微笑指了筆記本，豎起大拇指，應該是稱讚？她趕緊把筆記本塞回背包。

用手機傳訊息給小弟：「你哥剛剛打網路電話給我。」

已讀。不回。指尖按摩臉頰，早上花了好久的時間，嘴巴才終於慢慢閉起來。查票員忍不住笑了，她照鏡看自己落下頷，整張臉像部驚悚片，也想笑，但一笑就痛。用熱毛巾把整顆頭包起來，深呼吸，手指按摩雙頰。手機一直尖叫，大弟的聲音傳來：「大姊，喂？大姊？妳在哪裡？妳這次一定要救我啊！大姊，喂？喂？他們要殺我啦！」她盯著地上的手機，不是故意不說話，嘴巴關不上，怎麼回答啦。

她捏捏自己的大腿，蕁麻疹今天遲到了，身體麻麻的，眼前是真的嗎？此刻真的在搭火車嗎？踩踩地板，這班火車是真的嗎？火車要開去哪裡？會經過員林嗎？查票員靠在背包上睡著了，圓肚嫌車廂悶熱，掙脫格子襯衫鈕扣，肚臍微笑，疤痕隨著呼吸起伏。Carsten？好難唸。記不起來。不想記。你是誰？我們要去哪裡？

小弟，你記得那個刀疤好人吧？133號一定是他，沒錯，是他。記不記得？他掀開襯衫，肚子上一條龍。龍是他自己說的，我們當時都覺得根本就是一條毛毛蟲。初次來髮廊，他說這是被黑道追殺留下的疤，逃到死巷沒辦法了，只好對決，幫派老大砍一刀過來，日本武士刀喔，結果沒砍死他，老大自己摔跤，刀穿過肚子，死掉了，老大的老婆實在是太欽佩了，愛上他，隔天就要嫁給他。孩子們蹲著吃泡麵聽他說故事，他掀開肚子說這條龍是活的喔，不准眨眼睛，注意看，就會看到刀疤裂開，龍開口說好餓要吃泡麵。

是個愛吹牛的人，常來髮廊練痟話，每次掀開上衣，那道疤痕就會開口，說出不同的荒誕故事。

火車就要開進站了，忽然有個女子從月台上往鐵軌跳，被拋棄想不開要自殺啦，他馬上跳下去，用力把那個又哭又叫的女子推到旁邊，自己剛好閃過火車。醒來躺在醫院急診室，肚子上就多了這個大傷口，一定是火車輪子。後來娶了那個自殺女子，沒辦法啊，說我這個救命恩人不娶她，又要去員林火車站臥軌。

年輕的時候去跑船，知道什麼是跑船吧？就是跟著漁船出港，去世界各地捕魚啦，不然就是貨櫃船，把台灣的產品送到世界各地，你們在員林，都沒看過海喔？跟你們講，海真的很美，但也真的很恐怖。那一次是遇到海盜，要搶我們整船，朝我們的船開槍，我就只好跳船，想不到海裡一隻大白鯊，知道大白鯊是什麼吧？那部電影你們看過吧？對啦，就是好萊塢養的那隻啦，看我皮膚嫩，一口咬下去，我就用力捶鯊魚的鼻子，挖掉牠的眼睛，死鯊魚就放開我了，整個海面上都是我的血。喔，跟你們講，醒來在義大利醫院，肚子上一大堆繃帶，護士有夠美的，西西里島第一大美人，也是要嫁給我啦，不相信？去義大利查，一定有我的結婚紀錄。

火車站正前方不是蓋了那一大棟高樓，黃金帝國，最頂端那個尖尖的，就是我負責放上去的啦，整個工地誰最有膽，就我。到底為什麼要在大樓頂端放個尖尖的，我哪知道，反正是什麼風水大師建議的啦。結果誰知道忽然吹來一陣風，我失去平衡，那個尖尖的鬼東西整個劃過我的肚子，想說完蛋了，但那個算命仙王大師真是神算，說我這個人就是命大福滿，死不了啦，九命怪貓，一生桃花，一百二十歲都活跳跳。所以你們抬頭注意看，那個尖尖的，最尖端，紅紅的有沒有？那就是我的血，颱風暴雨都洗不掉。大樓蓋好之後，投資大老闆說要把女兒嫁給我。呵呵呵，只好離婚再結。

刀疤好人一張嘴就能聚海隆山，當然都瞎扯，但似乎又很真實，眼神噴火花，把聽故事的人帶到故事現場，故事結尾都是結婚。說鯊魚，從皮夾掏出老照片給孩子們看，漁船上的長髮少年，三角紅泳褲，身後汪洋。照片裡的海有些褪色，但一定曾經湛藍，聽他說那些誇張的故事，一輩子沒離開過員林的小鎮孩子，彷彿身體浸在鹹海水裡，鯊魚鰭就在眼前。

他齒舌燦爛，當上了員林各大社團的會長。名片折疊式，拉開一長串，上有獅子會、扶輪社、長青聯誼會、基督教喜樂福音會、媽祖真善美聯誼會、婦女會、媽媽合唱團，皆是會長或者理事長頭銜。所有民間社團都是男性主導，商界男人忽然富起來了，開始結社成群，分享、勾搭彼此資源，富者更富，炫耀德國車瑞士錶美麗老婆性感外遇聰慧後代純種寵物外面私生子，需要有人尋找吃飯喝酒的炫耀聯誼場合，刀疤好人人脈廣，員林就這麼大，他總是有辦法找到大家都沒去過的地方，張羅異國美食，保證穿比基尼的陪酒少女都是在室，百分之百沒被用過，等著富商包大紅包開鎖。他太會致詞，給他麥克風就可以講三小時，很快就成為各大社團的會長，而且跨宗教跨性別跨黨派，甚至當選婦女會會長。

當時她跟小弟的房間牆上貼滿了小弟的各式獎狀，其中有一張特別大，看母親的金色筆記本，她才想起來，那張應該是粽香端午婦女聯誼暨兒童英文演講比賽獎狀，小弟第二名。記得是個很熱很熱的端午節，公園裡的廣場搭建臨時舞台，刀疤好人致詞開場，介紹現場貴賓上台致詞，鎮長、議員、代表、牧師、廟公，全都是男性。台上男性致詞拉票傳教賣產品，台下女性也沒閒著，許多進口的巴黎設計師包包首度在員林公開露面，香奈兒，愛馬仕，路易威登，都是刀疤好人牽線購入，真品限量，一個手拿包比一台國產車還貴。媽媽合唱團上台獻唱，刀疤好人擔任指揮，和聲在炎夏裡快速腐敗，幸好公園樹上蟬聲放肆，遮蓋合唱團的破音荒腔。接著是小紅帽英文話劇表演，大家都聽不懂英文台詞，但總聽得懂僵硬呆板，演大野狼那個孩子說一句英文咬到舌頭，氣得在台上大罵「幹你娘」，台下爆出熱烈掌聲。最後是英文演講比賽，一號參賽者上台就哭著找媽媽，一號媽媽拿著全新的香奈兒包包上台哄孩，花好幾十萬買包真是值得，大家都看到了，花錢就是等這一刻。二號上台尿褲子，三號上台又咬了舌頭，再度大喊「幹你娘」，七號上台也是哭著找媽媽，但七號媽媽跟刀疤好人買的巴黎包包單價不高，上台就輸了，不肯離座。小弟最後上台，誰知道他說了什麼，但那一串話，聽起來的確是個完整的語言，有文法、句構、頭尾、發音系統、音調。但冠軍早就內定給三號參賽者，他爸是社團大金主，穿了閃亮義大利西裝，準備競選鎮長，全家都必須上台亮相拍照。

頒獎，巨大誇張的獎狀上印滿燙金仙鶴金魚龍鳳麒麟鯉魚與ABCD字母，鍍金獎盃比所有得獎者都還高大壯碩，前三名得主的爸媽都被刀疤好人請上台，只有第二名獨自領獎，幾千塊的獎學金，厚厚一本英文字典，日本文具，一串粽子。美麗其實已經站起來了，小兒子得了第二名，準備上台合照留念，但刀疤好人根本沒請她上台，快速把獎盃塞給小弟，大獎狀遮住小弟的身體，粗聲吼叫歡迎第三名的小朋友上台。

美麗回家哭了好幾天，髮廊公休，拒絕任何好人。美麗想參加婦女會，才知道名額已滿，詢問媽媽合唱團，負責人說今年已經停止招收新團員。端午節聯誼讓美麗清醒，其實沒人想看她上台。美麗真的很笨，聽刀疤故事，以為自己說不定是下段故事的女主角，反正男主角這麼愛結婚，說不定會娶她。美麗笨死了，男人當然可以一直再婚，無損身價。但女人不行，不是在室的，被用過了，而且被用過這麼多次，不純，雜質太多，沒有人會娶她。美麗下定決心，真的要想辦法離開員林，全家搬去一個沒有人認識他們的地方。

後來刀疤好人送來一個全新進口的純白香奈兒，算是賠罪。母親拿香奈兒上市場買菜，裝生肉鮮魚，玷汙純白皮革。新謠言傳開，不知道哪個大老闆包養鐵枝路旁的髮廊老闆娘，住爛房子裝窮，其實有錢的要死，香奈兒包當塑膠袋用，一點都不心疼。

刀疤好人賣的香奈兒當然是假貨。但假包跟刀疤好人一樣，用不壞。母親晚年都用這個香奈兒假包裝炸雞蛋糕，假純白皮革長年沾染油脂鮮肉，光澤抽象畫，全球獨一無二古董包。香奈兒跟著美麗一起埋葬，大姊好擔心包包永不腐爛，美麗成灰了，那個包還完好怎麼辦？撿骨的時候，把包包硬塞進骨灰甕嗎？

地下道淹水的那個夜晚，刀疤好人發揮找地方的長才，幫了大忙。

火車誤點，走走停停，終於來到北方。好像看到海了。那是海嗎？

窗戶上有她的稀薄倒影。怎麼辦，想吐。看手機上的時間，這班車遲到太久了吧？德國人不是都很準時？火車拜託開快一點，真的想吐。

列車長廣播即將到站，為誤點道歉。Carsten還在打呼，肚子上的疤先醒了。

疤開口，問她：「妳怎麼還在這裡？」

15

把娃娃的頭塞進娃娃的身體

神經病才露營。搭好帳篷，雨穿刺波羅的海，像是有千百小手掌拍打帳篷。帳篷內悶臭，查票員開了兩瓶啤酒，來不及冰鎮，暖酒燒喉，打嗝噴火。睡袋鋪地，躺著背痛，坐著屁股痛。拉開帳篷，阿嬤阿公全裸淋雨，她來德國看了很多怪人，看到露營區沒穿衣服的阿嬤阿公竟然沒反應，反而覺得很日常。森林，小徑，沙地，熱風，沙丘。已經晚上十點多，夜姍姍來遲，小徑的盡頭是海，雨鬧，聽不見海潮。打開手機的地圖定位，帳篷離海好近，波羅的海，小時候在課本上讀過。濕空氣中有燻魚浮游，應該不是自己身體游出的魚吧？趕緊聞腋下。

餓，吃查票員準備的黑麵包夾起司火腿，是不難吃啦，營養價值應該不低，但滋味不熱烈無翻湧，生冷無表情，純粹飽肚。查票員靜靜用手電筒讀著報，兩人都不想說話，靜靜聽雨聲。

她上次露營是幾年前？任職的學校主辦全國童軍大露營，學校很多老師職員都被派去支援，她躲不了，被派去營區支援，帳篷搭在乾硬的土上，睡一晚，背尖叫十年。學生整晚不睡，吉他口琴唱歌團康說鬼故事，她真的很想拿吉他砸那些學生的頭。隔天調皮的學生發現營區樹上有巨大蜂窩，拿了石頭比賽砸蜂窩，虎頭蜂家園被毀，憤怒攻擊學生，她躲在帳篷裡拿手機拍下學生尖叫狂奔摔倒的畫面，心情差就拿出來看。

神經病才露營。她卻大老遠跑來德國露營。

查票員睡著了，鼾聲把雨聲擠出帳篷。睡袋排斥她，鑽進去蒸汽浴噴汗，爬出來又覺得好像太涼會感冒，進出幾次才睡著。雨歇，人聲平息，帳篷內黑墨，海邊營地很靜，失眠的海鷗吼叫，上大夜班的蟲輕鳴，海浪終於滾進耳朵。浪湧上來，侵入沙灘，沖毀沙丘跟防風林，營地瞬間湖泊，帳篷被海浪捲入波羅的海，她在水底睜開眼，不見魚，肉圓漂流。夢斷裂，她摸摸潮濕的身體，捏自己的臉，是汗，是夢，是睡袋，不是海水。

帳篷悶煮塑膠味，尿意拍打膀胱，出去走走吧。躡足走出帳篷，晴朗月夜，裸體阿嬤阿公就睡在沙地上，身旁好多空啤酒瓶。耳朵當嚮導，朝海走去，風柔，腳下的沙也柔，走進防風林小徑，奇怪怎麼不害怕？她停下來，高大樹木在日光下友善翠綠，被黑夜包裹卻模樣猙獰，枝椏搖曳催生鬼怪。沙丘後方似乎有人聲嬉鬧，仔細聽又像是昆蟲。不知道為何，毫不懼怕。如果此刻那些樹伸出枝椏把她捲進森林深處，她從此消失，應該也不會有人發現吧。什麼是恐懼？怕死，求生，人情牽掛，但她的消失不會造成任何遺憾，怕什麼。黑衣人？怕什麼，感覺好遙遠，比天上的星更遠。來德國多久了？幾天？幾年？時間稀釋距離，還是距離稀釋時間？

沙灘上空無一人，遠方碼頭燈無眠，天上星星互相推擠，圓月把海映照成生鏽皺金屬，孩子堆砌的沙堡慢慢被海浪吃掉。海風推她向前，這樣走一走真舒服，有離地飄浮的錯覺。過幾天就要搭飛機了，以後不可能有機會來這個地方。

腳踩浪，水裡似乎有什麼召喚著她，但她不可能有勇氣跳進去。她只能在岸邊等，等鋼琴浮出來。

沙灘上一艘小木船，她環顧前後，確定沒人，爬進船裡，躺下來看星星，啊，這樣很好睡，溫度剛好，稍早的雷雨還依戀船底的軟墊，但很軟很舒服，一定可以一覺到日出。

一陣風揚起沙子，她正要閉眼入睡，忽然有一大團白白亮亮的東西飛過來，刮破星空，就停在小船上，看著她。

鵜鶘。

是鵜鶘沒錯，那長長的嘴巴，嘴下方一個囊袋可儲存食物。鵜鶘的羽毛在月光下閃閃發光，像一團靜靜燃燒的白火。那雙眼不看海不看月，專注看她，張開大嘴。

「妳是誰？啊，鐵枝路邊的查某囝，怎麼老這麼多？」

原來德國也有鵜鶘啊？廢話，她背包裡不是有鵜鶘鋼筆？德國品牌，這裡當然有鵜鶘。

那支鋼筆，小弟生父送美麗的禮物。

關於鵜鶘，美麗一直不肯說，翻透整本金色筆記本，找不到任何鵜鶘先生的紀錄。的確，鵜鶘先生不是付錢上樓的好人，不寫進筆記本。美麗腦子開始病變之後，時常說著鵜鶘先生的往事，說他是一生最愛，那麼多男人，美麗只愛他。白髮美麗說到鵜鶘，灰燼眼神會燒出明火：「愛，妳知不知道什麼是愛？哈，妳怎麼可能會知道？沒有人要選妳，沒有人會愛妳，一輩子孤單。我跟妳講，什麼是愛，愛不到，最愛啦。」

美麗說，她才剛在鐵枝路邊租了這棟爛房子，接了家庭代工，廠商運來幾大袋芭比娃娃，她抱著大弟，大女兒在嬰兒床裡哭著要奶，同時要忙著把娃娃的頭塞進娃娃的身體。忽然有人經過問路，外地人口音與裝扮，襯衫胸前口袋插著一支閃亮的鋼筆，說是從台北搭火車來員林拍照找資料，詢問傳統市場地點，有哪些廟宇，有何慶典，什麼地方人潮最多？

問路人坐下來喝茶逗孩，說是拍電影的，寫劇本，以後想做導演。他寫過的那些電影劇本，美麗好像都聽過，應該是賣座電影，但帶兩個小孩，怎麼可能有空去看電影？美麗一直盯著他胸前的鋼筆，覺得這個人舌頭就是鋼筆，說話像寫文章，筆尖噴灑墨汁，在她全身肌膚寫滿優雅的文句。

問路人想找飯店投宿，但那時候員林哪有什麼像樣的飯店？問路人問：「那請問，這附近有沒有人可以租我房間？我想待一陣子，找故事靈感。」

鄰居說，美麗真厲害，帶了兩個孩子，都不同爸爸喔，馬上又交了一個好帥好高的台北男朋友，看身上行頭就知道，名錶絲質襯衫昂貴相機好萊塢皮鞋金框太陽眼鏡，有錢人喔。這個新男友真體貼，幫美麗照顧兩個孩子，捲起衣袖蹲在路邊幫忙把娃娃頭塞進娃娃身體。那是美麗這輩子最幸福的夏天，白天他們推著娃娃車出去逛街，一家人模樣，爸爸拿相機拍攝市場攤販，媽媽買菜，孩子鬧說要買玩具。晚上孩子睡了，爸爸拿出鋼筆在稿紙上沙沙寫字，把白天看到的聽到的寫下來。美麗問，這支鋼筆好漂亮啊，最上面的那個是什麼？爸爸摘下眼鏡，眼神從稿紙移到美麗的身體說，鵜鶘，去德國拍片的時候買的。德國？天哪，你去過德國，那麼遠的地方。爸爸放下鵜鶘，抱著美麗說：「以後帶妳去。」

夏天尾聲，鵜鶘鋼筆寫了好幾疊稿紙，說要回台北了。他沒有變成這棟爛房子的爸爸，回復問路人的身份。美麗還來不及哭，鵜鶘就搭火車北上，飛走了。美麗說，是我笨，他手指有婚戒啊，他根本沒騙我，是我自己騙自己，總是以為男人會留下來。我笨死了，根本不知道自己又懷孕了。跟妳說，他真的是個大好人，鋼筆留給我，跟我說以後一定會回來員林拍電影，我就一直等。沒騙我，真的來了，我等到了，你們不是還去幫忙畫海報？後來那部電影不是得了什麼最佳女主角？我在電影院裡哭得跟鬼一樣，那個女主角就是蹲在地上把娃娃的頭塞進娃娃的身體，那是寫給我的劇本，專門寫給我的。後來我求他，他也答應了，把妳弟帶去台北，還送出國栽培，以前說要帶我去德國，至少花大錢讓妳弟去德國，妳看他對我們多好。他對我，真的很好。沒有人比他更好。

求他？

大姊記得那通電話。美麗打了長途電話到台北，語氣堅硬：「你自己的兒子，你真的不管？你看他長得跟你有多像。嗯，我知道，我知道你有困難，我真的沒有要為難你。嗯，但，我只是要跟你說，我打電話可以找得到你，表示，我打電話，也可以找到你老婆，還有，記者。一定有很多人想知道，大編劇大導演在一個不知名的台灣中部小鎮，發生了什麼事。」

鵜鶘在月光下張開翅膀揮動，看她一眼，攪動夏夜海風，小船搖晃，大鳥振翅起飛。她從船底爬起，看著鵜鶘飛進樹林，像一團火燒熔黑夜，海邊樹林瞬間亮了一下，隨即黑暗。

早餐，對面帳篷的阿嬤阿公衣衫整齊，端坐吃麵包喝咖啡，跟她揮手道Guten Morgen。查票員買了麵包跟當地報紙，兩人坐在沙地上喝咖啡，翻譯機閒置，都不想說話。這樣很好，她原本擔心，他造訪過她的身體，是不是兩人就得牽手？是不是睡覺就必須依偎？幸好，他們維持那個陌生距離，小帳篷裡各自一端，不干擾彼此。其實昨晚睡前她有想過，是不是有什麼義務，帳篷裡再來一次身體碰撞？但搭火車好累，身體好黏，她還是有點想吐。幸好查票員睡著了。

鵜鶘。

查票員手上的報紙，一隻鵜鶘盯著她看。

是吧。是昨晚那隻，那個眼神，毛色。所以不是夢。她用手機查字典，沒想到這輩子還有機會讀德文報紙，線上字典查到眼睛快瞎掉，奮力拼湊文章大意。動物園鵜鶘逃脫，園方至今無法順利抓回，大型水鳥自在捕魚，不怕人，深受當地居民與遊客喜愛，很多人買魚餵食，成為濱海旅遊勝地動物巨星，動物園正在研擬策略，要把鵜鶘抓回動物園。

釣魚，看海，啤酒，查票員偶而跳進海裡游泳，她發呆，腦子裡晴空無雲，只一隻鵜鶘自由飛翔。原來這就是海邊度假，慵懶曝曬，沒有目的。她之前參加旅行團，都是有強烈的目的，一定要看到那間廟，必須要吃到那塊鬆餅，沒跟那山那湖這塔這橋拍照此生抱憾。但這個露營區的度假人類都沒有明顯目的，晃晃悠悠，無所事事，懶，爛，皮膚在日光下燙成龍蝦。

裸體阿嬤阿公彈吉他唱歌，歌聲迷途，和弦脫序，引來營區的人大聲合唱，副歌不斷反覆，查票員也開口跟著唱，宛如小型演唱會。查票員把歌名給她，說大部分的德國人都會唱這首歌。她用手機查詢，德國流行名曲，很快找到了中文歌詞翻譯。

Ich war noch niemals in New York　我還從來沒去過紐約
Ich war noch niemals auf Hawaii　我還從來沒去過夏威夷

Ging nie durch San Francisco in zerrissenen Jeans　也從來沒穿著破牛仔褲到舊金山走走
Ich war noch niemals in New York　我還從來沒去過紐約
Ich war noch niemals richtig frei　我還從來沒有真正自由過
Einmal verrückt sein und aus allen Zwängen fliehen　瘋狂一下，掙脫所有的束縛

反覆讀歌詞翻譯，明明是一首很悲傷的歌啊，沒自由過，沒去過紐約，困在原地，怎麼這些德國人如此歡樂大合唱？她看著歌詞，跟著哼，不遠處的海湧了過來，眼角有浪。

查票員問，晚上要不要去看電影？

真的沒衣服可換洗，只好去附近的商店買衣服。隨手抓了幾件洋裝試穿，衣服度假熱帶風情，試衣間鏡子裡的女人卻一臉無彩。付錢的時候，她在背包深處掏到了什麼硬硬的物體，挖開破掉的夾層，原來是口紅。她怔怔看著口紅，上面燙金印刷脫落，但還看得出是那個品牌。把口紅旋出來，乾裂褪色。上次塗口紅，是什麼時候啊？這應該是美麗給她的吧？美麗常說：「塗一點口紅妳是會死是不是？嘴唇這麼乾，皮膚根本是沙漠，難怪學生不喜歡妳。」

她在帳篷裡換上新洋裝，口紅沾點水，過期了又如何，反正她的嘴唇也過期了。口紅吻嘴唇，啟動手機自拍當鏡，嘴唇紅潤了一些，這樣有比較不沙漠嗎？

她以為是室內電影院，竟然是海邊露天電影院。海水淺灘區域架上了一個大銀幕，觀眾買票進入沙灘，面海看電影。日落時刻，海天霞紅，沙灘上擠滿了人。查票員買了Strandkorb的位置，查手機字典，「沙灘蓬椅」，外殼藤編，兩人座，可擋風遮日，底部可拉長讓腿休息，折疊小桌子可放啤酒。座位軟墊，可調整坐臥角度，她一坐下來就想睡。附近的餐廳煙燻當日漁獲，烤香腸攤子以肉香攬客，有人抽大麻，沙灘上有一層薄薄的煙霧，人聲笑鬧，輕風揚沙。大銀幕上出現影像，音箱流瀉聲響，吵鬧的沙灘立刻靜下來，煙塵沙粒海鳥魚隻湧浪都休止，專注看海面上的電影。

德文配音的好萊塢動作片，查票員看得開心，她視線離開海上的大銀幕，看海，聽海，太陽被海吃掉，海面金橙，睡意來。

電影高潮，爆破音效吵醒了她。

等一下。她記得眼前這一幕。想起來了。

不是眼前這部動作片。是小弟跟鵜鶘去台北之前，姊弟看的最後一場電影。

《新天堂樂園》。

西西里島，海邊小鎮，沙灘上的露天電影院，沒有買票進場的觀眾駕著小船在海面上漂蕩，偷看大銀幕。石獅子？怎麼有模糊的印象，石獅子。

那晚回到帳篷，她的哭聲吵醒了查票員。她沒辦法解釋，也不想說話。查票員不驚慌，似乎習慣了，每次看電影，她都會哭。那道疤痕靠過來，身體敞開。上次兩人身體都沸騰，真的是意外吧。神經病才露營，這麼不舒服，膝蓋撞地痛，背痛，屁股痛，一下就結束了，沒歡愉，帳篷沒震動。但這樣也好，就一下子，轉移了她的眼淚。各自回睡袋，她順利進入噩夢，又是淹水夢境。

白日慵懶，等魚上鉤，查票員一直灌啤酒，她坐在一旁翻雜誌，營區很多人把看完的雜誌放在垃圾桶旁，她隨意挑了一些色彩繽紛的，反正只看照片。翻著翻著，她忍不住驚呼。

小弟。

小弟怎麼在雜誌裡。

綠眼德國人跟小弟的合照，看起來是某個正式的場合，紅地毯，聚光燈，兩人都穿黑色西裝，頭髮油亮，牽著手，對彼此笑。

查票員探頭，看到雜誌上的照片，也忍不住驚呼。他皺眉讀著文章，說了一大串話。實在是不該拿出翻譯機的。聽不懂就算了。聽不懂的語言，完全沒有殺傷力。但翻譯機把那幾個關鍵字翻譯出來了，配上那個表情與語氣，她聽懂了。

原來他們要結婚了！男人跟男人結婚，大廚與教授，哈哈，這不正常，變態。哈哈哈。這妳弟弟對不對？

那晚喝了再多啤酒，她還是睡不著，身體裡營火，冰涼啤酒澆不熄。她離開帳篷，穿過黑夜沙丘，找到沙灘上那艘木船，躺著看星月，耳朵塞滿浪潮，等鵜鶘。她背包裡裝了一隻今天釣到的小魚，等一下可以餵鵜鶘。有流星，太快了，忘記許願。其實也不知道要許什麼願。她想要什麼？她不想要什麼？以前一心盼望退休，此刻卻什麼都不想要。退休了又怎樣？不再是處女又怎樣？月光下反覆翻雜誌，小弟笑容其實不安，手緊緊抓著大廚。

有腳步聲踩過沙灘，醉鬧青少年，幾顆頭顱探進小船，看到她，吼出驚慌，一群男生像是見鬼，尖叫跑過沙灘。大弟以前跟那群流氓就是這樣，在員林街頭騎摩托車鬼吼鬼叫，掀女生裙，抓女生胸，遇到她沿街狂喊：「你大姊好醜喔！」

鵜鶘一直沒來，夜色逐漸變淺。

憤怒。鵜鶘怎麼不來。怎麼睡不著。怎麼這麼熱。皮膚怎麼這麼乾癢。鞋子裡都是沙子很煩。便祕幾天了。你怎麼可以這樣說我小弟。

她終於懂了。

小弟，我懂了。你大姊就是笨，美麗說得對，我笨死了，跟人家說我大學畢業沒人相信。但我現在懂你的感受了。我怎麼可以說你變態。他憑什麼說你變態不正常。

可能查票員喝太多了吧。不見得是歧視。醉了說話沒遮攔。不然他去參加那些遊行幹麼。或者那些根本是反同的遊行？她真的無法確定，但是遊行隊伍中有彩虹旗啊。誠實問自己，其實他說什麼有那麼重要嗎？其實他是誰有那麼重要嗎？她根本沒有花力氣想要好好認識他，他也不想探究她這個怪人，為什麼總是亂哭，為什麼闖進他平凡生活。其實都是過客，沒有明顯目的，不需要勉強留下痕跡。明早日出，他找不到她，也不會有任何失落吧。她自己清楚，若是她此刻離開這波羅的海沙灘，沒有一個人，沒有一隻鳥，沒有一粒沙，會挽留她。

該走了。

她爬出船，天色銀白，海潮催促。

不管了，現在幾點？反正不管了，她真的很想打電話給小弟。後天就是婚禮，她有話要跟小弟說。

電話才響了一聲。

「Hallo!Hallo!」

綠眼德國人的聲音。

「啊，那個，Guten Morgen。哈哈，對不起，我……不好意思，這麼早打電話來……」

「是大姊嗎？」

「啊，對啦，是我啦……不好意思啦，我只是忽然想打電話。一定吵醒你們了喔，對不起啦。我是要找……沒關係啦，我等一下再打，你們回去睡。」

「大姊，怎麼辦，他不見了。我找不到他。」

266號

口紅。直銷。

一點都不難。她回帳篷拿背包，查票員惺忪揉眼呵欠。對看，點頭，微笑，不需要翻譯，沒有擁抱濫情道別，不用擔心，離開的人，自己會找路。她自己去火車站，買票，找月台車廂座位，回柏林。一路上都是看不懂的語言標示，但她很篤定，她就是知道這班車是對的，這個座位是對的，這個方向是對的。語言不通，怕迷路，怕被搶，所以出國參加旅行團。怕什麼？怕看穿自己的軟弱，怕多年的自欺被自己戳破。

嘴唇腫腫的，像剛做完什麼豐唇手術。該死的過期口紅。

其實美麗本來不化妝，眉眼鼻唇都出色，長睫毛藤蔓觸鬚，纏繞、攀爬、吸附，並非刻意，就是能吸引旁人。266號男人是彩妝保養品直銷專員，帶來一些彩妝試用品給美麗，說就用看看，沒有購買壓力，喜歡再跟他分享試用心得。

美麗照鏡，的確發現眼神不再清澈，見過那麼多男人，胖瘦大小白黑粗細軟硬，看過就牢牢記住，眼睛湖泊塞了那麼多人，不至於汙濁，但就是有雜質。哭有用，把男人哭出眼睛，湖水乾涸，狂點眼藥水，瞳孔汪汪，等下個男人來掀波瀾。但哭多了，很多男人淤積在眼眶裡，無法排放。擦點唇膏，紅唇顯眼，那雙大眼不再是視覺焦點，原來彩妝不只是遮掩，還能移轉注意力。趕緊訂購粉底腮紅眉筆，266號男人親自上門教彩妝，說平常可是不輕易出手教人化妝，一個魁梧大男人拿出粉撲，一定會被鄉親笑死，但為了美麗破例，怎麼依照臉型比例，雕琢修飾。

大姊跟小弟在一旁跟著學，小弟拿粉撲眉筆在大姊貧瘠的臉上作畫，忽然紅花燦爛，藍眼影飛簷，巧眉拍翅，門縫小眼竟然變大了。大姊照鏡，眼淚拳頭撞開眼睛，雙頰黑眼線溪流。那她以後可以化妝去上學嗎？這樣老師會不會注意到她？這樣同學會不會跟她聊天？臉可以化妝，那身體呢？化妝品有沒有辦法把胸部變大？屁股可不可以多汁飛翹？

266號男人看大姊臉上濃妝，拍掌大笑：「又不是電影女明星去走奧斯卡紅地毯，這樣太濃了啦，要清淡一點，最厲害的妝，就是看起來像是沒有妝，有，又好像沒有，人家猜不透，只好一直看著你。」

的確，學校有女老師臉上色盤喧鬧，一臉玉米濃湯加三色豆，粉底厚重根本是築牆，太用力遮掩，反而丑態。美麗學幾次之後上手，臉上沒有鮮艷的色調，這邊刷一點紅，那邊抹一點粉，當然刻意，但看起來就是不刻意。美麗還能依照不同好人的喜好調整粉妝，濃或淡，冶艷或清新，266號男人讚嘆，邀美麗加入直銷行列，婆媽看她化妝效果這麼好，一定整組訂購，不到一年就可成為鑽石銷售員。鑽石？美麗不想成為什麼鑽石銷售員，她只想找到一個願意在她手指套鑽石的人。

金色筆記本上這一頁「口紅。直銷。」之後有一大串字都被立可白塗掉，她用歐元硬幣慢慢刮除紙頁上乾掉的立可白，字跡顯現，卻依然無法辨認，美麗拿鋼筆在那些字句上不斷打叉叉，紙都快被筆尖戳破了。

美麗寫了什麼？應該是用盡一管墨水吧，才能屠殺這頁上的字跡。

過期的口紅是日本牌子，在台灣走直銷管道，銷售員交遊廣闊，拓展人際網路，鐵路旁這一排房子從第一戶推銷到最後一戶，靠口耳傳播。266號男人專門鎖定特定人士推銷，靠這位人士推廣產品。例如鐵路旁邊這排爛房子，大家看起來都很窮，但很多窮人最會亂買東西，金錢觀念混亂，鑽石銷售員當然沒放過。他很快鎖定髮廊女老闆，人美，臉上無妝，要是她化妝效果好，一定會引起鄰居模仿。美麗化妝之後生意更好，不同妝容，似乎就變了一張臉。銷售員去鄰居信箱塞個化妝品型錄，之後訂單接不完，都說要髮廊老闆娘那幾款。

口紅上品牌燙金，褪色脫落。為什麼背包裡面會有這支口紅，她猜一定是美麗塞進去的。美麗常在在她背包裡塞保養品、化妝品，反正說啊罵啊，大女兒都不聽。用力回想，好像有一次用了這唇膏，剛塗上去，上課鐘就響了，趕緊用面紙塗掉，沒時間照鏡，結果一走進教室，全班笑聲車諾比，她一直忍到下課才衝去廁所照鏡子。一張蒼白的臉上，紅唇焰火，像小丑，醜死了，用水跟面紙擦，口紅不掉色，要死了，原來是防脫落的口紅嗎？中午吃了焢肉飯便當一嘴油，期待口紅掉色，想不到多了一層油更鮮艷。一整天她都紅唇笑柄，外號暴增。回到鐵枝路旁的爛房子，美麗看到她，皺眉，搖頭，冷笑，上樓。美麗說話傷她。美麗不說話，更傷她。

火車快速刷進柏林，準點沒遲到，列車長廣播，她聽到關鍵字Berlin。

電話上，她跟綠眼德國人說：「你在家等我，我中午到。」

她無法解釋。但她似乎知道。不，不是似乎。她知道，就是知道，怎麼找到小弟。

鄰座的人遞上一包面紙。

啊？

她轉頭看窗戶上的倒影，完蛋了，怎麼又哭了。向鄰座點頭致謝，抽出面紙，用力擤鼻涕。鼻腔黏液無止境，擤鼻涕像泵浦抽水，驚動整個車廂。低頭看面紙，那是海，那是沙，這邊是海邊露天電影院，淺灘區有個大銀幕，這裡是露營區，鵜鶘飛進這片森林，鼻屎是沙灘上的小船。她擤出波羅的海。

小時候266號男人教小弟怎麼幫大姊卸妝。卸妝油加水乳化，溶開臉上顏彩，再用面紙或者化妝棉擦掉彩妝。大姊一直哭，她不要卸妝。她要留著這張面具。面具卸掉了，她那張沒有顏色的臉又回來了。她不要那張臉。沒有人選這張臉。

那晚。大家一起吃泡麵的那晚。

266號男人幫小弟卸妝。

彩虹不見了。

小弟沒有哭。

小弟。你怎麼沒有哭。

16

把那些腫瘤全數刮除

她的大行李箱還在，安穩立在角落。離開前被她亂丟的衣物都摺好，安放在床上。

她需要盤問樓下的綠眼德國人。

有很多很多疑問，時間不多了，明天就是婚禮。綠眼德國人眼窩洩氣紅氣球，眼白血絲雷劈，綠眼珠被眼淚洗淡，灰白無神，像是她今早離開波羅的海看到的天空。必須問清楚，她才知道怎麼找人。

「你叫什麼名字？職業是什麼？來自什麼地方？」

綠眼德國人趕緊坐直身體，彷彿回到小學課堂，老師嚴厲盤詰。

「Hartmut Katzenschläger，我是個廚師，在柏林有幾家餐館，德國南方人。」

「Ha……Har……什麼啦，什麼鬼名字，誰會唸啦，有夠複雜。聽說你是什麼米其林星星廚師？」

「是，兩星……」

「為什麼會說中文？」

「我年輕的時候在亞洲工作，住過香港、上海、東京，所以會講中文、廣東話、日文。認識妳弟弟以後，我認真重新學漢語。」

「為什麼你前妻住在樓下？」

「啊？這……這要請大姊去問她，我沒辦法回答。」

「你不覺得很奇怪嗎？你前妻住在樓下，然後要跟我弟結婚。你覺得我弟會怎麼想？跟女人結婚，然後現在大轉彎，要跟男人結婚，你這個人會不會太奇怪？」

「我……我沒想過這個，但，我可能真的很奇怪吧。他們是好朋友，我的前妻，是他的，嗯，怎麼說，伴娘？」

她往窗外看，婚禮場地已經佈置得差不多了，白椅白桌，一個小舞台，橡樹上掛了很多小燈飾。

「你怎麼認識我弟的？」

「他的小說翻譯成德文，跟出版社來我的餐廳吃飯。」

「你讀過那本小說？」

「認識他以後，我讀了很多次。」

「為什麼要跟我弟結婚？」

「啊？」

「你中文不是很厲害嗎？聽不懂喔？我再說一次，為什麼要跟我弟結婚？」

「因為……」

「不要這麼慢吞吞，沒時間了啦。」

「我沒有辦法想像，生活裡沒有他。」

她翻白眼，真肉麻，噁心死了。但她知道這句話是真心的。

「你很愛結婚喔？你根本不認識我弟的家人，就想跟他結婚，這不是很奇怪嗎？」

「但是，我是跟他求婚，不是跟妳求婚啊。啊，對不起，我的意思是，我是跟他結婚，不是跟他家人結婚。」

是個不複雜的人，說話不繞圈，眼神傻，她一進門就開始盤問，端坐回話，語氣誠懇。他根本不知道小弟的過去吧？有聽過員林嗎？她這個大姊沒出現的話，說不定這個名字有夠難唸的德國人永遠都不會知道小弟有家人，婚禮就會順利舉行，小弟就不會消失。都是她。

「我快餓死了，你可不可以煮一點東西給我吃，邊煮邊跟我說，最後一次看到我弟是什麼時候？還有，他以前有沒有這樣突然消失不見？快啦，我很餓。謝謝。不要問我想吃什麼，你煮什麼我就吃什麼。」

綠眼德國人趕緊開爐火。

昨天清晨醒來，小弟不在床上，房子找遍都不見蹤影，沒有帶走手機皮夾，去大學辦公室、常去的圖書館、咖啡店、餐廳、小書店找，都沒找到人。決定結婚日期之後，小弟曾經有段時間精神不穩，發生了一些事，後來看了醫生，很快就穩定了，想不到在婚禮前兩天消失。

一盤宛如小蟲的麵疙瘩端到她面前，大廚說是Käsespätzle，名字真難聽，味道太重，鹽巴起司放太多了吧？太餓了，張口大吃。

「說啊，訂婚之後，發生了什麼事？」

小弟好幾次，試圖自殺。

幸好，都遇到人。

第一次也是深夜忽然不見，綠眼德國人出門去找他，在街邊找到他跟穿白浴袍的女人。白浴袍女人說，他走到公路上，選了車速比較快的車，身體衝出去，白浴袍女人說她以前可是運動選手，差點代表德國參加奧運，所以快速抓住他，才沒有被車撞上。

第二次是接車子廢氣到車子裡，剛好被隔壁那個做手工鋼琴的老闆發現。

最後一次是在花園，就那棵大樹下，我們家附近不是有個車站？車站旁邊的咖啡館老闆剛好來送貨，他定期送咖啡豆來這裡，剛好看到，一根粗繩。

後來看了一段時間的醫生，藥物控制，他們一起去了很多地方旅行，情況穩定了。以為就沒事了。結婚，就沒事了。

是啊，美麗說的，吃碗泡麵，睡個覺，就沒事了。

Käsespätzle吃完，飽肚，可以出門去找人了。

「你放心，我會把我弟帶回來，你在這裡等著，不要亂跑，婚禮該準備的就繼續。但明天他要不要跟你結婚，我不保證。還有，你不是什麼米其林八顆星星嗎？什麼啦，你以後要是煮這麼難吃的東西給我弟吃，我就……我就，哎喲，反正你聽到了，只准煮好吃的給我弟。」

其實不難吃，但廚師的慌張都揉進手工麵疙瘩，滋味失衡。

「還有一件事。明天婚禮，你把鬍子刮掉。我知道我跟我弟沒那麼熟，我們很多年沒見面了。但我知道，他一定沒跟你講，他不喜歡鬍子。刮掉。聽到了沒？通通刮掉。好，我出門去，你在家裡等。」

那晚員林颱風夜，小弟也是忽然不見了。她跑到外面找人，洪水高漲，員林忽然水鄉，火車鐵軌下方的地下道排水功能失靈，水快速淹上來。她在地下道前方找到小弟。

在員林能找到小弟，在柏林，她也能找到小弟。

名字很難唸的綠眼德國大廚，請放心，我會把人帶回來。但我不會跟你說，小弟被他哥害慘了。不，是被我們害慘了。我要怎麼跟你說。我的大弟強暴我的小弟。是。是我害的。

還有美麗。美麗也強暴他。我也是共犯。我們一起強暴了他。很多次。

她走在石板路上，腳步疾風。這附近的街道她算是認識了，她就是覺得有什麼在召喚著她，這樣走下去，朝著日光，不要怕陌生街道，一直堅定走下去，就會找到小弟。

橡果。微風。鞦韆。麵包香。滿地啤酒瓶蓋。螢光塗鴉。爛屋。香花。臭公廁。溜滑梯。沒用手機導航，不管左右南北，就是一直走，跟蹤風，尾隨太陽，此刻往花香去，等一下尋覓臭味，任直覺佔領腦子，反正不能停。汗掙脫身體，衣褲全濕。忽然不怕熱，爆汗讓她輕盈許多，腳步更快。接近了，她知道，接近了。

轉進小公園，樹叢裡冒出尾巴。

狐狸尾巴。

橘紅尾巴蓬鬆，撥開樹叢，狐狸臉露出，藍眼晶亮，正在地上挖洞。狐狸對她叫了一聲，叫聲細尖，停止挖洞，往前奔跑，回頭看了她一眼，又發出尖銳的聲響。她趕緊跟上，這輩子從來沒這麼快速奔跑過，街景溶糊，時間加速，耳際有鋼琴聲，忽然聞到員林肉圓味道。就是那一家老牌的肉圓，老阿嬤做的，後來傳給兒子，味道都變了。身上的汗暴雨，洪水來了，地下道淹滿水，水面上好多肉圓，一顆一顆白白的晶亮肉圓，像是放水燈。

狐狸尾巴切進一條寬廣大街，消失了。她蹲在地上喘氣，四周柏林扭曲，路燈開始值夜班，一隻小飛蛾緩緩刷過她鼻尖。抬頭見星月，竟然已經這麼晚了，柏林入夜，週末餐廳人聲沸騰，許多人坐在街邊喝酒，鼓聲，歌聲，電子音樂放縱。她到底走了多久？她知道這條街，她來過。這條街的盡頭，有一個公園。裡面，有一張水泥做的乒乓球桌。

果然。

小弟身穿睡袍，坐在乒乓球桌上，眼睛兩個洞窟。

找到了。我找到小弟了。他在積水的地下道前面，有一隻貓在水裡面，他跳進去。完蛋了，他跳進去了。他是不是要救貓？白痴，你會游泳嗎？我這個大姊根本不會游泳，不敢跳進去，只能對著地下道尖叫。雨一直下，風推倒我。完蛋了，誰來救我的弟弟？

她爬上乒乓球桌，在小弟身旁坐下。

渴意燒喉，從背包拿出水壺，喝一大口水，水壺傳給小弟。小弟眼神直視遠方的某個不存在的點，喝一口水。大姊忽然出現在這個公園，他並不驚訝。剛剛鼻子忽然塞滿肉圓的味道，怎麼可能，柏林吃不到員林肉圓。但那味道太清晰，就是那個老阿嬤做的口味，軟嫩外皮包裹竹筍肉塊，澆上赭紅醬汁與清白米泔，撒上香菜，用味覺咬一口肉圓，米香甘醇，齒舌冒出春筍，面前的柏林迸裂崩解，他回到員林，乒乓球桌微微震動，車來了，有人來了，一個體面的男人，胸前口袋一隻金閃鵜鶘，說要帶他去沒有人會傷害他的地方。鵜鶘真的帶他去了很遠的地方。鵜鶘呢？很多年沒聽到鵜鶘的消息了，聽說還在寫劇本籌資金，一定要拍出心中那部驚天動地的電影。

「你神經病喔，坐在這裡幹什麼？」

「我……不知道。」

他看著大姊，亞麻衣褲，膚色深了很多，聲音海風呼呼，像是剛從海邊度假回來，張口噴出萬隻吵鬧海鷗。

「看什麼看？」

「妳，好像不太一樣。」

「你什麼意思？我知道我老很多啦，你幾百年沒看過我，加上你們德國天氣這麼乾，皮膚都爛了，反正我就是老了啦。隨便啦，老就老。」

「我也老了啊。」

「老個屁。你知不知道大家都在找你。你神經病，明天是你的婚禮，怎樣？不想結婚？逃婚？不想結婚就跟人家說一聲嘛，我看他是個傻瓜，你就跟他說悔婚，不結了啦，他哭一哭就沒事了。」

他想到那雙綠色眼睛。這些年來，他有時會忘記有那雙眼睛等著他，每次覺得自己就快要淹死了，快放棄了，黑夜得逞，日光即將永遠熄滅，忽然那雙眼送來綠光，白日就有力氣推開黑夜。他們去極圈過耶誕，極光在他們身邊像是綠色的顏彩流動漂浮，包圍他們。綠色雙眼靠近他，吻了他，鬍子刮痛他的臉，他想到猩猩，想尖叫。用盡力氣壓抑尖叫。有痛覺真好，表示自己今天沒放棄，還活著。綠眼睛說沒有人會傷害他。他知道沒有人可以傷害他。但他想傷害自己。

「我只是……睡不著，忽然想到這張乒乓球桌。那天我們走來這裡，我回去就一直想這張桌子。一直想。好髒，黏滿口香糖。」

大姊抓起他的手，指甲縫裡都是乾掉的口香糖。

「你白痴啊，你沒帶工具，用指甲刮？這樣不是更髒？你喔，到底他們當初怎麼鑑定的？神童？你？拜託，連這個都不會，笨蛋。」

他笑了。

「笑屁啊。我看一下……」她跳下乒乓球桌，蹲下看桌子背面，千百繽紛的口香糖，像是許多腫瘤。「你在這裡不要動，我去買東西。」

她記得上次走來這裡，有看到某間小商店，像是便利商店，希望這麼晚了沒關。她找到商店，裡面塞滿排隊買啤酒的人，店裡貨不多，但她還是順利找到清潔劑，漂白水，菜瓜布，大罐礦泉水，但是找不到刮刀。用翻譯機問老闆，但翻譯機沒辦法翻譯「刮掉口香糖的刮刀」，老闆搔頭。排隊結帳的女生剛好正在嚼口香糖，她拜託她吐出口香糖，黏在桌面上，手勢示範推刮。老闆店裡沒有賣刮刀，但找到一塊金屬片送給她。有什麼難的，真的有什麼難的，她一句德文都不會，還是順利買到想買的東西。

她衝回公園，對著小弟大喊：「來吧，你力氣比較大，負責刮口香糖，我來刷。」天色清明，涼風夜行，公園裡柏林人看著兩個台灣人奮力清洗乒乓球桌，塗鴉噴漆頑固難處理，把那些腫瘤全數刮除，漂白水、清潔劑蝕去桌面油垢塵土，整張桌子回春，嶄新模樣，在公園裡熠熠發光。圍觀的人爆出掌聲，誰剛好帶了球拍，柏林夏夜公園盃桌球公開賽立即開打，大姊參賽，對手壯碩高大，痛宰員林選手。壯碩選手立即向員林選手兜售菸草，員林選手輸了運動賽事，殺價競技可不能輸，屠殺價錢，附帶代客捲菸。

兩人在公園長椅上抽菸，看乒乓球賽事熱烈。驟雨，人散，菸熄，兩人爬回乒乓球桌上，看雨，吃雨。雨挽留時間，夜潮濕龜爬，等不到日出，呵欠用手肘撞開嘴巴。呵欠夾帶笑聲，根本沒什麼好笑的，但兩人忍不住，一直笑，颯颯涼風搔腋下，笑聲釋放了身體裡一些沉甸甸的。雨停了，地下道水慢慢退去，小弟從水面浮出來了，肩膀上一隻貓，彈鋼琴。

她想問，小弟，當年你彈的那首曲子，是……

算了。

她想說，小弟，對不起。我們強暴你，我才會說你變態。其實變態的是我。我們一家都變態。

算了。

「你知不知道，柏林有一家國際大戲院？」

「啊？」

「哈哈，果然不知道。很像喔，我們小時候去的那家。哎喲，其實也沒那麼像啦。但我覺得很像。」

聽到國際大戲院，小弟腳邊有老鼠竄過的毛絨觸感，地上落葉都變成了蟑螂，屁股黏到了電影院座位上的口香糖。

跳下乒乓球桌，姊弟開始走路，坐太久了，屁股思念軟床，想回家。家？那是什麼地方？不知道那是什麼地方，所以決定走進去。怕什麼？就走進去，說不定，裡面有一盞燈，一杯茶，一碗泡麵。

路上巧遇小弟的學生，姊弟被拉進一間小酒吧，裡面塞滿了人，小舞台上乾冰繚繞，電音對耳膜揮拳，衣著誇飾的扮裝皇后搭乘尺寸如小船的紅色高跟鞋從天花板垂降，巨星從高跟鞋跳到舞台上，開始對嘴熱舞，一件一件，剝除身上華麗的亮片衣飾，最後只剩一件丁字褲，對著小弟甩臀部。

小弟一臉見鬼，轉頭在大姊耳朵狂吼：「姊，他，這個人，他，是我博士班的學生，剛通過論文口試。」

那個蒼白髮稀安靜的學生，竟然是脫衣夜后。

面前這個搖擺甩髮尖叫的女人，竟然是大姊。

399號

(星)^2。

死人賤人豬八戒王八蛋變態

幹幹幹幹幹幹幹

金色筆記本上這一頁，字的墨水顏色不同，第一行黑墨，星括號平方，字跡端正，第二三行是後來加上去的吧？紅墨，字體歪斜。

星星是猩猩，大弟帶回家的好人。體毛多，外號猩猩，四季都釋放襯衫鈕扣，胸毛傲慢，落腮鬍狂妄，在宮廟裡跟一群青少年混，少年幫派領導人。他來髮廊不剪髮，談好價錢直接上樓。下樓後跟大弟搭肩抽菸，聊宮廟賭局，哪間泡沫紅茶店後面有牌局，哪個死小孩不守幫規該斷腳筋。他教大弟怎麼把手上的一千塊變成一萬塊，賺死錢是賺什麼雞巴毛，我們男人要賺大錢，跟我走保證吃香喝辣，買別墅開德國車。

大弟把光頭法官留給他們的錢交給399號，真的賺了一筆。

大弟眼睛裡閃著金色光輝說：「看著喔，我很快就是大富翁了，可以買新房子了。」

還沒看到新房子，399號男人在深夜來到家裡，不上樓，拿出電子計算機，點菸說：「美麗姊啊，你這個大兒子很厲害喔，年紀小小，比我還厲害，詐賭啦。本來想說要培養他當接班人，結果連我也敢騙，很厲害喔。」

他在電子計算機上打出一串數字：「這是他欠的錢。」

美麗巴掌甩過去，大弟敏捷閃躲。

「等一下，先別急著打小孩，還沒算完。」

他拿出一大堆單據，擺放在桌上。上面都有美麗的簽名跟印章。大弟帶回來很多單據支票，美麗根本沒看，全都簽名蓋章。簽了，就能離開員林，買新房子。

他把支票上的數字慢慢加進計算機，一串數字綿延。

「美麗姊，我沒有要為難任何人喔，我根本沒有算利息，賭場那些大老闆看妳大兒子年紀這麼小，也沒有要追究什麼，不然啊，依照江湖規矩，早就斷手斷腳了。就這筆錢，沒有很多啦，妳生意這麼好，我聽妳寶貝大兒子說，很多有錢客人，這小數目啦，隨便湊一湊就有了。不急喔，不用今晚，明天就可以。遲到的話，全家斷手斷腳喔。」

美麗隔天把銀行裡存款全數領出，當然不夠，全家跪下來求399號男人。

「好啦，妳都能湊出這樣一小筆現金，表示有誠意，錢的數目很難通融啦，但是時間我可以幫妳去爭取。」

美麗額頭貼地：「拜託拜託，我求你了，我給你做牛做馬。你要我做什麼都可以。」

「喔？什麼都可以？不收錢？」

三個小孩跟著額頭撞地，大弟哭啼。

「絕對不收錢。」

「美麗姊，妳是很厲害啦，功夫一流。但我跟妳講，我每次來妳家，想幹的不是老闆娘。我其實比較喜歡小孩子。讓我爽，搞不好跟妳少算一點。」

什麼？

那晚，到底發生什麼事？

猩猩從褲頭掏出一把槍，抵著美麗的太陽穴。

梅莉．史翠普。

美麗不是美麗。美麗是梅莉．史翠普。美麗．史翠普。

就跟那部電影一樣。一模一樣。

《蘇菲亞的選擇》。

猩猩踹開大弟，美麗．史翠普抱著大女兒跟小兒子，納粹軍官對她獸吼，逼她做選擇，要兒子還是女兒？

艱難選擇時刻，美麗．史翠普選了兒子，她要小兒子，大女兒給猩猩。給你，大女兒給你。Nehmen Sie das Mädchen! Nehmen Sie das Mädchen!

但，現實跟電影有差別。

猩猩大笑說：「我才不要，我要你們家的神童。」他看一眼這家的大女兒，皺眉嫌棄。

美麗．史翠普看著小兒子被拉走，嘴巴張好大，那張嘴越來越大，大到把整個員林都吞掉了。小兒子哭喊媽媽，被猩猩抓到樓上去。

大女兒呆坐在地上，身旁的哭喊都傳不進耳朵。猩猩的嫌棄子彈，射穿她。

他沒選我。他怎麼沒選我。

怎麼可能很快結束。恐怖片一直演不完。噩夢一直拍續集。

每次猩猩來，都有不同的要求。說只要滿足他的要求，讓他爽歪歪，出來混，他也是阿沙力，計算機上那筆數目直接減一個0。

槍指著美麗，逼她拿出粉底腮紅眼影，在小弟臉上化妝。美麗手抖，哭著安撫小弟：「弟弟乖，乖，不要哭，媽媽幫你臉上畫上彩虹。彩虹啊，很漂亮的彩虹。」

逼小弟穿美麗的內衣。

毆打小弟，說不准哭。

逼小弟發出奇怪的呻吟。

猩猩說他開心了，好，說到做到，少一個0。

小弟大腿上，細細的紅色河流。

美麗一直哭，叫大弟帶小弟去浴室洗。

兄弟進入浴室，大弟看著小弟腿上的河流，說：「你好髒。」大弟拿蓮蓬頭噴小弟，水滾燙，小弟不哭了。那一刻開始，小弟開始聽話，真的不哭了。不哭，努力洗澡就好。菜瓜布用力刷洗全身，把紅色河流洗掉，把落腮鬍在他皮膚上的摩擦觸感洗掉，把臉上的彩虹洗掉。刷乾淨就好了。再難的數學公式他都能解開，但他不懂，為什麼，越洗越髒，越洗越痛，猩猩越來越大隻。他更不懂，為什麼大姊不理他，不跟他說話，不跟他去看電影，他猜，或許大姊也覺得他很髒吧，一定是。媽媽說，忍一下，乖，一下子就好了。煮泡麵，全家蹲著吃，吃完去睡覺，隔天就沒事了。

那晚颱風襲擊島嶼中部，風雨拍打員林，鐵枝路旁的爛房子搖搖欲垮。喝醉的猩猩來討債，嫌熱，冷氣開最大，電燈全部都打開。省電的美麗頭上有槍管指著，她好想關冷氣，電費繳不出來啊，但她什麼都不敢做，只能聽話，在小兒子臉上畫彩虹。大兒子已經好幾天不見蹤影，美麗也想過要逃，但帶著小孩，能逃去哪裡？而且身上一毛錢都沒了。

猩猩這次逼她們看。母女都不准閉眼睛。睜大眼睛看他怎麼爽。他說有人看他更爽。閉眼睛的話，這次就不算，就不能少一個0。笑，你們三個都給我笑，不准哭。

那個沒被選上的大女兒看到紅色河流，想尖叫想大哭，美麗掐住她，耳光甩過來。399號也打她。她這個大女兒很不乖，不聽話，一直哭。小弟好乖，沒哭，乖乖笑了，眼睛睜好大，酒窩好深，看著大姊。大姊不要哭。

對不起。

大姊不敢大聲喊，只敢在心裡喊。

對不起對不起對不起對不起對不起。

我怎麼可以生你的氣。

對不起對不起。猩猩沒選我，我不知道，我真的不知道，你要知道你大姊就是個大笨蛋，我不知道我為什麼這麼生氣。

是美麗開的槍。

大兒子跟她說過，猩猩的槍，一定是假的。騙人的啦。

美麗受不了了。她想要試試看。小兒子臉上的口紅在笑，真的很聽話，很用力，笑，像是上台領獎，燦爛露齒。猩猩用落腮鬍摩擦小兒子的身體，砂紙刮豆腐，小兒子還是笑。猩猩脫下的褲子就在她腳邊。槍在褲子上面。

有什麼難的。開槍有什麼難的。假槍？試看看。外面颱風撞擊，許多人家的屋頂被吹掉了，鄰居聽不到這棟爛房子的槍聲。猩猩閉眼喊爽，根本沒注意到槍管近距離對著他的頭。

連開三槍。

前兩槍爆頭。第三槍轟生殖器。

猩猩頭流出湍急的紅色河流，沖到小弟身上。

猩猩的多毛身體還在抖動。床邊有幾塊爛牆壁掉出來的磚頭，大姊抓起磚頭，撞擊猩猩的腦。

喜劇電影裡，主角的頭遭受撞擊，頭部會冒出許多星星。她想像猩猩頭部冒出好多星星，晶瑩閃亮。

小弟被猩猩壓著，世界塌陷，強風撞開窗戶，豪雨噴進房間，他身上都是血。美麗趕快關燈關冷氣，黑暗闖入房間。但來不及了，小弟看見了，他看見了自己身上的血。他看見了頭爛掉的猩猩。其實他在很多地方都見過這個多毛的男人，去宮廟找哥哥回家吃飯，鋼琴比賽，演講比賽，公墓土地公後面，傳統市場，門前賣春聯，臭臭暗暗的電影院廁所。總是瞇眼看著他。

他用力掙脫猩猩，心裡不斷重複，好髒，好髒，我好髒。

17

屁味麵味漂白水味

「我穿這樣，會不會太隨便啊？」大姊穿上在波羅的海買的連身白洋裝，跟綠眼德國人前妻借了一雙白涼鞋，終於去附近的髮廊剪了頭髮，臉上無妝，只擦了一點護唇膏，曬斑坦然。

「我也很隨便啊。」小弟襯衫牛仔褲皮鞋，還在考慮要不要加一件西裝外套。

「我以為你們會穿什麼燕尾服之類的，走紅地毯。結果你們穿這樣，郊遊野餐喔？」

「就不想太正式，朋友家人，放鬆一起吃頓飯。反正就是個儀式，簡單就好。」

放鬆？簡單？姊弟童年複雜血腥，學不會放鬆吧。昨晚慢慢走回家，一路聊，其實也沒說什麼，姊說員林的鐵道變了，全部高架化，弟說想吃蜜餞，一想到嘴巴就酸甜果園，兩人邊說邊呵欠，夜悄聲陪伴，清風皓月，走著聊著，好像有什麼東西說出口了，好像吐掉了什麼，肩膀似乎鬆弛了一點。就一點點。

大廚把鬍子刮乾淨，眼睛還是紅腫。他不知道大姊是怎麼找到小弟的。剛日出，他在庭院大樹下的躺椅上睡著了，大門上的龍蝦海馬游動，姊弟走進來，身上有亮片彩帶，打呵欠，喊餓，想吃早餐。

先去戶政機關登記，好幾對新人，男女，女女，男男，不同膚色，輪流進去公證，過程流暢，很快取得證書，大廚、小弟、前妻都哭了，大姊沒哭，她心想哭什麼，神經病。好擠，各路家庭擠在窄小的戶政機關裡，不同家的狗互吠，非洲家庭帶了樂器，擊鼓擺臀吟唱。大姊覺得真是擠死了，許多陌生的語言，好多新的面孔，濃郁香水，炎夏汗味，熱烈口氣，和善道賀，擁抱親吻。真好。

回百年老屋辦婚禮派對，大姊負責站在大門口迎賓，沒收手機。婚禮邀請函上寫得很清楚，這場婚禮反通訊反科技，所有賓客手機都沒收。大姊手拿編織籃子收手機，嚴厲師長姿態，搜身賓客，確定無人偷帶通訊用品。樹下盛宴，大廚今天不上菜，專心當新郎，由他餐廳的廚師掌廚，端出繽紛佳餚。沒有手機，無法通訊，不用費心拍美照，專心聊天，看彼此的眼睛，用力擁抱，抱很久很久都不肯放手，感受對方的肋骨肥肚。舞台上輪流致詞，大姊通通聽不懂，跟著笑。她確認一下自己的笑聲是不是假的，聽不懂笑屁啊。再三確認，是，真的，是真心笑。她真的想笑，跟一堆人擠在樹下吃飯，左邊是個橘紅假髮炸開的濃妝扮裝皇后，右邊是個看似拘束的鋼鐵臉德國人，香檳噴灑，破嗓高歌，拘束的放縱的都笑著吼著，舉杯慶賀，好多陌生的嘴唇黏上她臉頰。幾顆橡果掙脫枝椏，掉到她餐盤。她胃口大開，吃好多，笑得很大聲。F車站旁邊咖啡館老闆來了，跟鋼琴店老闆分享一根雪茄。白浴袍女人來了一下，爬到橡樹上尖叫，拿塑膠袋搜刮許多佳餚，爬出圍牆。大廚失智的母親也來了，一身優雅套裝，坐輪椅，臉上沒任何表情，眼神無焦距。

這麼多人擠著。就跟那晚一樣。

她似乎聞到了。她看著桌子另外一端的小弟，兩人的視線穿越過人群，找到彼此。小弟，你也聞到了嗎？

泡麵。

猩猩死了。完蛋了。美麗殺人了。

美麗以為自己會慌張。但她好冷靜。

她必須打很多通電話。

颱風天，會有人來嗎？

美麗在電話上不拐彎，直接說。

可以幫我們這一家嗎？

風吹爛了好多員林的屋頂，火車停駛，那棟嶄新的高樓搖晃，電影看板、彩色招牌在天上飛，馬路上有一棟小農舍滾動。家家戶戶緊閉門窗，祈求上天安穩度過這晚。風推倒電線桿，整個員林陷入黑暗。

但是好人來了。都來了。

美麗點蠟燭，迎接員林好人。小黑警察，豬頭叔叔，電影海報畫家，鑽石銷售員，風水大師，棒棒糖醫生，刀疤叔叔，胎記老師，小白哥哥，鎮長，鋼琴店老闆，撿骨師，保險專員。小鎮的好人擠進鐵枝路旁的爛房子，上樓到美麗的房間，看屍體，搖頭。大家擠在髮廊，燭光黯淡，美麗毫不保留，把過程說清楚。

小黑警察先開口：「我剛在皮夾找到證件，我們警局注意他一段時間了，很多前科，外地人，關了好幾次，手段很凶狠。」

胎記老師問：「小弟弟呢？他要不要看醫生？」

小弟躲在浴室裡，用熱水沖自己的身體，不斷搓肥皂。醫生進去浴室，從口袋拿出棒棒糖，拿毛巾擦乾他的身體，幫他穿上衣服。

風水王大師說：「這個王八蛋。我在廟裡看到他，就覺得面相邪惡。現在怎麼辦？」

小白哥哥看著小黑警察說：「我們大家，擠在這裡，知情不報，都算是共犯吧？」

「有沒有鄰居看到這個爛人走進來？」

「颱風天，風吹成這樣，我看被人看到的機率不高。」

「哎喲，不行啊，員林不是最近裝了很多監視器？這樣有沒有拍到？」

鎮長終於說話了：「我裝的。是我裝的，我就能拆。我會下令全部拆掉，換上新的。」

「屍體怎麼辦？埋哪裡？」

沉默。外頭雨勢增大。風塞進窗戶縫隙，吹熄了蠟燭。

美麗問：「大家肚子餓不餓？我煮泡麵。」

美麗拿了家裡最大的鍋子煮泡麵，中元普渡買了好幾箱泡麵，不管口味，排骨雞，肉骨茶，滿漢全席，肉燥，香辣，素食，全部都丟進同一個鍋子，調味粉包油包全部入鍋，大火沸水，打進一堆雞蛋，一鍋香辣濃烈，味道塞滿整個爛屋子。剛看了屍體怎麼可能餓，但聞到泡麵就餓了。

大家擠著蹲著吃泡麵，開始討論怎麼分工處理屍體。

風水王大師弄個簡單送終儀式，豬頭負責砍，刀疤負責找不同地點，撿骨師負責分裝，現在風大雨大，根本沒有人敢出門，不容易被發現，開車的，騎機車的，反正時間不多，猩猩解體，分佈員林各地。刀疤真的很會想地方，那個豬頭後來開紅色保時捷衝進去的臭排水溝，沒有人知道的電影院地下室，那棟黃金高樓的最頂端。那些角落，不會有任何人靠近。

撿骨師撐開背包拿出來的傘，說了很多吉祥話。

好人們忙著處理猩猩，沒有人注意到，小弟不見了。

大姊端著一碗泡麵在爛屋子裡到處找小弟。完蛋了，不見了。

她衝到屋外，又來了，每次下暴雨，員林湖就會出現。今天颱風雨特別暴烈，水位很快往上衝，家門口前面的地下道開始積水。她的呼喊被雨聲活埋，怎麼辦，小弟不見了。

她衝到街上，水位已經到大腿。水急，把小鎮最黑暗與最昂貴的都掏洗出來，老鼠，蟑螂，垃圾，死豬，死狗，鋼琴，賓士車，金鍊子。啊完蛋了，這輛賓士車不是鎮長的嗎？被水沖走了怎麼運送猩猩？

找到了。

小弟站在地下道前面，看水位快速竄升。她奮力保持平衡，好幾次都差點跟德國名車一起被沖走，終於來到小弟身邊。她忽然不知道該說什麼，她伸出手中的那碗泡麵說：「要不要……吃泡麵？」她低頭看碗，麵湯都不見了，碗裡裝滿雨，一隻蟑螂掙扎。

小弟指地下道，一隻貓在水面上掙扎。啊，應該是那隻他固定餵食的流浪貓。小弟看大姊一眼，隨即跳進積水的地下道。剛剛醫生跟他說沒事了，沒事了，洗乾淨了，但他還是覺得自己好髒。地下道裡的水好急，湖泊浪濤洶湧，一定可以幫他徹底洗乾淨。尤其臉上的彩虹，熱水根本沖不掉。他覺得身上長出了很多斑點。他想看看水裡有什麼。他真的覺得自己好噁心。貓在水裡面，他不孤單。他想游到地下道的另外一邊去，或許，那邊沒有彩虹，沒有猩猩。

大姊在地下道前狂哭，用碗敲打自己，她不會游泳，不敢跳進去，只能大吼大叫。

小弟對不起啦，我不是故意的。我最近都不跟你說話，我真的不是故意的。我是神經病，我是大笨蛋，我不該生你的氣的。都是我的錯，誰叫我長這麼醜，胸部這麼平，沒有人喜歡我，沒有人要選我。要是我漂亮一點，一點點就好了，就會選我了。媽媽就不會在你臉上塗彩虹。猩猩就不會。你就不會。對不起啦，我為什麼這麼醜。都是我的錯。我醜死了。

她哭了多久？

水淹到她胸部，小弟還是一直沒出現。風雨慢慢變小，水快速退去。忽然漂來好多肉圓，一顆一顆晶亮的肉圓。接著漂來了老沙發，上面是做肉圓的阿嬤。她拉著沙發，對阿嬤哭喊：「我弟弟不見了啦！怎麼辦？不見了啦！他跳進去裡面，是不是淹死了啦？他死了我怎麼辦？肉圓阿嬤，救救我弟弟啦！」

阿嬤摸摸大姊的頭：「乖，莫哭，妳看。」

地下道的湖泊水位慢慢退去，許多東西浮出來，平台鋼琴，德國跑車，巨大保險箱，水面上一朵一朵白雲。漂流白雲都是婚紗，那幾年員林街頭開了好多家婚紗店，第一家叫米蘭，對面那家叫紐約，巴黎倫敦羅馬隨後加入戰局。小弟抱著貓，撥開紐約巴黎米蘭雲朵，從水底冒出來。

剛剛不是有颱風？風呢？雨呢？怎麼這時候有月光？眼花了吧？大姊覺得自己是不是早就淹死了，這不是員林，是地獄，沙發上的阿嬤是鬼，自己是鬼，小弟也是鬼。

小弟走向鋼琴，貓在他的肩膀上舔毛。鋼琴歪斜，一半浸在汙水裡，上面的蓋子消失了，幾隻死鴨死雞躺在琴鍵上。小弟撥開死雞死鴨，開始彈鋼琴。他就是想彈。前幾天剛拿到的鋼琴組曲譜。他最喜歡裡面的月光篇章。現在月亮好漂亮。這裡是不是另外一個世界？這裡是不是另外一邊？這裡有彩虹嗎？猩猩還在嗎？

肉圓阿嬤指天說：「又閣欲落雨喔。」阿嬤抓了一塊浮木當划槳，沙發輕舟，趕緊滑走，說要趕快回家，颱風明天走了，大家一定會想吃肉圓，趕緊回家做肉圓。

風又起，天空再度投雨滴炸彈。小黑警察涉水過來了，他抱起小弟跟貓，說：「我是小黑叔叔，吃麵了。」他手牽大姊，微笑說：「走，我們回家。」

爛房子裡都是漂白水的味道，吸塵器轟隆，保險專員正在用力刷洗，去除血漬。

鎮長也拿著刷子，跪在地上刷。好像真的是另外一個世界，這裡沒有多毛猩猩，所有好人擠著，刷洗爛房子。

又煮了一大鍋泡麵，大家蹲著吃，油香與漂白水味道拉鋸，哪個好人偷偷放了個臭屁，是不是你？是你放屁對不對？沒有人肯承認。大姊偷偷深呼吸，屁味麵味漂白水味，熱熱的辣辣的，有這麼多好人在這裡，她覺得好安全。

鑽石銷售員跟美麗借來卸妝油，驅趕小弟臉上的彩虹。小黑警察把熱麵吹涼，餵小弟。麵真的很好吃，小弟張口，吃掉了一整碗。

第二鍋泡麵見底，鎮長說話了：「美麗，妳不是說，他爸爸就是那個來員林拍電影的？

影劇版上的那個？」

「喔，是那個喔！我畫電影海報的時候，有跟他合照。」

「報紙不是說，老婆是那個女明星嗎？」

「好像最近變成了什麼金獎大導演喔。」

美麗吸掉碗裡最後一條麵，點點頭。

鎮長說：「他爸這麼有錢，可以栽培他吧？美麗，妳要捨得，小孩子難得這麼聰明，要送去台北，才有發展，不然繼續留在這裡，妳說他要怎麼長大？今天晚上，他都看見了。」

風雨道別，美麗一一說再見。她要小黑警察不要再戴口罩了。她在鎮長耳邊呢喃，放你老婆自由飛吧，這樣你也自由，胎記老師是個好人，你也是個好人。她要豬頭去結婚成家。她謝謝胎記老師，說鎮長夫人常來髮廊跟她聊天，夫人最大的夢想就是離開員林，去很遠的地方。

不用口頭約定，大家都知道，颱風過後，無人會提及今晚。這是最完美的共犯系統，不會有人說出去，小鎮永遠的祕密，沒有人會注意到，有一隻猩猩消失了。

隔天醒來，員林殘破模樣。美麗要大姊帶小弟去看電影：「你們不是最愛看電影？」

國際大戲院竟然有營業，外牆上的電影看板被吹走了好幾片，剩下一部義大利片海報，《新天堂樂園》。整個電影院只有他們兩個人，放映光束射向大銀幕，西西里島，海邊看電影，大姊把手伸過去，握住小弟的手。

看完電影，他們去旁邊吃麵，想吃最貴的牛肉麵，但終究點了陽春麵。

「大姊，妳跟我去台北好不好？」

大姊嘴巴一大顆滷蛋，搖頭不語。小弟你真傻，沒有人要我，我去不了台北啦。

「你先去。」

小弟點頭，開始演《新天堂樂園》。

小手打勾勾，約好了，以後長大，一起去電影裡面的那個地方，海邊看電影，看起來好好玩。

沒履行小時候的約定，沒一起去西西里島，怎麼此刻在柏林？

婚禮派對延續到晚上，又有一批新的賓客到來，大樹下人語熾熱。大廚蹲著跟母親說話，護士準備把她接回療養院。有人點亮了橡樹上的千百燈飾，整個前院金黃閃爍。樹上燈飾點燃了大廚母親的眼睛，有什麼神祕的開關忽然被扭開，她轉向兒子，輕輕唱了一首歌。歌盡，轉頭看著大姊，伸出手說了一串話。翻譯機不在身邊，只好請大廚翻譯。

「我們見過面嗎？」

「啊，有啦，有見過，在那個，那個，妳住的療養院。」

「但我不記得您。」

「啊沒關係啦，哈哈，我不重要啦，沒有人會記得我啦。」

「您來自哪裡？大姊，我想我媽的意思是，您住在柏林嗎？」

「啊？我不是啦，我不是柏林人，我員林人。員，林。哎喲，妳怎麼可能會聽過。不重要啦。」

員，林。

大廚母親說了好多好多話，大廚臉上快速演一部電影。

「我母親說……大姊，這件事我也不知道，他們從來沒跟我說過，我不知道是不是真的發生過。我母親說，這是他們之間的祕密。她很多年前飛去台灣，去過員林，參加喪禮。他們搭火車去，走出車站，往右邊走，幾步路就到了，一個小房子，遺體就在裡面，一個冰箱。他說好亂，需要打掃一下，去附近買了漂白水，花了很多時間打掃。打掃完了，跟冰箱裡的母親道別，說該走了，等不到姊姊。」

等不到。

她蹲下來，握著大廚母親的手，抬頭看橡樹，阻止自己眼淚滾出來。

你們怎麼沒告訴我？我只是去辦事啊。我怎麼知道你們會來。我那天故意在外面拖了好久的時間，就是不想回家。對不起讓你們等。

大廚母親的手好溫暖，她好想就這樣一直握著。沒關係。沒等到姊姊沒關係。我在這裡。我來了。原來她不是一個人。她沒有那麼孤單。

大廚母親眼裡的光熄滅了，手抽回，皺眉看著大姊。

大姊對著她背影說：「Danke。」

美麗車禍前幾天對大姊說：「妳聽好了，我快死了。記得叫妳小弟不要回來，聽到了沒有？我死了就死了，喪禮不要花錢，隨便辦。叫妳弟好好待在德國，不要回來，聽到了沒？」

大廚在門口送別最後一批客人，姊弟癱軟在樹下。

「媽啊，我終於知道為什麼我沒結婚了，累死了。結婚的是你們，又不是我，就已經累成這樣。天哪。」

「呼，是真的很累啊。」

「喂，你們要去哪裡度蜜月？」

「義大……」

「等一下，不要跟我說，我不想知道。說了，我會想跟你們去。」

「來啊。怕什麼。」

不，她對自己搖頭。不是對小弟搖頭。是對自己搖頭。

「才不要。明天的飛機。快開學了，該回去了。」

「那些人怎麼辦？」

黑衣人根本不可怕。

最可怕的，是她自己。

「喂，你記不記得，那部電影，《新天堂樂園》？」

編織籃子裡只剩幾支手機，小弟找到自己的，在影音網站找到《新天堂樂園》預告片，一分多鐘。

電影鋼琴配樂流出來，琴音戳眼，大姊眼淚滾出。

幸好這是手機，電影被塞進小小的螢幕。如果是大銀幕，她無法承受，太大，太亮，太清晰，她一定會在這棵橡樹下徹底碎裂，變成草地上一顆一顆的小橡果。

電影裡的放映師轉動放映機，西西里島小鎮電影院，一道光束從電影院後方的石獅子頭鑽出，投影在大銀幕上。啊，對，石獅子就是那個放映投影光束的開口。海邊露天電影院，小鎮，老人，孩子，看電影哭笑，心碎，火災，離別，回家，離家。一分多鐘光影快速切換，鋼琴配樂轉成交響樂，想起來了，原來根本沒忘。

姊弟終於又一起，坐下來，看電影。只是國際大戲院拆掉了，電影縮小，童年縮小，塞進小弟的掌心。她想握住小弟的手，手指摳掌心。就像小時候那樣。但她的手伸不出去。

18

怎麼還在這裡？

天亮，大姊把行李拉到樓梯間，對著聲控機器喊：「Alexa, Nachttischlampe aus!」床頭燈熄滅，她心裡掌聲響，終於成功聲控關燈了。關上門，閉眼深呼吸，張眼，大廚跟小弟的笑臉。

風涼，大廚拉著大姊的行李箱在石板路上敲鑼，吵醒整個社區。經過墓園，大姊說想要進去看看。太早了，墓園鐵門深鎖，三人踮腳探頭，大廚父親的墓不見了。

「妳真的不要我們開車送妳？」

她搖頭：「你不要看我笨，跟你講，我現在超會自己坐車。」這麼早，有很多時間迷路，不怕搭錯車。

F車站空無一人，月台震動，早班車進站。

想在車站前拍三人合照。想說很多話。是不是該擁抱。該怎麼道別。

沒拍照。沒說話。來不及擁抱就上車了。

列車刮鐵軌，月台上的小弟跟大廚跑動揮手，身影慢慢變小。

還有很多話想說想問。但說了問了又怎樣？得到清楚的答案又怎樣？這樣的道別很天然，匆促，不刻意約何時再見。說不定再也不見。

上車前，弟弟塞給她一個小紙盒。紙盒樸素，打開是手工的迷你鋼琴，指敲小鍵盤，睡在車廂地板上的醉漢身體抖了一下。

呵欠，伸展上半身，好想睡。手機震動，但她什麼都不想做，不想查看手機，也不想翻開金色筆記本。再也不想讀金色筆記本了。列車經過運河，可惜不能開窗，不然她搞不好會把筆記本跟手機都丟進河。

窗外柏林慢慢甦醒，月台上的廣告海報被撕掉，梅莉．史翠普的臉只剩一半。

沒關係，小睡一下，還有很多站才要轉車。

小睡失控，驚醒，車廂裡塞滿上班通勤人潮，完蛋了，這是哪一站？睡了多久？一定過站了，要死，趕快下車。沉重行李拖累，好多人，還來不及走到車門，車門關上疾行。不管了，下一站一定下車，先下車再說，時間一定還夠。

窗外蔥綠，像是森林。時間還夠吧？離飛機起飛還有好幾個小時，那一片綠召喚。

下車，朝那片綠走去，手機一直在口袋裡抖動，煩死了，拿起手機看，是大弟，剛好旁邊一個垃圾桶，爛手機不用留，丟進垃圾桶。行李輪子還是不合作，發出抱怨的雜音。才剛走進公園，一輪掙脫行李箱。她強拉跛腳行李箱，繼續走，前方有好多大樹，她想去樹下坐坐，喝口水，看晨跑的柏林人。

霧起，風來。這陣風有寒意，不屬於夏天。選了一棵大樹，地上潮濕，孤單粉蝶漫舞，樹上鳥亂鳴。這是哪裡？還在柏林嗎？剛剛那些慢跑的人怎麼都不見了？

其實有很多地方沒去啊。沒看到柏林圍牆，沒去布蘭登堡大門前拍照。但她完全沒有遺憾。沒看到又怎樣？

前方樹叢抖動。蓬鬆的動物尾巴。

不會吧，又是狐狸嗎？怎樣，我已經變成狐狸精了嗎？

狐狸探出頭。

揉眼看清楚。什麼啦，是狗。

狗朝她奔過來。長毛蓋住眼睛，額頭一塊深色毛髮。

她大叫：「Lotte！」

狗汪汪回答，搖尾翻滾，長毛黏了一大堆泥土落葉。確認項圈，真的是Lotte。

Lotte，你怎麼跑來這裡了？這裡離你家很遠，你在這裡幹什麼啦？

Lotte對她的背包吠叫，她趕緊拿出大廚準備給她的火腿麵包，Lotte兩三口全部吞掉。狗吃完麵包喝完水，汪汪奔跑。她應該通知小弟，找到狗了，但怎麼辦，手機剛剛丟掉了。

狗咬來一根大樹枝放在她身邊，挖地，撒尿，追自己尾巴，咬她的行李箱。狗對著行李箱狂吠，她拉開拉鍊，狗頭鑽進去行李箱翻找，咬出裸體肯尼，放在她腳邊，看著她。

「什麼意思？難道……」

她把肯尼丟出去，狗拔腿快跑追逐肯尼。人丟狗撿的遊戲玩累了，肯尼一身狗齒痕，狗頭靠在她的大腿上休息，睡去。人呢？怎麼看不到任何人？

行李箱這麼重，根本就是裝一堆廢物。音樂盒，手工印刷卡片，好多好多橡果，到底帶這些廢物回台灣幹麼。

她苦笑。她跟美麗有什麼差別？美麗藏匿頭髮集塵袋，金色筆記本裡集滿一生各種男人。她這個大女兒還不是搜集了一堆爛東西。她曾發誓說絕對不要跟美麗一樣。結果還不是這樣。

她回去員林，最後，會不會跟美麗一樣？

她當然沒跟小弟說，美麗真正的死因。其實她根本沒對任何人說。

警察在地下道前的車禍現場測量做筆錄，肇事的車輛沒有安裝行車記錄器，這條街剛好也沒有監視器，很多年前監視器拆光光，不知道為什麼都沒安裝回去，沒有畫面可以佐證。

其實有監視器。

她裝的。就安裝在窗戶旁邊。從醫院趕回家，她立刻把監視器拆了。警察不知道。

她在電腦上觀看那些畫面。美麗那一陣子，每天下午都會過街吃意麵，一直看著地下道，選車速快的車輛，衝上去。但好幾次都不成功，車子及時煞車，車速不夠快，車子趕緊繞過她。試了好幾天，最後終於選對了，那輛白色Toyota，撞上美麗，也在她身上留下紅色河流。

她反覆看美麗撞車的畫面。榔頭砸爛監視器。記憶卡燒掉。

風吹，有點冷。她翻找行李箱，那件東京買的羽絨衣還在。穿上羽絨衣，內袋一疊歐元鈔票，啊，忘記了，不是提醒自己要放回去嗎？

小弟每天都會在橘色海馬裡放錢，留給白浴袍女人。她只要經過，就會剖開海馬肚子，把鈔票放口袋。

其實她很有錢，但她想要更多。除了老師薪水之外，她買股票賺了不少。還有，她每週六都固定買樂透，中過一次。員林那家彩券行放鞭炮，慶賀全國第一大鎮開出樂透頭獎，一人獨得，員林又多了一個億萬大富翁，但沒有人知道她是大樂透的得主。她把錢都存在銀行裡，根本沒花。黑衣人逼她交出的錢，對她來說是小數目。她根本不缺錢。她每次忽然恐慌，聽到學生喊她老處女，在街上巧遇那些已經老去的好人，身體不斷發抖，讀完小弟的小說，聽到同事結婚了，幾乎沒辦法去上班，就去銀行刷存摺，那串數字就是她的冥想瑜伽。

Lotte醒了。

她該去機場了。

Lotte抖動身體，往遠方的大樹衝去。

來柏林前，她去銀行刷存摺，巧遇刀疤好人，她點頭打招呼。

「妳是誰？啊，鐵枝路邊的查某囝，怎麼老這麼多？」

刀疤好人一頭白雪，還是愛吹牛，說最近娶了年輕老婆，小他五十歲。她靜靜聽他說故事，手中存摺裡的數字浮動，輕輕嘆氣，那些數字長了翅膀，逃離存摺。刀疤老人看著她說：「妳怎麼還在這裡？」

動物園有抓到那隻鵜鶘嗎？

Lotte跑好快，回頭對她吠叫。

妳怎麼還在這裡？

她哼著那首在波羅的海聽到的歌。她還沒去過紐約。

霧越來越濃，遠方那棵大樹快要被濃霧吞掉了。

Lotte的身體穿過霧，朝那棵樹奔去。夏天結束了。公園裡的樹葉開始轉黃。秋天重重砸下來，大地抖了一下。

怎麼還在這裡？

她什麼都不要了。數字不要了。行李不要了。背包不要了。

她在草地上跑動，朝那棵大樹奔去。踩爛肯尼，踩過落葉，踩過柏林第一個秋日，衝進濃霧。

風利刃，刮破她的羽絨衣，羽毛噴散，在她背上形成了翅膀。她繼續狂奔，用力揮翅。

她飛起來了。

導讀

「你家才是鬼地方，你樓上樓下都是鬼地方」——評陳思宏「夏日三部曲」

張文薰　台大台文所副教授兼所長

二〇二一，歲次辛丑的牛年年末，蕾神之鎚重擊龍的傳人，把一個以家世傳承、菁英學歷為豪的美國偶像夢擊出長長裂縫。在那個夢裡，個人的價值憑著男丁數目、長春藤排序，學業成績之外的歌舞琴藝、野心慾念都是干擾家門榮光的雜音。每值日夜交替之際，只有庶民如我等鎮守網上不退，等著窺探紐約—台北豪門奇觀的夾縫隨時開啟。明明都到了美國，個人的優質與否卻仍需憑藉把拔馬麻的話語，以對家庭的貢獻度、向心力來衡量高低。這幻夢崩解令人費解又竊喜，原來偶像也是會寂寞空虛覺得冷的凡人。

也是年度交替之際，陳思宏以《樓上的好人》為他的「夏日三部曲」奏出最終樂章。二〇一九年底的《鬼地方》是「寫給故鄉，不存在的永靖」，小說中出身中部小鎮、在VHS影帶環繞中成長的男孩到佛羅里達繞了一圈，這回改到永靖人眼中「迷人的大都市」——員林[1]。員林已從鎮升格為市，颱風大水夜殺人事件的夢魘卻持續在柏林—台灣之間徘徊不去，附在阿基里斯踝邊，不斷拉扯每一個走上國際舞台、打算邁入新家庭的成員後腿。

「三部曲」是台灣讀者的老朋友了。台灣文學的三部曲巨作都與國族歷史有關，發生在遠離都市與現代文明的鄉村裡，大家族在墾拓移民、抗日抗戰的時代寒夜中浮沈，家族三代成員的命運如浪淘沙般翻湧擺盪。三部曲的主角大半設定為家族中的小兒子，從懵懂稚嫩到肩挑家仇國恨，故鄉的破滅催生出亞細亞的孤兒。如果襲用朱天文《荒人手記》的名言「同性戀者無祖國」[2]，陳思宏的三部曲既未以悲苦的寒夜孤燈命名，志向顯然不在建構歷史。那麼，這「夏日三部曲」裡的大家族小兒子，逃離、出走、追尋之後，將會降落在哪一座城邦呢？

謎底竟然離不開「家」。

三部曲分別都牽涉到一則殺人事件，「可惜他把T殺了」、「當年在佛羅里達，他殺了人」、「美麗殺人了」，每部小說都從開頭就叨絮著殺人事件已然發生，讀者在好奇人是誰殺的、觀看宛如奇觀轉播般的屠殺過程中，發現最重要的不只是殺人的與被殺的兩造之間的歸責問題，而是必須透過「殺」才能揭開的祕辛，必須透過「死」才能斷離的痛苦；還有，引發殺機、清理現場、處置善後的一干人等，都與鄉鎮中的「家」有關。

家是愛恨交織、一觸即發的情緒瓦斯間，更因為位置所在、地方產業所需，時時得動用高瓦度照明控制花期，鬼地方爍亮如熱帶溫室。《鬼地方》描述永靖「午後的路面宛如爐灶，不用開瓦斯，路面上就可煎蛋炒飯燉稀飯」[3]，台灣小說家以「熱」來烘托島嶼的煩悶、落後，從一九二〇年代以來儼然已成系統，但陳思宏對於「熱」別有一套關於時間的詮釋：「熱啊，午後高溫讓時間轉速慢了下來」[4]、「夏天猛烈，電費已經快繳不出來，母親不准他們開電風扇，氣流在無窗無光的小房間裡悶死。房間沒有時鐘，家貧買不起手錶，房間不僅無光，時間也嫌熱，不肯進房」[5]島嶼的「熱」不只憂鬱、令人失去理性，更拉住了時間。恆常貫穿台灣文學三部曲的歷史時間，在「夏日三部曲」中不再是線性前進，而是因為貧困、因為母親的意志而留步、被喊停。通往自然風土的氣流悶死，標誌人間存有的時間「也嫌熱」，使人物永遠滯留於那一個夏天。在關於溽熱的描寫中，台灣、佛羅里達、柏林三地洲際的緯度差、時間差也幾乎消失，逃離的去向與起點在「熱」中連成一氣。《佛羅里達變形記》描寫「熱煙在他的皮膚上鑽鑿油田，深黑色原油噴發，全身黏稠」、「他想趕走頭髮裡的溽夏，拿起電動剃刀，在頭顱中央的熱帶雨林開墾出一條新路」[6]那種黏滯滲入骨髓的熱讓人失去自我界線，只有開顱規模的殺戮才能驅趕。

在《樓上的好人》那個無光、無時間的悶熱房間中，彷彿創世神話中劫後餘生的小姊弟相倚求生。一家住在員林鐵路旁的簡陋二層樓老屋，樓下是媽媽以手藝養家的髮廊，樓上供母子四口起居，時有「好人」造訪得以維持這無父之家的生計。只會惹是生非的長男早已不見蹤影，姊弟日夜聽著火車到站離站的廣播，卻無法任意搭上車班遠走。弟弟的離開仰賴生父的援手，姊姊的離開則依靠弟弟隔著海洋的允諾；一度北上的姊姊甚至又因為母親的召喚而回鄉，弟弟雖擁有了與外國情人共組家庭的全新未來，卻與《鬼地方》的伴侶一樣頻頻產生毀棄的衝動，終究依靠那來自不堪過去的姊姊才能重新安頓尋回。當家族成員的選擇與遭遇從國族歷史脫鉤，「夏日三部曲」提醒也急著擺脫祖國魔咒的我們：「家」可能才是真正的大魔王。

《樓上的好人》的員林二樓舊屋，與《鬼地方》的永靖連棟透天厝，都是標誌台灣鄉鎮文化的建物。不同於鄉村的三合院，也不同於都會的公寓大樓；住進樓房「新厝」，使一個傳承重男輕女、現實主義價值觀的家庭脫離農業鄉村的親族人際，與隔牆相鄰的住戶、提供飲食或雜貨的商家產生緊密的連結。時而結盟、時而相依、時而互相窺探批判，在無法阻擋的耳語、喊叫聲交叉環繞間，產生了夾雜在鄉村與都會之間的特殊人際倫理。《鬼地方》家族的隔壁是棺材店、再隔鄰是五金行，家族成員更替的重要時刻「生死都在同一排房子完成。什麼地方都不用去，就在這裡生，這裡死」[7]。《樓上的好人》的鄰居促成單親媽媽以理髮維生，但互相送暖的窮人也是互相鄙視的敵人「鄰居耳語熱烈，牆薄人情更薄」[8]。連棟房屋更便於儲藏不為人知的祕密，《鬼地方》的地下室、《樓上的好人》的二樓，都通往殺人事件的謎底，理想家庭美夢的黑暗之心。我認為「夏日三部曲」在提煉台灣城鎮意象層次上，翻新了台灣鄉土文學的論述能量。「鄉土文學」是蘊積台灣主體意識的最重要文類，從二次鄉土文學論爭到當代的新鄉土、後鄉土之說，但其實在急速工商業化的台灣社會，與世隔絕的鄉村早已不存。更能顯示出島嶼生存樣態、島民生活意識的地方應該是城鎮——都有台鐵車站的永靖與員林，一個有全台最知名台商，一個有全台最多超跑的城鎮。流過城鎮的不是浮著白鵝的小河，也不是通往海洋的大江，而是排水溝。灌溉農田水渠匯集而成的大排水溝，也沉澱著城鎮多餘的非法的慾念，因此往往會有超跑、重機衝進其中，或誰套著塑膠袋把自己溺死。

都說《佛羅里達變形記》像是《蒼蠅王》、《大逃殺》、《驚聲尖叫》等描寫青春之殘酷與殺戮的故事，我卻從三部曲的「夏日」主題想起朱天文〈安安的假期〉，急於長大的孩子來到親人所在之地度假，粉彩色調的〈安安的假期〉與濃艷凝滯的「夏日三部曲」都有著瘋女人、寡默的父親、輕佻的兄長這些成員組合，以及不被期待的婚外生育。在《樓上的好人》中，來到柏林度過一個夏季的姊姊，於此經歷了遲來的性啟蒙，之後得以把弟弟從自毀傾向中拯救出來。除了度假，夏日也是適合大作戰的季節，初至外地的姊姊不斷嘔吐、放屁，其不堪直如王禎和小說的角色。不同的是，王禎和的角色自認斯文進步，而陳思宏筆下的姊姊，從《鬼地方》的五個到《樓上的好人》縮編為一名，總是在說自己笨，「你知道你四姊很笨，寫信好難，我不會。我笨，笨到嫁錯人，笨死了，笨死了，笨死了，笨，就是笨」[9]「小弟，我懂了。你大姊就是笨，美麗說得對，我笨死了，跟人家說我大學畢業沒人相信」[10]即使姊姊也是大學畢業，但在神童小弟面前，「笨」必須是她（們）唯一的自我修辭，這個「笨」無涉智力，而是指責自己不諳情感幽微，屈服於自己的恐懼與父母強大的控制之下，因此無法辨識手足身上的傷痕，甚至造成傷害。

有趣的是，《鬼地方》的陳天宏與《樓上的好人》的弟弟，都須依靠不辨性向、不識創傷的姊姊從「笨」中醒覺，來獲得救贖。當姊姊後來在柏林的公園裡找到逃婚的弟弟，可以說出「神童？你？拜託，連這個都不會，笨蛋」[11]時，弟弟才真正露出微笑。而當弟弟與大廚完婚，姊姊離開柏林之際，也一反初至的狼狽迷途，「你不要看我笨，跟你講，我現在超會自己坐車」[12]姊姊瀟灑拉著行李箱準備搭火車離開，宣告搶救新娘（新郎？）大作戰完成。

然而，這班車並非通往員林。《鬼地方》的陳天宏在柏林犯案回到永靖，已揭示了台灣人海外夢的浮誇虛幻，以及故鄉作為傷害源頭與包容之地的兩面性。《樓上的好人》則更宣示一個高學歷的「我弟弟，在柏林」卻不是光耀門楣的說辭；姊姊的自我省察在柏林完成，可這並不是一個帶著成長結果衣錦還鄉的故事——姊姊或弟弟，沒有人在故事結束之際回到「虛構的員林」。為什麼？因為員林終究只是永靖隔壁鄰居，只是換車、買書、吃肉圓才會來的驛站嗎？或者是因為員林甚至沒有可供憑弔或胡搞觀光的百年古厝，留不住記憶與足跡呢？

這是一個從小就渴望離鄉，卻以故鄉敘事研究起家的員林人，把自己的生命課題拋給隔壁鄉作家陳思宏的小小疑問。

1 陳思宏，《鬼地方》（台北：鏡文學，二〇一九年），頁120。
2 朱天文，《荒人手記》（台北：時報文化，一九九四年），頁202。
3 同註1，頁12。
4 同註1，頁12。
5 陳思宏，《樓上的好人》（台北：鏡文學，二〇二三年），頁33。
6 陳思宏，《佛羅里達變形記》（台北：鏡文學，二〇二〇年），頁219。
7 同註1，頁25。
8 同註5，頁100。
9 同註1，頁112。
10 同註5，頁283。
11 同註5，頁298。
12 同註5，頁322。

鏡小說 055

樓上的好人

作　　者：陳思宏
責任編輯：孫中文
責任企劃：劉凱瑛
整合行銷：林廷璋

副總編輯：劉璞、鄭建宗
總 編 輯：董成瑜
發 行 人：裴偉

封面插畫：川貝母
裝幀設計：顏一立
內頁排版：宸遠彩藝

出　　版：鏡文學股份有限公司
114066 臺北市內湖區堤頂大道一段 365 號 7 樓
電　　話：02-6633-3500
傳　　真：02-6633-3544
讀者服務信箱：MF.Publication@mirrorfiction.com

總 經 銷：大和書報圖書股份有限公司
248020 新北市新莊區五工五路 2 號
電　　話：02-8990-2588
傳　　真：02-2299-7900

印　　刷：漾格科技股份有限公司
出版日期：2022 年 3 月 初版一刷
2022 年 12 月 初版五刷
I S B N：978-626-7054-31-4
定　　價：420 元

國家圖書館出版品預行編目 (CIP) 資料

樓上的好人／陳思宏著. -- 初版. -- 臺北市 : 鏡文學股份有限公司, 2022.03
面 ; 14.8×21 公分 . -- (鏡小說 ; 55)
ISBN 978-626-7054-31-4(平裝)

863.57　　110021200